世界文学视野中的浙

世界文学
与浙江文学批评

◆

鲁 杭 著

ZHEJIANG UNIVERSITY PRESS
浙江大学出版社

总　序

GENERAL PREFACE

有人将文化比作一条来自老祖宗而又流向未来的河,这是说文化的传统,通过纵向传承和横向传递,生生不息地影响和引领着人们的生存与发展;有人说文化是人类的思想、智慧、信仰、情感和生活的载体、方式和方法,这是将文化作为人们代代相传的生活方式的整体。我们说,文化为群体生活提供规范、方式与环境,文化通过传承为社会进步发挥基础作用,文化会促进或制约经济乃至整个社会的发展。文化的力量,已经深深熔铸在民族的生命力、创造力和凝聚力之中。

在人类文化演化的进程中,各种文化都在其内部生成众多的元素、层次与类型,由此决定了文化的多样性与复杂性。

中国文化的博大精深,来源于其内部生成的多姿多彩;中国文化的历久弥新,取决于其变迁过程中各种元素、层次、类型在内容和结构上通过碰撞、解构、融合而产生的革故鼎新的强大动力。

中国土地广袤、疆域辽阔,不同区域间因自然环境、经济环境、社会环境等诸多方面的差异,建构了不同的区域文化。区域文化如同百川归海,共同汇聚成中国文化的大传统,这种大传统如同春风化雨,渗透于各种区域文化之中。在这个过程中,区域文化如同清溪山泉潺潺不息,在中国文化的共同价值取向下,以自己的独特个性支撑着、引领着本地经济社会的发展。

从区域文化入手,对一地文化的历史与现状展开全面、系统、扎实、有序的研究,一方面可以藉此梳理和弘扬当地的历史传统和文化资源,繁荣和丰富当代的先进文化建设活动,规划和指导未来的文化发展蓝图,增强文化软实力,为全面建设小康社会、加快推进社会主义现代化提供思想保证、精神动力、智力支持和舆论力量;另一方面,这也是深入了解中国文化、研究中国文化、发展中国文化、创新中国文化的重要途径之一。如今,区域文化研究日益受到各地重视,成为我国文化研究走向深入的一个重要标志。我们今天实施浙江文化研究工程,其目的和意义也在于此。

千百年来,浙江人民积淀和传承了一个底蕴深厚的文化传统。这种文化传统的独特性,正在于它令人惊叹的富于创造力的智慧和力量。

浙江文化中富于创造力的基因,早早地出现在其历史的源头。在浙江新石器时代最为著名的跨湖桥、河姆渡、马家浜和良渚的考古文化中,浙江先民们都以不同凡响的作为,在中华民族的文明之源留下了创造和进步的印记。

浙江人民在与时俱进的历史轨迹上一路走来,秉承富于创造力的文化传统,这深深地融汇在一代代浙江人民的血液中,体现在浙江人民的行为上,也在浙江历史上众多杰出人物身上得到充分展示。从大禹的因势利导、敬业治水,到勾践的卧薪尝胆、励精图治;从钱氏的保境安民、纳土归宋,到胡则的为官一任、造福一方;从岳飞、于谦的精忠报国、清白一生,到方孝孺、张苍水的刚正不阿、以身殉国;从沈括的博学多识、精研深究,到竺可桢的科学救国、求是一生;无论是陈亮、叶适的经世致用,还是黄宗羲的工商皆本;无论是王充、王阳明的批判、自觉,还是龚自珍、蔡元培的开明、开放,等等,都展示了浙江深厚的文化底蕴,凝聚了浙江人民求真务实的创造精神。

代代相传的文化创造的作为和精神,从观念、态度、行为方式和价值取向上,孕育、形成和发展了渊源有自的浙江地域文化传统和与时俱进的浙江文化精神,她滋育着浙江的生命力、催生着浙江的凝聚力、激发着浙江的创造力、培植着浙江的竞争力,激励着浙江人民永不自满、永不停息,在各个不同的历史时期不断地超越自我、创业奋进。

悠久深厚、意韵丰富的浙江文化传统,是历史赐予我们的宝贵财富,也是我们开拓未来的丰富资源和不竭动力。党的十六大以来推进浙江新发展的实践，使我们越来越深刻地认识到，与国家实施改革开放大政方针相伴随的浙江经济社会持续快速健康发展的深层原因，就在于浙江深厚的文化底蕴和文化传统与当今时代精神的有机结合，就在于发展先进生产力与发展先进文化的有机结合。今后一个时期浙江能否在全面建设小康社会、加快社会主义现代化建设进程中继续走在前列，很大程度上取决于我们对文化力量的深刻认识、对发展先进文化的高度自觉和对加快建设文化大省的工作力度。我们应该看到，文化的力量最终可以转化为物质的力量，文化的软实力最终可以转化为经济的硬实力。文化要素是综合竞争力的核心要素，文化资源是经济社会发展的重要资源，文化素质是领导者和劳动者的首要素质。因此，研究浙江文化的历史与现状，增强文化软实力，为浙江的现代化建设服务，是浙江人民的共同事业，也是浙江各级党委、政府的重要使命和责任。

2005 年 7 月召开的中共浙江省委十一届八次全会，作出《关于加快建设文化大省的决定》，提出要从增强先进文化凝聚力、解放和发展生产力、增强社会公共服务能力入手，大力实施文明素质工程、文化精品工程、文化研究工程、文化保护工程、文化产业促进工程、文化阵地工程、文化传播工程、文化人才工程等"八项工程"，实施科教兴国和人才强国战略，加快建设教育、科技、卫生、体育等"四个强省"。作为文化建设"八项工程"之一的文化研究工程，其任务就是系统研究浙江文化的历史成就和当代发展，深入挖掘浙江文化底蕴、研究浙江现象、总结浙江经验、指导浙江未来的发展。

浙江文化研究工程将重点研究"今、古、人、文"四个方面，即围绕浙江当代发展问题研究、浙江历史文化专题研究、浙江名人研究、浙江历史文献整理四大板块，开展系统研究，出版系列丛书。在研究内容上，深入挖掘浙江文化底蕴，系统梳理和分析浙江历史文化的内部结构、变化规律和地域特色，坚持和发展浙江精神；研究浙江文化与其他地域文化的异同，厘清浙江文化在中国文化中的地位和相互影响的关系；围绕浙江生动的当代实践，深入解读浙江现象，总结浙江经验，指导浙江发展。在研究力量上，通过课题组织、出版资助、重点研究基地建设、加强省内外大院名校合作、整合各地各部门力量等途径，形成上下联动、学界互动的整体合力。在成果运用上,注重研究成果的学术价值和应用价值,充分发挥其认识世界、传承文明、创新理论、咨政育人、服务社会的重要作用。

我们希望通过实施浙江文化研究工程,努力用浙江历史教育浙江人民、用浙江文化熏陶浙江人民、用浙江精神鼓舞浙江人民、用浙江经验引领浙江人民,进一步激发浙江人民的无穷智慧和伟大创造能力,推动浙江实现又快又好发展。

今天,我们踏着来自历史的河流,受着一方百姓的期许,理应负起使命,至诚奉献,让我们的文化绵延不绝,让我们的创造生生不息。

2006 年 5 月 30 日于杭州

总　序

赵洪祝

　　浙江是中国古代文明的发祥地之一,历史悠久、人文荟萃,素称"文物之邦",从史前文化到古代文明,从近代变革到当代发展,都为中华民族留下了众多弥足珍贵的文化遗产。勤劳智慧的浙江人民历经千百年的传承与创新,在保留自身文化特质的基础上,兼收并蓄外来文化的精华,形成了具有鲜明浙江特色、深厚历史底蕴、丰富思想内涵的地域文化,这是浙江人民共同创造的物质财富和精神财富的结晶,是中华文化中的一朵奇葩。如何更好地使这一文化瑰宝为我们所用、为时代服务,既是历史传承给我们的一项艰巨任务,也是时代赋予我们的一项神圣使命。深入挖掘、整理、探究,不断丰富、发展、创新浙江地域文化,对于进一步充实浙江文化的内涵和拓展浙江文化的外延,进一步增强浙江文化的创新能力、整体实力、综合竞争力,进一步发挥文化在促进浙江经济、政治和社会建设中的作用,具有重要的现实意义和深远的历史意义。

　　改革开放以来,历届浙江省委始终高度重视社会主义文化建设。早在1999年,浙江省委就提出了建设文化大省的目标;2000年,制定了《浙江省建设文化大省纲要》;2005年,作出了《关于加快建设文化大省的决定》,经过全省上下的共同努力,浙江文化大省建设取得了显著成效。

　　浙江文化研究工程是浙江文化建设"八项工程"的重要内容之一,也是迄今为止国内最大的地方文化研究项目之一。该工程旨在以浙江人文社会科学优势学科为基础,以浙江改革开放与现代化建设中的重大理论、现实课题和浙江历史文化为研究重点,着重从"今、古、人、文"四个方面,梳理浙江文明的传承脉络,挖掘浙江文化的深厚底蕴,丰富与时俱进的浙江精神,推出一批在研究浙江和宣传浙江方面具有重大学术影响和良好社会效益的学术成果,培养一支拥有高水平学科带头人的学术梯队,建设一批具有浙江特色的"当代浙江学术"品牌,进一步繁荣和发展哲学社会科学,提升浙江的文化软实力,为浙江全面建设惠及全省人民的小康社会和实现社会主义现代化,提供强大的精神动力、正确的价值导向和有力的智力支持,为提升浙江文化影响力、丰富中华文化宝库作出贡献。

浙江文化研究工程开展三年来,专家学者们潜心研究,善于思考,勇于创新,在浙江当代发展问题研究、浙江历史文化专题研究、浙江名人研究、浙江历史文献整理等诸多研究领域都取得了重要成果,已设立10余个系列400余项研究课题,完成230项课题研究,出版200余部学术专著,发表大量的学术论文,产生了广泛而深远的社会影响。这些阶段性成果,对于加快建设文化大省提供了新的支撑力和推动力。

党的十七大突出强调了加强文化建设、提高国家文化软实力的极端重要性,并对兴起社会主义文化建设新高潮、推动社会主义文化大发展大繁荣作出了全面部署。为深入贯彻落实党的十七大精神,浙江省第十二次党代会提出"创业富民、创新强省"总战略,并坚持把建设先进文化作为推进创业创新的重要支撑。2008年6月,省委召开工作会议,对兴起文化大省建设新高潮、推动浙江社会主义文化大发展大繁荣进行专题部署,制定实施了《浙江省推动文化大发展大繁荣纲要(2008—2012)》,明确提出:今后一个时期我省兴起文化大省建设新高潮、推动文化大发展大繁荣的主要任务是,在加快建设教育强省、科技强省、卫生强省、体育强省的同时,继续深入实施文明素质工程、文化精品工程、文化研究工程、文化保护工程、文化产业促进工程、文化阵地工程、文化传播工程、文化人才工程等文化建设"八项工程",着力建设社会主义核心价值体系、公共文化服务体系、文化产业发展体系等"三大体系",努力使我省文化发展水平与经济社会发展水平相适应,在文化建设方面继续走在前列。

当前,浙江文化建设正站在一个新的历史起点上,既面临千载难逢的机遇,也面对十分严峻的挑战。如何抓住机遇,迎接挑战,始终保持浙江文化旺盛的生命力,更好地发挥文化软实力的重要作用,是需要我们认真研究、不断探索的重大新课题。我们要按照科学发展观的要求,全面实施"创业富民、创新强省"总战略,以更深刻的认识、更开阔的思路、更得力的措施,大力推进浙江文化研究工程,努力回答浙江经济、政治、文化、社会建设和党的建设遇到的各种新问题,努力回答干部群众普遍关心的热点问题,努力形成一批有较高学术价值和社会效益的研究成果。

继续推进浙江文化研究工程,是一件功在当代、利在千秋的事业。我们热切地期待有更多的优秀成果问世,以展示浙江文化的实力,增强浙江文化的竞争力,扩大浙江文化的影响力。

2008 年 9 月 10 日于杭州

序

GENERAL PREFACE

王福和

　　《世界文学视野中的浙江文学》是一项规模较大的文化研究工程。

　　在比较文学领域中,本工程属于"世界文学——中国文学——中国区域文学"之研究范畴,是关于"世界文学——中国文学——中国区域文学"关系的研究,是关于世界文学背景下 20 世纪浙江文学发生、发展和繁荣状况的研究。

　　2004 年,作为"浙江省哲学社会科学规划课题研究成果",我们出版了《世界文学与 20 世纪浙江作家》,第一次运用比较文学"影响研究"的理论和方法,通过"导论:走向世界文学的 20 世纪浙江作家"、"鲁迅:走向世界文学的先行者"、"周作人:走向世界文学的彷徨者"、"茅盾:走向世界文学的创新者"、"郁达夫:走向世界文学的探险者"、"徐志摩:走向世界文学的领悟者"、"丰子恺:走向世界文学的播种者"、"夏衍:走向世界文学的开拓者"、"施蛰存:走向世界文学的尝试者"、"戴望舒:走向世界文学的寻梦者"、"艾青:走向世界文学的吟游者"、"穆时英:走向世界文学的求索者"和"余华:走向世界文学的后继者"等十余个角度,以个体的浙江作家为点,以 20 世纪浙江文学发展史为面,对世界文学背景下的 20 世纪浙江文学进行了初步梳理,对世界文学与 20 世纪浙江文学的关系进行了起步意义的尝试。

　　我们发现,尽管上述作家在一定意义上均为 20 世纪浙江文学的佼佼者,但并非 20 世纪浙江文学的全部。因为文学是一个综合性的概念,在走向世界文学的 20 世纪浙江作家的行列中,不仅有小说家、剧作家、诗人和散文家,还应当包括文学批评家、文学理论家和文学翻译家。

将文学创作、文学批评和文学翻译三支队伍聚合在一起,方能构成 20 世纪浙江文学的全部阵容。借助于《世界文学与 20 世纪浙江作家》的成功尝试,借助于这本著作所引发的对 20 世纪浙江文学的整体思考,我们申报了"浙江省文化研究工程项目",以"世界文学视野下的浙江文学"为题,试图对世界文学这个大屏幕下的 20 世纪浙江文学进行全方位的探索和研究。

本工程所涉及的"文学",专指 20 世纪浙江作家、批评家和翻译家在世界文学的影响下所创作的、所评述的、所翻译的文学。应当包括如下范畴:(1)文学创作:小说、诗歌、戏剧、散文等。(2)文学批评:评论文章、理论著作、杂文、随笔等。(3)文学翻译:小说、诗歌、戏剧、散文、翻译家和翻译理论等。

本工程所理解的"20 世纪浙江文学"应当包括如下范畴:(1)祖籍为浙江的作家所创作的文学。(2)出生在浙江的作家所创作的文学。(3)出生在浙江且在浙江工作和生活过的作家所创作的文学。(4)祖籍不在浙江,但在浙江工作和生活过的作家所创作的文学。

本工程以"20 世纪浙江文学"为切入点,有如下考虑:(1)在 20 世纪的中国文学史上,浙江作家曾创造过光辉的业绩。(2)在 20 世纪中国文学史上,浙江作家、理论家和翻译家占据了近三分之一的江山,是 20 世纪中国文学的生力军。(3)20 世纪的浙江文学不但与世界文学的发展紧密接轨,而且在世界文学的影响下收获颇丰,硕果累累。

本工程之所以选择这一研究领域,有如下原因:(1)以世界为大背景研究 20 世纪浙江文化与文学的成果不多,零星的相关成果所涉猎的范围十分有限,尚谈不上真正意义上的"世界文学与 20 世纪浙江文学研究"的成果。(2)以世界文学为大背景研究 20 世纪浙江文学的成果也多限于我们的《世界文学与 20 世纪浙江作家》。里面虽然涉及 20 世纪浙江文学的一些代表性作家,但缺少文学批评和文学翻译,离货真价实的"世界文学视野中的 20 世纪浙江文学研究"尚有一定距离。(3)20 世纪浙江文学是中国的,同时也是世界的,在"世界文学与 20 世纪浙江文学"的研究中尚有相当大的领域有待开发。

从这个角度上看,本工程就具备了如下意义:

——它是站在世界文学的角度上全方位阐述20世纪浙江文学创作的研究。

——它是站在世界文学的角度上全方位审视20世纪浙江文学翻译的研究。

——它是站在世界文学的角度上全方位梳理20世纪浙江文学理论和文学批评的研究。

作为一项关于"世界文学——中国文学——中国区域文学"关系的研究,《世界文学视野中的浙江文学》当属比较文学"影响研究"的范畴。因此,我们在研究中重点采用了"影响研究"的方法。并根据不同的研究内容,采用不同的研究方法,既涉及影响方式理论的运用,也涉及影响类型理论的运用;既有流传学研究,也有渊源学研究;既有接受研究,也有译介学研究。另外,在具体的操作和实施的过程中,将根据不同的研究实际,适量采用"平行研究"的理论和方法。

本成果是集体智慧的结晶,也是我们这个由浙江工业大学教师组成的团队精诚合作的结果。从论证、申报、撰写,直至完成,历时3年多的时光。比较文学与世界文学、外国语言文学、中国现当代文学和文艺学的同行们克服了极大的困难,付出了巨大的辛苦。

《世界文学视野中的浙江文学》共由4部著作构成,它们分别是:《世界文学与浙江小说创作》、《世界文学与浙江散文诗歌戏剧创作》、《世界文学与浙江文学批评》、《世界文学与浙江文学翻译》。这部《世界文学与浙江小说创作》是本课题的研究成果之一。该著作对世界文学与鲁迅、许杰、鲁彦、许钦文、郁达夫、茅盾、施蛰存、穆时英、徐訏和余华等20世纪浙江作家的小说创作进行了主要论述,对相关作家进行了概要论述。

真诚期待我们的成果能为中国比较文学和中国现当代文学的研究贡献微薄之力!

真诚期待我们的成果能为世界文学和中国区域文学研究提供有益的尝试!

真诚期待我们的成果能为中国的文学翻译和翻译文学研究添砖加瓦!

2011年8月于西子湖畔

目 录

CONTENTS

第一章　走向世界的浙江文学批评

一　文学批评与文学理论

就我国 20 世纪地域文学研究来说,浙江文学应该没有任何疑义地算是"典型的具有区域特征的重要文学现象"了。就文学家的队伍来说,20 世纪浙籍文学家队伍庞大,其人数可以占到中国现代文学作家总数的一半,而且这批文学家所取得的成就也是有目共睹的——章太炎、王国维、蔡元培、鲁迅、周作人、郁达夫、冯雪峰、夏衍和艾青等等,都是闪烁着耀眼光芒的巨星式人物。但在提到"20 世纪浙江文学"这一命题时,我们一般想到的都是文学创作,因此,我们这里不得不强调的是,"20 世纪浙江文学"的概念不应只限于各种文体、各种性质的文学创作,还应该包括浙江文学批评在内。

而且我们说的"20 世纪浙江文学批评"也应是广义的,应该包括文学理论研究在内。这首先是因为,就 20 世纪世界文学批评的发展来看,文学批评的理论化是非常突出的现象。20 世纪以来,文学批评家在对作品、文学现象进行分析、评价时,除了尽量做到全面客观地认识、评价对象的内涵、意义等释义性批评外,开始更多地借助于对作品的分析、评价来阐发自己的文学见解。文学批评发生的这种变化有多方面原因。一方面它与文学批评本身的性质相关。从学科位置上看,文学批评在文艺学学科中处于文学理论与文学活动之间,它虽然与文学理论关系密切,在认识和评价文学作品与文学现象时,要受到文学理论研究的具体结论的影响,但它又具有与具体的文学活动联系紧密的特点。因此,在接受文学理论的影响的同时,文学批评的学术使命中又有归纳、总结文学活动的经验,以抽象、概括出具有一定普遍性的理论观点,以更好地推动文学活动的发展的内容,从而文学批评在学科本性上就具有提升到更为抽象的文学理论层次的倾向。另一方面,随着20世纪以来人文科学的人文特点的凸显,文学批评的人文性内涵也赢得了人们更大的关注,即人们对文学批评的客观性、准确性有了不同于以往的新理解,文学批评所追求的客观公允背后的价值内涵被人们注意到了。从而,文学批评所具有的能够更好地宣扬人们的主观文学见解的作用引起了人们的高度重视。文学批评原本在文学活动中就具有重要而广泛的影响,而这种影响本来是受到其客观性追求的制约的,这使它所具有的巨大作用没有被充分发挥出来。而当文学批评的人文性特点被人们注意到以后,借用文学批评的巨大影响,以扩大自己文学观点的影响,就成了文学理论研究的自然选择,这也促进了文学批评的理论化。

其次,文学批评的理论化与文学理论自身的变化也有重要的关系。文学理论研究曾深受自然科学的影响,把揭示文学活动的客观规律,认识文学活动的客观真理当成自己的目的。然而,随着自然科学本身的发展变化以及科技理性对人的束缚加深,人们反过来开始重视人文科学不同于自然科学的人文性意义,从而文学的价值属性以及文学理论研究的价值性受到了人们的关注。就文学的价值属性来说,文学与科学主要反映事物的客观属性不同,它主要反映对象的价值属性,因此,情感性就成了文学的根本属性——只有与作家产生了价值关系,作家的情感体验的对象才能成为他的表现对象,而且作品所要表现的是"应如何",而不是"是什么",因此价值、意义才是文学创作的主要内容。文学理论研究因为它的研究对象是价值性的,而价值的把握只有通过评价才能够实现,因而研究者也必然面临着文学价值立场的选择问题,从而文学理论研究的客观性就是从特定的价值立场前提出发的客观性了。正如美国当代文艺理论家乔纳森·卡勒所说的,当我们在文学理论研究中追问文学的本质含义时,其实是在倡导一种文学批评方法。"'文学是什么?'这个问题之所以出现并不是因为人们担心他们也许会把一部小说错当成一部历史书;或者把算命签上的一句话错当成一首诗,而是因为批评家和理论家们希望通过说明文学是什么来推进他们认为是最重要的批评方法,并且忽略了文学最根本、最突出的方面的批评方法。"①英国当代文艺理论家伊格尔顿也把文学理论研究中对文学本质的追问与特定的社会意识形态联系起来,从而文学理论研究与特定社会阶级的政治统治之间的关系就得到了揭示,文学理论研究的人文价值性特点由此也得到了充分的认识。文学理论研究的客观性相对淡化,主观价值性内涵突出后,文学理论研究放弃对科学客观性的追求,走向与具体的文学活动的结合即走向批评化的道路就是必然的选择了,因为文学批评在宣扬特定的文学价值观念方面作用更为突出,自此文学理论研究的批评化倾向就表现得更为明显了。

20 世纪世界文学批评与文学理论的统一、融合是众所周知的事实,20 世纪浙江文学批评在世界文学的影响下,与文学理论的界限也不是特别明显。具体地说,梁实秋、冯雪峰和王任叔等先生不都是既擅长文学批评,同时在文学理论方面也有较高的建树?而美学家、文学理论家如王国维、夏丏尊和王元骧等先生,他们的理论观点又何尝不在文学批评领域中产生过一定影响?所以,我们在"20 世纪浙江文学批评"的命题下,不限于狭义的文学批评,选择了王国维、夏丏尊、梁实秋、冯雪峰、王任叔和王元骧六位先生,对他们的文学理论观点进行简单的探讨。

二　浙江文学批评的地域性内涵

正如上文所提到的,20 世纪世界文学批评与文学理论发展的重要特点是批评家和理论研究者们文学价值立场选择的重要性显得非常突出,无论是文学批评中的释义性批评还是文学理论研究中的客观真理追求都发生了很大的变化,它们都是在一定的文学价值立场选择的前提下来进行"客观"地批评和研究的。正如王元骧先生在谈到文学理论的人文研究方法时所说的:"而人文的方法由于面对的是价值,价值既

---

① 　乔纳森·卡勒:《当代学术入门·文学理论》,沈阳:辽宁教育出版社,1998 年,第 44 页。

然是一种主体的事实,它相对于人的需要而言,所以只有通过评价才能把握。因此,在文学理论研究中也就不可避免地包含着在主体一定趣味标准支配下对于文学审美价值所作的估量和裁决的因素在内,完全不带有任何思想倾向和趣味标准、价值中立的文学理论是不存在的。趣味标准是因民族的文化心理背景以及各人的社会教养、性格气质而异的,因此审美评价也就不可能完全不带有民族和个人的印记,所以也就不可能有什么'全球一体化'的文学理论。"①审美趣味在文学批评和文学理论研究中的重要作用,清楚地说明了文学批评家和理论家的主观价值观念在批评、研究中的重要性,而这同时也清楚地说明了文学批评和文学理论研究的民族性和地域性特点,因为文学批评家和理论家的审美趣味、主观价值观念中都包含着丰富的民族、地域审美文化信息,其形成离不开民族、地域文化传统的深刻影响。这也是我们提出的"20世纪浙江文学批评"命题能够成立的重要原因。自然,对20世纪浙江文学批评的地域性内涵的认识,不能停留在抽象的论断上,还需要深入细致的分析认识。

　　在这一问题上,发展迅速的"20世纪浙江文学"研究(偏重于文学创作方面)为我们提供了非常有价值的思想资源。特别是随着研究的发展,学者们对20世纪浙江文学的地域性特点已经有了非常深入的认识。比如黄健教授在《"两浙"作家与中国新文学》一书中,"运用荣格关于'集体无意识'的理论,深入到江南文化,特别是'两浙文化'的集体无意识积淀中,考察'两浙'文化基因及其转换对'两浙'作家的影响,以及'两浙'作家对中国新文学的生成与发展所作的重要贡献"②,立意深远,论述深入,达到了相当的理论深度,推进了20世纪浙江地域文学创作的研究。正如他所指出的,"在文学方面,'两浙'地域文化的影响,主要表现为'两浙'作家在以艺术审美方式认识世界和把握世界的过程中,所采取的独特的文化视角上","'两浙'地域文化的母文化孕育和影响功能,为'两浙'作家提供了一种融入世界、认识世界的独特的文化感

---

① 王元骧:《文学理论与当今时代》,杭州:浙江大学出版社,2002年,第243页。
② 黄健:《"两浙"作家与中国新文学》,杭州:浙江大学出版社,2008年,第15页。

知方式,使之获得了文化转基因的内在催化动力",①都深刻地指明了 20 世纪浙江文学的地域性特点,高度评价了"两浙"地域文化对 20 世纪浙江文学的重要作用。黄教授还通过对"两浙"文化审美意识萌生、衍变和转化的深入探讨,通过对"两浙"文化资源的细致梳理,深入阐释了"两浙"文化对"两浙"作家创作的具体影响,使对 20 世纪浙江文学地域性特点的分析落到了实处。

再如王嘉良先生的长篇论文《地域人文传统与浙江新文学作家群的建构》,也对浙江新文学的地域性特点进行了深入细致的发掘。王先生具体探讨了浙江地域背景中的"人文因素"传统在浙江新文学发展中的作用。如对"两浙"启蒙文化思潮,王先生指出:"从文化发展的走势看,如果更多地考虑'人文因素'的作用,那么,对于近现代浙江士人更具感召力且产生更直接影响的,应是体现'近传统'意义的'两浙文化'传统。而首先进入我们研究视野的,当是其启蒙传统的现代延续。""正因为两浙启蒙文化思潮成为'浙军'介入新文学革命的一种重要的思想文化资源,遂有其在注重启蒙的五四文学革命中卓然独步的辉煌。"②王先生在梳理"两浙"启蒙文化思潮形成发展的历史后特别指出,"两浙"启蒙文化思潮重视人的理性,强调人的精神独立和人性解放等思想对浙江新文学的重要影响。再如对"面海"的富有变革精神的小传统,王先生指出,"就浙江这一独特地域而言,由于它地处东南沿海,其作为中国一个重要对外窗口的区位优势,势必使其率先经受近代文化思潮的洗礼,近代化进程必然加速推进,包括文学在内的思想文化变革也一样,从而产生远比其他地域更为广泛深刻的意义";"文化变革反映在文学领域里,是文学观念的调整与文学新军的积聚"。③

黄健、王嘉良先生对 20 世纪浙江文学创作的认识虽然富有启发性,似乎也可以直接用来理解、把握 20 世纪浙江文学批评,但他们毕竟并未专门论及 20 世纪浙江文学批评,文学创作与文学批评的差异也是

---

① 黄健:《"两浙"作家与中国新文学》,杭州:浙江大学出版社,2008 年,第 8—11 页。

② 王嘉良:《地域人文传统与浙江新文学作家群的建构》,《中国社会科学》,2009 年第 4 期,第 188 页。

③ 同②,第 192—193 页。

不能简单抹杀的;而且他们对"两浙"地域文化传统的认识还不够深入。特别是他们都没有追溯到"两浙"文化精神最远古时期的形成,即"远传统"的"越文化"精神的形成,因而虽然他们尽可能具体地阐发了 20 世纪浙江文学创作的地域性特点,但这种阐发似乎还嫌不够全面深入。如王嘉良先生曾说:"纵观浙江文化发展的历史,体现'远传统'的'越文化'精神固然已积淀为本地域的思想文化资源,如王思任之所谓'吾越乃报仇雪耻之乡,非藏污纳垢之地',就乐于为近代浙江人所引用,鲁迅曾不止一次提及它。然而,从深处看,对于近现代浙江人(特别是浙江士人)产生深刻影响的,恐怕并不只是'报仇雪耻'之类的文化命题,而应当还有更深刻的文化内容。"①但认真阅读王先生对"远传统"的"越文化"精神的分析可以发现,他所理解的浙江思想文化资源主要还是南宋以来的"两浙"启蒙文化思潮等。

这里,我们尝试从"越文化"精神的远古形成开始探讨,并准备从荣格的"集体无意识"理论入手,认真分析"两浙"文化精神的具体内涵对 20 世纪浙江文学批评的影响作用。

著名历史地理学家陈桥驿先生曾认真研究过越民族、越文化的远古形成问题。通过对宁绍平原的沧桑巨变的探讨,陈先生触及了古越族的形成发展问题。他指出,从第四纪更新世末期开始,人类就已经在宁绍平原上生活,而自那时起,"宁绍平原曾经历了星轮虫、假轮虫和卷转虫三次海侵。自然界的变迁频繁而剧烈"。② 特别是第三次卷转虫的海侵对古越族的影响最大。在第二次假轮虫海侵退去后,宁绍平原提供给越族人的生活环境是非常优越的。可是从全新世之初,第三次卷转虫的海侵开始了。"到距今 1.2 万年前后,海岸就到达现在水深－110 米的位置上,到 1.1 万年前后,上升到－60 米的位置上,到了距今 8000 年前,海面更上升到－5 米的位置上。这次海侵在 7000～6000年前,达到最高峰。东海海域内伸到今杭嘉湖平原西部和宁绍平原南

---

① 王嘉良:《地域人文传统与浙江新文学作家群的建构》,《中国社会科学》,2009 年第 4 期,第 188 页。

② 陈桥驿:《吴越文化论丛》,北京:中华书局,1999 年,第 40 页。

部。今钱塘江北,古海岸沿嘉定、黄渡、蟠龙、松江、漕泾达杭州玉皇山一线。……卷转虫海侵的过程,也是宁绍平原自然环境恶化的过程。当然,海侵的前期,首先蒙受影响的是东海大陆架的出露部分。这个地区的原始居民在自然环境恶化的过程中,或许还有一部分内迁到舟山丘陵(即今舟山群岛)和丘陵以西的今宁绍平原。当距今8000年海侵发展到今海面—5米的位置上时,舟山丘陵早已和大陆分离成为群岛,而宁绍平原的环境恶化从此加剧。当时,不仅土地面积缩小,而且由于尚无海塘的阻遏,一日两度的咸潮,从所有河流倒灌入内陆,土壤迅速盐渍化,人们的主要生产部门即水稻种植,从连年减产直到没有收成。卷转虫海侵约始于距今1.5万年前,经过6000～7000年之久,海面才到达与现代海面相似的高度,因此,这次海侵的前期,宁绍平原的自然环境并不遭受较大的影响。但自从海面到达—5米以后,不过1000余年,整个宁绍平原就沦为浅海。因此,在海侵的末期,宁绍平原的环境恶化是非常剧烈和迅速的。也就是在这1000余年时间中,原来在这片自然环境非常优越的宁绍平原繁衍生息的越族居民,发生了他们部族历史中的大规模迁移。"①

之所以引用这么一大段,是因为我们认为在越民族的发展过程中这一段历史太重要了。民族生存环境由舒适、优越到艰苦、恶劣的沧桑巨变,在生产力水平低下,人们的环境适应能力还很低的情况下,对古越民的影响过于显著,因而,它必然对越族人的民族文化心理产生了重要而深刻的影响,特别是会在越民族的集体无意识上打下深深的烙印。

按荣格的看法,集体无意识"是来自人类心灵深处的某种陌生的东西。它仿佛来自人类史前时代的深渊,又仿佛来自光明与黑暗对照的超人世界。这是一种超越了人类理解力的原始经验……这种经验的价值和力量来自它的无限强大。它从永恒的深渊中崛起,显得陌生、阴冷、多面、超凡、怪异。它是永恒的混沌中的一个奇特的样本"②。荣格对集体无意识的描述,有时运用了过多的"文学性"话语,使其显得有些

---

① 陈桥驿:《吴越文化论丛》,北京:中华书局,1999年,第44页。
② 荣格:《心理学与文学》,北京:三联书店,1987年,第129页。

神秘;但其实简单说起来,它并不神秘,它应该就是早期人类生活经验在人类内心深处的积淀、结晶形成的心理潜能,在长期的人类进化中,它通过遗传的方式传递给后人。而在集体无意识的形成中,早期人类的重大生活事件无疑对集体无意识有最重要的影响。通过记忆表象的方式,重大生活事件在早期人类大脑中留下的印象通过与后来类似事件的互相作用,逐渐深刻地影响了人类的心理活动机制,形成了人类后代在面临类似事件时的心理反应潜能。这种人类在日常生活中意识不到,但在面对特定事件时会自然形成相应的心理反应定势的心理潜能,就应该是集体无意识,其发挥作用的无意识方式就应该是荣格所谓的"原型"。"生活中的一些重大问题,例如性的追逐,总是和集体无意识的原始意象有关。原始意象是我们在现实生活中碰到问题时相对应的平衡和补偿的因素。这是毫不奇怪的,因为这种意象是几千年生存斗争和适应的经验的沉积物,生活中每一种意义巨大的经验、每一种意义深远的冲突,都会重新唤起这种意象所积累的珍贵贮藏。"

从荣格的理论来看,古越族人在面对生存环境的沧桑巨变时所采取的各类积极行动必定深刻地影响了他们的心理活动机制,形成了他们内心深处的集体无意识,而且这种集体无意识通过原型的方式影响着后代子民的生活行为方式,形成了自己民族特有的生活习俗传统。或者更准确地说,在长期的历史发展中,越族人的集体无意识在后来诸多重大生活事件的作用下不断加深,同时在这些重要生活事件影响下形成的生活习俗作为集体无意识的表征和产物,又不断地累积、融合形成了越民族特有的生活习俗传统。由此,越族人就形成了区别于其他民族的特有文化传统。

具体分析越民族的早期发展史,我们认为越族人的民族文化心理中必然有如下积极的要素。首先,面向现实的理性意识。在巨大的自然灾难面前,民族成员必须放弃一切不切实际的考虑,直面现实,积极应对,才有可能获得生存发展的机会。因而,在面对海侵造成的生存环境恶化时,曾经生活舒适、优越的越族人也不得不放弃一切消极的抱怨、不切实际的幻想,采取务实的态度,直面现实,依靠自己的力量,以理性的方式积极应对。所以,正如陈桥驿先生所分析的那样,古越人或者居留海岛,或者漂洋过海,或者被迫内迁,以理性、积极的态度面对家园的破坏,或者离开原先的家园,寻找新的生活空间,或者改变生活方式,在海岛上生活下来。其次,勇于担当的使命感和责任感。在面对大自然的巨大灾难时,力量单薄的越族人明白,只有每一位民族成员都积极团结起来,群策群力,发挥集体的智慧和能力,才能在与自然的对抗中求得生存发展的机会。这就要求每一位民族成员都应该有强烈的责任意识和积极担当的使命意识,以高度的主人翁责任感把民族群体的事情当成自己的事情来处理,从而形成强大的民族合力,争取民族的生存发展机会。最后,勇于探索、不倦努力的实干精神。曾经生活幸福的越族人在意外的自然灾难面前,清楚地意识到只有依靠自己不倦的努力和勇敢的探索,才有可能战胜灾难,重新赢回曾经的幸福生活。因而,相信自己的能力,相信自己的劳动就自然地成为越族人的信念,积极的多方探索、踏实的辛勤劳作成为越族人优秀的民族品格。

一般而言,民族文化传统应既有相对的稳定性,又有随生活的发展变化而积极调整变革的强大生命力。只有如此,它才能在民族成员的日常生活中起到重要的感情凝聚作用、生活方向引导作用等等,在精神上帮助本民族成员积极勇敢地面对生活现实,从而推进民族的发展繁荣。而随着民族的发展、强大,不同民族的文化交流,民族文化传统也会展现出巨大的吸引力,表现出强大的文化魅力,从而能够同化其他民族的成员,使民族文化走向开放、包容。越民族文化传统形成于越族人正视生活灾难,积极地争取民族生活空间的努力奋斗中,它所具有的直面现实、勇于担当、积极探索和不倦追求的积极要素,对始终苦难深重的全人类发展都具有重要的精神意义。

民族文化传统可以分为表层的、感性的生活习俗传统和深层的、理性的民族地域性思想,它们都是民族集体无意识的产物和表现。就感性的生活习俗传统来说,它形成于民族发展中重要的生活事件,或者是特定的重要生活仪式,或者是特定的民族记忆内容,但无论何种内容,它们在最初无疑都是民族集体无意识的表现。但随着时间的流逝,这些内容越来越成为人们生活中习惯成自然地、无意识地认同的生活内容,它们也就自然地转化成为民族生活习俗传统,从而重新与民族集体无意识结合、统一在一起了。从其形成来看,民族生活习俗的意义非常重要,我们不能轻视。我们认为,民族生活习俗内容是民族成员互相认同的明显标志,它与民族成员的文化心理紧密相关,甚至是民族集体无意识的冰山在大海上浮出水面的部分。当外族外地人到达本民族的生活空间时,通过"入乡先问俗"和"入乡随俗"的礼仪保证,外族外地人就能够一定程度上接受民族文化传统,融入本民族的日常生活,进而达到民族文化传统的认同,甚至是被同化。因此,就文学表现民族文化传统,展示民族文化心理,呈现民族集体无意识来说,对日常生活习俗传统的艺术描写是非常重要的方式之一。自然,民族集体无意识的真正表现应该是文学家无意识地受文化原型制约而进行的艺术形象创造,文学家在作品中对民族地方生活习俗的描写只能是意识层面上、浅表化地展示民族集体无意识的方式之一。因此,在探讨"两浙"新文学创作时,我们不能仅仅停留在对作品的地域风格的认识上,而应该深入到文学家的具体创作过程中,去把握其原型文化思维,分析其作品中的艺术形象对越民族文化心理包括越民族集体无意识的展现。

就理性的民族地域性文化思想来说,因为它属于已经上升到人的理性意识的民族文化传统,所以它与民族集体无意识的关系非常微妙。一方面,它必然是深受民族集体无意识的制约的;另一方面因为它是理性的,与文学创作的感性特点有很大不同,所以它在受民族集体无意识制约,表现民族集体无意识的意蕴时,与文学创作由于文化原型的影响能够相对直接地展现民族集体无意识的内容有所不同,表现出了间接性的特点。民族文化思想家们在爱智慧的哲思中,针对重要的现实问题,对民族历史经验进行概括总结,这种理性思考从根本上说与民族成员在面对现实问题时,受文化原型的影响而做出的感性心理反应是一致的,即民族文化思想同样是受民族集体无意识的制约的。而因为其活动方式是理性的,这决定了民族文化思想又只能通过对民族集体无意识制约、影响下的重要生活经验以及民族历史发展经验进行分析、概括,提出具体的思想观点,来应对现实问题。应该指出的是,民族日常生活中的重要生活经验以及民族历史发展经验,与民族集体无意识并不是根本对立的,它虽然是在意识层面上对民族集体无意识的外在表现进行的理性把握,其活动方式与民族集体无意识有明显不同,但这种理性把握还是能够一定程度上触及到民族集体无意识的意蕴内核,而且民族文化思想家的理性思考也不完全排除对文化原型的直接体验感悟,再加上民族文化思想的理性特点保证了思想的有效遗传继承,这使其在不断的思想发展中有可能实现对民族集体无意识的理性直觉,从而创造出体现民族文化本质特点的文化思想。

具体到越民族、越地的文化思想来看,南宋时期可以看做越民族文化思想发展的关键阶段。从上文提到的越民族文化心理要素来看,越是在社会现实问题严重,迫切需要人们去应对、思考回答时,越民族集体无意识就越会因为受到强大的激发,爆发出巨大的能量,从而推动越民族文化的更大发展繁荣,进而能够展现其巨大的魅力。在文化思想领域,这时真正体现出越民族文化本质特点的越文化思想也会实现飞跃发展。正如学者们不断总结过的,南宋时期形成了"两浙"文化传统中的启蒙文化思潮,它的影响甚至波及了近现代时期。王嘉良先生曾总结说:"宋明以来,浙江人才辈出,学派林立:由南宋开启的'浙东学派'(叶适、陈亮、吕祖谦等),创事功学与心学两大体系,确立近代理性所需的务实精神和张扬人的精神主体性的哲学理念,从而构成对汉儒经典的冲击,开启了中国近代思想文化启蒙之先河;至明清之际,集心学之大成的王阳明哲学与以黄宗羲为代表的浙东史学,促成了事功学与心学的合流,建构了一种兼具主体精神与事功精神的哲学理论体系,抨击压抑人性的经学与理学,鼓吹民族思想,于是使这里成为当时新思想、新思潮的主要启蒙地区。……近代以来,此地启蒙文学一直呈持续发展态势,特别是作为封建'衰世'的批判者和改革风雷的呼唤者,龚自珍更是从浙江走出的第一流启蒙文学大师,其思想学识不独流布甚广,'风尚所趋,尊为龚学……家弦户诵,遍于江浙',且以其振聋发聩的'改革'呼声直接影响了 19 世纪末、20 世纪初的思想界、文学界。……由是观之,以启蒙思潮为核心的两浙文化传统,早已处在引领全国文化新潮的位置,且事实上构成了对处于急剧震荡中的近现代中国知识界以强大的思想、精神'原动力',尤其会对生于斯、长于斯的浙江士人施加深刻的影响。在此'背景'下,后来走出一个以启蒙为重任的新文学作家群，正可谓是历史传统的承续，是文化启蒙思潮蓄势已久的喷发。"①
王先生这一大段简明扼要的分析主要是从经济与文化的辩证统一发展
来谈的，所论准确深刻，但我们不能忽略了"两浙"士人受越民族集体无
意识的影响，在社会动荡中发扬越民族文化精神，积极进行越文化思想
创新的巨大努力。具体分析南宋以来的"两浙"启蒙文化思潮，它的思
想核心理性、务实以及主体性等等，不也正是越民族文化精神中的核心
内容吗？

　　另外，还应该指出的是，民族文化传统中感性的生活习俗传统和理
性的民族思想传统之间也存在互相作用的关系。因为两方面的内容在
根本上都是民族集体无意识的表现和表征，所以两者之间除了外在形
式上的区别外，更主要的是相似相通、互相作用、共同发展繁荣的关系。
就越民族文化传统来说，越民族文化思想与越民族文艺传统之间也是
如此，两者互相作用，共同繁荣，为越民族创造了既有理性深度，又有亲
切感人的原型表象的精神空间，这是越民族思想家和文学家们共同创
造，同时又共同受其浸染、滋养的精神文化传统。一些文学家和批评家
在接受了越民族文化传统的影响后，即使后来离开了越地，但越民族文
化传统就像那条始终控制着在高空中飘荡的风筝的线绳一样，也不断
地影响着这些在外漂泊的浙籍文学家和批评家。鉴于民族集体无意识
的深刻影响力，我们认为这种民族文化精神上的血脉联系是无法彻底
割断的，因此我们的 20 世纪浙江地域文学批评研究，也包括地域文学
创作研究，一直主张重视批评家和文学家们的"两浙"出身。

三　面向世界文学的 20 世纪浙江文学批评

　　从上文所提及的民族文化思想的形成来看，虽然它的性质不同于
文学创作，是理性的，因而它无法直接受到民族集体无意识的影响，但

---

　　①　王嘉良：《地域人文传统与浙江新文学作家群的建构》，《中国社会科学》，2009 年第 4
期，第 189 页。

民族文化思想在形成中并不完全排斥对文化原型的体验,而且它的对象也是民族集体无意识的产物,因而总体上看,它仍与民族集体无意识有密切的思想联系,而且也不排除在特定的理性直觉中直接洞察到民族集体无意识的作用。具体到越民族文化思想的形成、发展来看,它也是离不开越民族集体无意识的影响和制约的,这应该是越民族文化思想能够保持自己的民族地域性特点的根本原因。因此,在把握作为越民族文化思想的重要构成部分——"20 世纪浙江文学批评"这一命题时,我们也要从越民族文化心理中的民族集体无意识入手来展开探讨。只有如此,才能不被复杂的具体理论观点所迷惑,清晰地把握 20 世纪浙江文学批评中的地域性特点。

就具体的研究方法来说,因为民族文化思想是以理性的方式间接地接受越民族集体无意识的制约的,它在根本上与文化原型支配下直面社会现实问题的感性心理活动的方式相类似,所以,我们一方面也应该寻绎"两浙"文学批评家们通过理性思考直面社会现实问题的活动方式,而不是只停留在对文学批评家们的具体观点的认识上,即我们应当把握 20 世纪"两浙"文学批评家们的"问题研究"模式,通过"理论发生学"的研究方法,来把握"两浙"文学批评家们通过理性思考来把握社会现实问题的方式,以此来认识 20 世纪浙江文学批评的民族地域文化内涵。另一方面,我们还应该仔细地分析 20 世纪浙江文学批评家们的具体观点,探讨他们所倡导的文学观念中所蕴含的相关文学形象与民族文化原型的关系。无论是文学批评,还是文学理论研究,都是由一定的"终极性"文学观念作为理论支撑的,而这种文学观念虽然是以理论的形式存在的,但它无疑又与一定的文学家形象、文学形象、文学作品形象等等相关。认真分析其中的文学家形象、文学形象与民族文化原型的关系,无疑是能够发现它所暗含的民族地域文化内涵的。

上述具体研究方法上的两个方面,是我们在认识 20 世纪浙江文学批评的地域性特点时应该同时注意的。仅仅注意前者,可能无法具体地把握 20 世纪浙江文学批评的地域性内涵,只能大体上推断文学批评家是作为民族文化传统的继承人在进行文学批评活动的;仅仅关注后者,可能容易被具体的批评论点所迷惑,无法很好地把握民族集体无意识通过文化原型起作用的方式。

对 20 世纪浙江文学批评家的具体理论观点展开来进行分析,是我们后面几章要重点花费笔墨的,因此这里只就"理论发生学"的研究方法来说。那么,20 世纪"两浙"文学批评家们所面对的"现实问题"是什么呢?他们是如何来处理这一现实问题的呢? 20 世纪上半期是中华民族历史上社会极为动荡、战争频仍、人民生活困顿、国家民族濒于生死存亡关头的苦难时期。在这一历史时期,救国救民于水火是全国人民最大的现实问题,也是每一个知识分子不得不严肃对待的社会现实问题。而 20 世纪下半期至今,虽然新中国的成立初步解放了备受剥削、压迫的苦难人民,极大地振奋了全国人民的精神,但是面对西方发达资本主义文明的压力,求发展、求自由的现实问题始终都非常严峻,这一现实背景下的十年"文革"极左政治更是给全国人民带来了深重的苦难。所以,纵观整个 20 世纪,中西经济、军事、政治和文化等的矛盾冲突、合作博弈始终是最大的现实问题,这构成了 20 世纪"两浙"文学批评家们进行理论思考的现实语境。

自然地,这一"危机"语境必然能够极大地激发"两浙"文学批评家们内心深处越民族集体无意识的巨大能量,使他直面社会现实危机,积极理性地寻找解决问题的途径。从 20 世纪"两浙"文学批评家们的批评实践和理论思考来看,正视中西现实差距,择取西方文化思想的精华与中国文化思想的优秀传统,积极地进行融合创新,来思考人们的人生问题,成为他们不约而同的选择。因此,世界文学构成了 20 世纪"两浙"文学批评的重要思想背景,这是我们把握 20 世纪"两浙"文学批评时不得不高度重视的内容。这里,我们可以以王国维和王元骧先生为例来认识这一点。

就王国维的美学研究来看,我们注意到他是从"学术救国"的理念出发来进行文学批评和美学思考的。学界一般把王国维的美学思想与梁启超的进行对比,认为王国维的审美非功利美学思想与梁启超的"审美功利"思想构成了中国现代美学的不同开端。我们认为,这一看法无论是对王国维还是对梁启超来说,都过于简单化了。梁启超在前期倡导三界革命时,诚然曾要求文学成为社会革命的武器,但他何曾忽视过文学的审美性特点呢？何况梁启超在后期还曾提倡趣味美学，要求人生的艺术化和艺术的人生化，此时他也没有忽视艺术的社会内涵，而且从梁启超美学思想的整体来看，他的美学思想体系其实是比较完整的"趣味主义"美学体系，并不就是"审美功利主义"的。正如金雅教授所说："通过'趣味'（'情感'）的范畴，梁启超把前期以'移人'（'力'）为中心所展开的对于小说艺术感染力与社会功能的论释扩展深化了。梁启超前后期美学思想共同构筑了一个以趣味为核心、以情感为基石、以力为中介、以移人为目标的人生论美学思想体系。"①梁启超美学思想的整体把握比较复杂，我们没办法展开来分析；仅就王国维的美学思想来看，"学术救国"是王国维文学批评实践和美学思想研究的出发点。他认为"学术"繁荣的意义特别重大，"凡生民之先觉，政治教育之指导，利用厚生之渊源，胥由此出，非徒一国之名誉与光辉而已"②。由此，他指出，如果一个国家、民族不热爱学术，说明国家和民族就要灭亡了。正是从这种学术观念出发，王国维才高度重视艺术和哲学的意义，展开了文学批评和美学研究的。所以，我们也不能把王国维的美学思想简单地看成是审美非功利的。

　　王国维从"学术救国"的思想高度来展开文学批评和美学研究，这清楚地展现了他直面社会现实、勇于担当的"救世"情怀，这应该与越文化思想传统的影响有紧密的联系。而在对学术的理解中，王国维强调学术求真，理论上认为"学无中西"，但中西学术的差异、差距还是使他在美学研究中，更多地采用了借鉴西方美学的思想观点和方法，思考中国文艺问题的研究方法。具体地说，康德美学、席勒美学、叔本华和尼采的美学观点，以及心理学家海甫定的审美心理学观点都对王国维有重要的影响。王国维的《〈红楼梦〉评论》用他自己的说法，就是虽对叔本华的观点有不同意见，但立论"全在叔氏之立脚地"③；他的"意境"说，也是用康德、叔本华等的天才理论来探讨如何解决我国词的发展中

　　①　金雅：《梁启超美学思想研究》，北京：商务印书馆，2005年，第63页。
　　②　聂振斌：《中国现代美学名家文丛·王国维卷》，杭州：浙江大学出版社，2009年，第13页。
　　③　同②，第201页。

重语言雕琢造成的问题的。

就王元骧先生来说，他自己曾多次指出自己的学术研究虽然具有浓厚的学院气息，但大多都是针对社会现实的。具体地说，王先生至今的文艺理论、美学研究从审美反映论到文艺实践论，再到文艺本体论研究，在短短的二十余年间，学术中心问题有三次明显的变化，而这都是由社会现实的变化引发的。20世纪80年代中后期，西方文艺观念大规模引入我国，极大地影响了我国的文学活动。针对这一文艺现实，王先生受苏联20世纪50年代审美派理论等的影响，从既有的哲学反映论出发，展开了审美反映论研究。而90年代中后期，他又因我国改革开放、市场经济发展所带来的拜金主义泛滥、人文精神萎靡等等现实问题，展开了对文艺的实践本性的探讨，其中西方的实践论美学和浪漫主义美学等等对他有重要的思想启发。21世纪伊始，王先生又因对文艺的实践本性研究的深入，转向了对文艺本体论的探讨，而西方的康德美学以及从柏拉图开始的超验美学等等成了他的思想来源。概括地说，王先生的文艺理论美学研究也是不脱离社会现实的，强烈的入世关怀是其马克思主义文艺理论、美学研究的突出特点。在治学方法上，王元骧先生虽然也强调中西综合创造，但中西理论之间在发展层次上的不同，还是使他更多地采取了广泛吸取西方理论来改造、融合中国理论观点的研究方法。在王先生的文艺理论和美学研究中，越文化传统中直面社会现实、勇于担当的思想基因同样清晰可辨。

总之，在20世纪浙江文学批评中，文学批评家们直面中西的矛盾冲突所形成的社会现实问题，积极理性地借鉴西方理论，进行中西理论融合，以推动中国社会文化迅速发展的理论努力是非常突出的。在20世纪浙江文学批评家们的身上，源自远古的越文化精神传统得到了很好的继承和发扬，世界文学也因此成为20世纪浙江文学批评非常重要的现实背景。

第二章 王国维:借鉴西方理论思考我国的 文艺和美学问题

王国维(1877—1927),浙江海宁人。他是在浙西土地上成长起来的美学思想家、国学大师。出生于19世纪后期的王国维,与他那个时代的先进知识分子一样,面对国弱民穷的社会现实,有要求社会变革的强烈愿望。所以,为宣传、引入新思想、新知识,他积极参与新报刊的编辑出版,或者在不同的学校中努力学习、传授新知,特别是哲学和艺术,以为国家民族培养有用人才,这是其前期重要的活动内容。此时,他因家庭背景、成长经历、知识水平以及社会环境等等的影响,没有像梁启超、蔡元培一样,把积极主动地参与政治实践、要求社会变革作为自己人生追求,而是更多地着眼于个人的努力,特别是自我的学术研究,由对"育人"、"启蒙"的思考入手来关心国家、民族的未来。而因受个人性情、时代形势、政治观念以及罗振玉等人的影响,他后期的治学转向了国学,并取得了卓越的学术成就,是影响深远的国学大师。

王国维的文学批评、美学思想是其学术研究的重要构成部分,因此要把握他影响深远的美学思想、文艺观念,应该从其学术研究开始谈起。

一 以救国为指向的学术研究

王国维在《教育小言十则》中将学术研究与国家命运结合起来,认为学术研究的发展状况与国家的历史命运相关,国人不爱学问是国家不祥,将要走向灭亡的危险征兆。他说:"昔孔子以老者不教、少者不学为国之不祥;闵子马以原伯鲁不悦学而卜原氏之亡。今举天下之人而不悦学,几何不胥人人为不祥之人,而胥天下而亡也。"①王国维重视学术研究,是因为他认为"一切艺术,悉由一切学问出,古人所谓'不学无术',非虚语也",正如"古人所谓学,兼知行言之"②。王国维此处所说的艺术,不专指审美意义上的绘画、雕刻等,而是泛指一切技艺;而既然所有的技艺"悉由一切学问出",它们都是把学术研究的成果运用在各实践领域才形成的,所以,在王国维看来,学术繁荣的意义特别重大。"凡生民之先觉,政治教育之指导,利用厚生之渊源,胥由此出,非徒一国之名誉与光辉而已。"③学术研究不仅有关国家的荣耀,而且是人民觉醒、政治意识发展、物质财富积累的根源,王国维的看法极大地抬高了学术的地位。

王国维所理解的学术是广义的,不仅不限于中国古代学术的范围,而且不限于人文社会科学,还包括自然科学和各类应用科学在内。王国维虽然有时受康德哲学的深刻影响,在谈到教育的重要分支之一知育时,偏重于将之理解成自然科学知识的教育,而且从其本人的学术研究实践和他对中国近代以来洋务派学习西方的失败教训的认识来看,他自己更为重视的是人文社会科学的学术研究;但从总体来看,他谈教育中的分科教育,他谈学术,谈知识,是兼指自然科学与人文社会科学的。王国维重视学术的事关国家民族命运的重大意义,所表现的是对西方近代以来的科学理性精神的服膺。他一生治学,不仅仅是早期,而且包括后来的治国学都表现出德国古典哲学对他的深刻影响(这主要是就王国维后期治国学所表现出的科学理性精神来说的)。而德国古典哲学是西方资本主义文化的特殊形式,即在不利于资本主义经济发展的社会环境中的资本主义文化形式,就其仍属于西方启蒙主义哲学来说,德国古典哲学的重视精神理性说明它一直延续着西方启蒙主义哲学重视科学理性的精神传统。王国维后期治国学,其特点之一就是强调科学理性,这说明他早期治学接受康德哲学、席勒美学思想等的影

---

① 聂振斌:《中国现代美学名家文丛·王国维卷》,杭州:浙江大学出版社,2009 年,第83 页。

② 同①,第 111 页。

③ 同①,第 13 页。

响时所认同的科学理性,深刻影响了他一生的治学。王国维一生治学三变——由哲学到文学又到国学,但不变的是以学术研究关注社会现实,不变的是重视学术理性。

　　缘于对学术理性的认同,王国维对学术形成了不同于普通人的独特理解。首先,他强调学术研究超越功利的独立性,即要"为学术自己故而研究之"。在王国维看来,学术研究的目的是追求真理,而出于谋生、谋仕进等功利考虑去进行学术研究,是无法实现追求真理的目标的。王国维受康德、席勒等的影响,认为人有别于动物是因为其生命活动能超越物质欲望的束缚限制,人耽溺于物质欲望是其还没有从动物层次独立出来的表现,所以他对出于物质功利考虑而进行的学术研究并不认同,认为那并不是真正的学术研究。王国维前期治学之所以高度重视哲学和艺术,也是源于他认为两者远离功利,即所谓"天下有最神圣、最尊贵而无与于当世之用者,哲学与美术是已"。王国维从人的本质这一思想高度来认识哲学与美术的意义。他说:"夫之所以异于禽兽者,岂不以其有纯粹之知识与微妙之感情哉? 至于生活之欲,人与禽兽无以或异。后者政治家及实业家之所供给;前者之慰藉满足,非求诸哲学及美术不可。就其所贡献于人之事业言之,其性质之贵贱,固以殊矣。至就其功效之所及言之,则哲学家与美术家之事业,虽千载以下,四海以外,苟其所发明之真理与其所表之之记号之尚存,则人类之知识感情由此而得其满足慰藉者,曾无以异于昔;而政治家及实业家之事业,其及于五世十世者希矣。此又久暂之别也。"[①]哲学与艺术能够满足人不同于动物的需要,因此哲学与艺术是人的本质的表现,而且其价值意义是永恒的,王国维的这些看法深刻地揭示了哲学与艺术对人类的重要意义,他在前期之所以高度重视哲学、艺术的价值,反复论述两者的意义,就是因为这一点。王国维后期因对哲学研究、文学创作的失望,以及受罗振玉的影响等原因,重新对自己早年曾感兴趣的历史和考据学燃起了热情,治学对象发生了变化,但我们认为在王国维前后期的治学变化中,不变的是他学术救国的追求。王国维在早期为了赞美那

---

　　①　聂振斌:《中国现代美学名家文丛·王国维卷》,杭州:浙江大学出版社,2009年,第3页。

些真正的学术研究者,曾认为研究被人抛弃的"旧学"的人才是真为学术研究者:"夫今日欲求真悦学者,宁于旧学中求之。以研究新学者之真为学问欤? 抑以学问为羔雁欤? 吾人所不易知。不如深研见弃之旧学者,吾人能断其出于好学之真意故也。"①王国维后期所研究的古文字、古器物和古史地,无疑属于被人抛弃的"旧学",他自己后期的"旧学"研究无疑是其倡导的真正学术研究的表现。

王国维因为重视独立的、纯粹的学术研究,所以,他强调学术研究无新旧、无中西和有用无用之分。在作于 1911 年的《〈国学丛刊〉序》中,王国维详细阐述了自己对学术的新旧、中西和有用无用问题的理解。就学术的新旧来看,他认为古今新旧之说产生的原因在于没有准确把握历史与科学的关系:科学研究者因为重视对事物本质、规律的把握,所以对历史上因特殊原因而存在的、不具有科学合理性的事物不重视;历史研究者则因为重视历史事实,不重视事物存在、发展的规律性,所以对科学不够重视;而调和历史与科学者则完全不清楚取舍调和的原因,所以他们的"调和"也是不成立的。总之,在王国维看来,历史事实的存在规律也有必要把握,科学的历史事实也是如此,所以"治科学者,必有待于史学上之材料;而治史学者,亦不可无科学上之知识",学无新旧之分。就学术研究的中西区分来看,王国维认为学术研究只有"广狭疏密"的不同,"本无中西"之别,"中国之学,西国类皆有之;西国之学,我国亦类皆有之",各类学术之间是"互相推助"的关系。就学术的有用无用来看,王国维认为"凡学皆无用也,皆有用也",即他认为纯粹的学术研究必须是以求真为最高追求的、超越实用功利的;而这种纯粹的学术研究最终对人类有积极的作用,"极其会归,皆有裨于人类之生存福祉",也就是上文提到的,纯粹的学术研究有助于人民的觉醒、政治教育的指导和利用厚生。王国维反对出于功利需要进行的学术研究,只是因为他重视学术求真,抗议当时到处泛滥的拿学术谋生的错误做法,认为出于功利需要进行的学术研究无法揭示真理,根本不算学术

---

① 聂振斌:《中国现代美学名家文丛·王国维卷》,杭州:浙江大学出版社,2009 年,第 84 页。

研究。而这并不等于取消了学术研究的最终功利作用，相反，他认为真正的学术研究最终是能够作用于社会的实用功利的。

其次，王国维在治学方法上强调"中西"结合。他虽然因为重视纯粹的学术研究，强调学无中西，但中西学在事实上的差异毕竟是无法取消的，所以，王国维不得不"即从俗说，而姑存中学西学之名"，而且他实际上走的治学之路也是把真理当成最高的追求，摒弃因中西之别而扬此抑彼的中西结合之路。"余谓中西二学，盛则俱盛，衰则俱衰，风气既开，互相推助。且居今日之世，讲今日之学，未有西学不兴，而中学能兴者；亦未有中学不兴，而西学能兴者。"①"若夫西洋哲学之于中国哲学，其关系亦与诸子哲学之于儒教哲学等。今即不论西洋哲学自己之价值，而欲完全知此土之哲学，势不可不研究彼土之哲学。异日发明光大我国学术者，必在兼通世界学术之人，而不在一孔之陋儒，固可决也。"②而认真分析起来，王国维更为重视的应该是接受西学的影响，提升中学的研究水平。在《论近年之学术界》一文中，王国维把他那个时代看成是思想上的受动之时代，以佛教来喻西洋之思想。他说："佛教之东，适值吾国思想凋敝之后，当此之时，学者见之，如饥者之得食，渴者之得饮，担簦访道者，接武于葱岭之道；翻经译论者，云集于南北之都，自六朝至于唐室，而佛陀之教极千古之盛矣。此为吾国思想受动之时代。……自宋以后以至本朝，思想之停滞略同于两汉，至今日而第二之佛教又见告矣，西洋之思想是也。"③他在理智上虽然倡导中西结合的创新，但其实在无意识中还是把接受西学的影响当成了更为重要的活动。在《论新学语之输入》中，王国维把言语与思想紧密联系起来，认为"夫言语者，代表国民之思想者也，思想之精粗广狭，视言语之精粗广狭以为准"，由此他肯定了因西洋学术的输入而吸收新学语，特别是日本翻译的新学语的必要性，他对西学重要性的认识可以见出。

最后，王国维所理解的学术研究是理论与实践的统一。即王国维

---

① 聂振斌：《中国现代美学名家文丛·王国维卷》，杭州：浙江大学出版社，2009 年，第 12 页。

② 同①，第 93 页。

③ 同①，第 8 页。

所理解的学术研究,是"学"和"术"的统一,是"兼知行",不限于"知"的。具体表现在王国维自己的学术研究实践中,比如他在文艺研究中除了以文献的搜集整理为基础,进行文艺理论、美学的探讨外,他还积极进行文艺创作的实践,或者准确地说,他的文艺研究是创作、研究兼顾的。就王国维的境界或意境研究来说,他创作有境界的词,编辑、出版了自己的词集《人间词》,编写《词录》,校辑词集,同时写作《人间词话》,所以他的研究是创作、文献和理论的统一。再就他的戏曲研究来说,他先在基础文献整理方面,著《曲录》《优语录》,校注《录鬼薄》等等,做了大量的资料工作,然后才进行具体问题的探讨,最后才写出《宋元戏曲考》,而同时王国维不是没有创作戏曲作品的考虑,只是因为考虑到自己缺少创作才能才没有付诸实践,所以他的戏曲研究也可以看做是理论与实践并举的。自然,在王国维这里,文艺理论和美学研究中的"知行"统一,有些特殊。因为王国维在文艺观念上持天才观,天才创造在根本上说是不依赖于后天知识修养的指引的,但王国维仍认为文艺理论和美学研究有其特定的价值。他说:"且定美之标准与文学上之原理者,亦唯可于哲学之一分科之美学中求之。虽有文学上之天才者无俟此学之教训,而无才者亦不能以此等抽象之学问养成之,然以有此等学故,得使旷世之才稍省其劳力,而中智之人不惑于歧途,其功固不可没也。"①后期,王国维从事历史研究,他的研究动机是指向现实的,按罗振玉的说法,即要延续"三千年之教"的传统,"信古返经",以应对人们的思想多元化的社会现实。而在具体的研究实践中,王国维既有研究方法的理论总结,同时又有成果卓著的研究实践,取得了重大的学术成就。

王国维在动荡的社会现实中,选择学术救国的人生道路,这与德国古典哲学的重要影响是分不开的,这从他重视科学理性以及强调人的意志独立的重要性都可以看出。但德国古典哲学的影响仅仅是外在的影响因素之一,中国传统文化中重精神、轻物质的文化传统,以及中国近代以来洋务派向西方学习军事、工商业等,维新派向西方学习政治、

---

① 聂振斌:《中国现代美学名家文丛·王国维卷》,杭州:浙江大学出版社,2009年,第94页。

法律制度等,却最终先后走向了失败,应该对其思想也有重要的影响。
特别是后者,近代以来有识之士向西方学习器物、制度等方面的变革,
而在封建僵化的体制束缚下,不得不先后走向失败,这无疑给敏感的先
进知识分子阶层以极大的思想触动——他们不得不走向了通过思想启
蒙进行人的改造的道路。

王国维青年时代即喜爱历史,1898 年到上海进《时务报》社谋生,
他对国家、民族命途多舛的现实自是非常关注,而他因个人体质羸弱、
受家庭所累等不得已的苦衷,不能像梁启超等人一样直接去参与政治
活动等,只能选择了学术救国的人生道路,这给王国维的人生、治学都
带来深刻的影响。非常自然的,在王国维的学术研究中,中国传统文化
中知识分子以天下为己任的责任感、使命感是非常强烈的,同时两浙文
化传统中自南宋以来的启蒙文化思潮,远古越文化精神中人面对各种
灾难应当勇于担当、积极探索的精神传统,也给了王国维相当的影响,
虽然王国维从性格方面看在人生观上偏于悲观。

二　作为情育的美育

王国维在西方美学思想的影响下,进行了中西美学思想结合的创
新,所以他的美学思想、文艺观念具有一定的革命意义。早在 20 世纪
20 年代吴文祺就著文《文学革命的先驱者——王静安先生》,把王国维
看成是五四新文学革命的先驱者,高度肯定了王国维文艺思想的革命
意义。[1] 后来,李长之在《王国维文艺批评著作批判》中更为明确地指
出:"他继承了传统的中国式的批评的方式,颇又接受了点西洋的思潮,
有他独到的见地,而做了文学革命的先驱。"[2]这就更为具体地指出了
王国维文艺思想的革命性所在:中西结合的理论创新。

然而,要准确地把握王国维的文艺批评、文艺观念,应该从他的学

---

[1] 吴文祺:《文学革命的先驱者——王静安先生》,《小说月报》,1927 年第 17 卷号外。
[2] 李长之:《李长之书评》(第 4 卷),石家庄:河北教育出版社,2007 年,第 281 页。

术救国,特别是美育救国思想谈起,因为王国维的文艺思想是其学术救国前提下的认识结晶,是其美育救国思想的构成部分。因而,我们只有对王国维的学术思想、美育思想有了准确的把握后,才能更为准确地理解王国维的文艺思想。

上文我们曾提到,王国维在前期因为重视学术研究,而对哲学、艺术非常关注。但哲学与艺术两者毕竟一个是知识性的,一个是情感性的,有明显的区别,王国维把两者等同起来看成是学术研究的代表,原因何在呢? 主要的原因在于,他认为艺术和哲学从性质上看都是以宇宙人生的真理为目标的,"夫哲学与美术之所志者,真理也。真理者,天下万世之真理,而非一时之真理也"①,两者的不同只是两者的活动方式有所区别,即"不过其解释之方法,一直观的,一思考的;一顿悟的,一合理的耳"②。其次,他认为艺术和哲学有密切联系。一方面,有些著作到底属于哲学著作还是文艺作品不好区分,它们可能既是思想深刻的哲学作品,同时又是文辞精到的文艺著作;另一方面,哲学中的美学这一分支学科,对文艺活动有实际的价值作用,它"得使旷世之才稍省其劳力,而中智之人不惑于歧途"。

总之,因为哲学和艺术在学术研究中的重要性,王国维的重视学术研究转变为了重视哲学和艺术。其中哲学思想因为对人文社会科学各学科都有广泛的影响,所以王国维在谈到学术研究时,有时指的就是哲学研究,而艺术因为有广泛的社会影响力,能够更好地实现王国维所追求的学术救国理念,所以王国维虽然在总体上对哲学和艺术是同等重视的,但他的看法有时也有细微的不同,即当他更强调学术的功用时,他更加重视的是艺术特别是美育的意义。

1. 王国维的美育观点

王国维在教育理念上强调培养身体与精神充分而和谐发展的"完全之人物"。"教育之宗旨何在? 在使人为完全之人物而已。何谓完全

---

① 聂振斌:《中国现代美学名家文丛·王国维卷》,杭州:浙江大学出版社,2009年,第3页。
② 同①,第94页。

之人物?谓人之能力无不发达且调和是也。人之能力分为内外二者:
一曰身体之能力,一曰精神之能力。……完全之人物,精神与身体必不
可不为调和之发达。"①王国维在教育理念上强调人精神与身体各方面
能力的充分而和谐的发展,这一思想是科学的,至今不失其积极意义。

　　而就对人的精神能力的培养来看,王国维认为美育起着极为重要
的作用。他受西方哲学、美学的影响,把人的精神能力分为智力、感情
及意志三部分,认为"教育之事亦分为三部:智育、德育(即意育)、美育
(即情育)是也"。而美育在他看来,主要是情育,是作用于人感情的陶
冶与提升的,但又不仅如此,他认为情育同时还是智育、德育的媒介,对
智育、德育有促进作用。"美育者,一面使人感情发达,以达完美之域;
一面又为德育与智育之手段,此又教育者所不可不留意也。"这主要是
因为,王国维清楚地认识到了人的精神能力是不能在事实上截然区分
开来的,"人心之知情意三者,非各自独立,而互相交错者"。美育既能
直接作用于人的情感,同时又会影响人的智育和德育,从而起到促进人
精神能力发展的积极作用,所以,王国维对美育高度重视。

　　有时,王国维在论述中特别重视美育对培养人道德品质,即作为德
育之助的重要作用。从美无关于利害出发,王国维认为美能够"使人忘
一己之利害,而入高尚纯洁之域",从而提升了人的道德感。王国维还
强调,就个体来说,美育能提升人的道德品质,使人达到道德自由境界,
就社会群体来说,美育能够实现完美的道德王国。这一看法充分揭示
了美育对德育的辅助功能。但应该特别指出的是,王国维在肯定美育
对德育的辅助功能时,并未取消美育的独立性,而是恰恰相反,他非常
注意美育相对于德育的独立性。如他在论述小学唱歌科对修身科的作
用时,非常关注的是如何避免前者成为后者的奴隶,"而得保其独立之
位置"②。为此,他特别关注歌词的选择。"唱歌科之补助修身科,亦在
形式而不在内容(歌词)。虽有声无词之音乐,自有陶冶品性,使之高尚

---

　　①　聂振斌:《中国现代美学名家文丛·王国维卷》,杭州:浙江大学出版社,2009年,第
89页。
　　②　同①,第99页。

和平之力,固不必用修身科之材料为唱歌科之材料也。故选择歌词之标准,宁从前者而不从后者。"王国维强调选择歌词时应以音乐而不是道德为标准,清楚地说明了他对美育独立性的重视。

王国维不仅在理论上把美育与"完全之人物"的培养结合起来,表现出深刻的人本主义美育思想理念,而且从其学术救国思想出发,对艺术美育功能的实践进行了深刻的探讨。如他在《〈红楼梦〉评论》中,深入探讨了《红楼梦》在伦理学上的价值,指出它作为艺术作品,同时以解脱为理想,对救济人生有双重的意义:审美的救济和解脱的救济[①]。再如他在《古雅之在美学上之位置》中,高度肯定了古雅的美育功能。王国维对古雅的研究固然主要是"因美学上尚未有专论古雅者"[②],他要对这类虽非天才的创造物,但与天才所创造的艺术作品有相似性质的对象进行探讨,即主要是出于客观的纯学术动机,但我们认为对王国维选择古雅作为研究对象,以及他肯定评价古雅的价值,如果完全否定他在"学术救国"方面的考虑也是不客观的,因为学术研究对象的选择,除了与直接的客观学术动机相关外,也应该与其内心深处的学术追求有紧密联系。具体到王国维对古雅价值的论述来看,这种联系比较明显,因为他超脱了"美学"的考虑,从教育众庶的现实需要出发更多地肯定了古雅的美育普及功能。"至论其实践之方面,则以古雅之能力能由修养得之,故可为美育普及之津梁。虽中智以下之人,不能创造优美及宏壮之物者,亦得由修养而有古雅之创造力。又虽不能喻优美及宏壮之价值者,亦得于优美宏壮中之古雅之原质,或于古雅之制作物中,得其直接之慰藉。故古雅之价值,自美学上观之,诚不能及优美及宏壮;然自教育众庶之效言之,则虽谓其范围较大、成效较著可也。"王国维从"教育众庶之效"方面,肯定了古雅优于优美及宏壮的价值。他认为,古雅的创造、欣赏能力能够由经验的修养获得,不是先天的,所以它是美育普及的媒介。这是因为古雅的创造与欣赏能力因其后天性,是普通

① 聂振斌:《中国现代美学名家文丛·王国维卷》,杭州:浙江大学出版社,2009 年,第128 页。
② 同①,第 103 页。

大众能够通过修养而具备的,而天才的高度普通大众难以企及,所以天才创造的美育普及功能有限。也即,古雅因其"平民性"充分保证了美育功能的发挥,它的美育功能影响范围大,成效较为显著。

　　王国维还紧密联系当时具体的社会现实问题,探讨了美育的现实作用。在《去毒篇》中,他针对我国民吸食鸦片的恶习,探讨了艺术美育所具有的治疗拯救功能。王国维从自己对人嗜好的研究——嗜好是人为了消除空虚的苦痛而进行的以活动本身为目的的、发泄过剩精力的活动——出发,认为中国人喜欢吸食鸦片主要是因为在感情上"无希望、无慰藉"。他说:"今试问中国之国民,曷为而独为鸦片的国民乎?……然其最终之原因,则由于国民之无希望、无慰藉。一言以蔽之,其原因存于感情上而已。"而"感情上之疾病,非以感情治之不可",所以,针对国民之感情,王国维为根本上禁鸦片开出的药方是宗教与美术。"其道安在?则宗教与美术二者是。前者适于下流社会,后者适于上等社会;前者所以鼓国民之希望,后者所以供国民之慰藉。"①王国维把美育和宗教看成是治疗国人吸食鸦片恶习的根本途径,这诚然有一定的思想偏颇,颇有书生空谈的意味,因为鸦片问题与资本主义经济侵略、国内社会管理的落后等等是紧密相关的,美育、宗教根本承担不起王国维所说的那样重要的责任,但他所提到的应该重视美育的精神治疗作用也不是全无道理,特别是他所说的"故禁鸦片之根本之道,除修明政治、大兴教育,以养成国民之知识及道德外,尤不可不于国民之感情加之意焉",所论还是比较客观的,至今仍有其思想启发意义,值得我们重视。

2. 中西结合的王国维美育思想

　　王国维的美育思想研究实践了他所主张的在学术研究方法上的中西结合。紧密结合中西美育思想传统来论述具体问题,是他美育思想研究的突出特点。如他在论述美育的必要性时说:"盖人心之动,无不

---

　　①　聂振斌:《中国现代美学名家文丛·王国维卷》,杭州:浙江大学出版社,2009年,第87页。

束缚于一己之利害;独美之为物,使人忘一己之利害,而入高尚纯洁之域,此最纯粹之快乐也。孔子言志,独与曾点;又谓'兴于诗','成于乐'。希腊古代之以音乐为普通学之一科,及近世希痕林、希尔列尔等之重美育学,实非偶然也。"[1]对中西方的相关美育思想的娴熟引证,清楚地说明了他在中西结合方面的努力。在王国维关于美育问题的论述中,此类论述很多。具体分析其内容,可以看出中西美育思想都给了王国维深刻的影响。

就我国传统的美育思想方面来看,王国维非常重视儒家在人格教育方面的艺术教育传统,特别是乐教传统。如他在《孔子之美育主义》一文中,就深刻揭示了儒家创始人孔子在这一方面的美育思想。他指出,孔子教人"始于美育,终于美育","孔子之教人,于诗乐外,尤使人玩天然之美"[2]。孔子强调人的人格培养应该达到一种道德自由境界,而这一人格境界与审美有明显的相似性,它们都是一种超越了世俗功利的人生自由境界,所以孔子在教育方面发展了我国古已有之的乐教传统,形成了自己的美育思想,并产生了深远的影响。另外,对天人合一的人生自由境界的推崇,是中国古代哲学和文艺作品的常见内容,王国维谙熟、推崇这类作品也说明了他对中国传统美育思想的服膺,如他对苏轼的"寓意于物"思想和邵雍的"以物观物"思想以及陶谢田园山水诗歌的欣赏即为明证。

就西方美育思想方面来看,王国维非常重视源于康德,由席勒和叔本华明确提出的以审美超功利性为理论核心的美育思想。在西方美学史上,康德最早在理论上充分说明了审美的非功利性,这一看法后来成为席勒、叔本华美育思想的理论基础。康德提出的审美非功利性思想也是王国维美育思想的出发点和理论核心。王国维把美育看成情育,从知情意三者既互相区别又有内在的联系的思想出发来认识美育,特别是他高度重视美育的超功利性和独立性,这无疑与康德美学的直接

---

①　聂振斌:《中国现代美学名家文丛·王国维卷》,杭州:浙江大学出版社,2009年,第90页。

②　同①,第105页。

影响是分不开的。另外，王国维古雅说中的美育普及思想也可以看出康德的审美非功利思想的直接影响。康德强调审美愉快的超功利性，与他重视美的形式性是一致的，或者准确地说，在康德美学中，审美愉快的纯粹性恰恰是由美的形式性所形成的。这是因为形式不是质料，它所引发的愉快必然不是占有、享受事物存在的功利愉快，康德就是由此来把握审美的非功利性的。因而，美的非功利性和形式性在康德美学中其实是统一的，它们是同一思想的两个不同侧面。王国维在接受康德美学的审美非功利性思想时，康德的形式主义美学思想也被同时接受了，这就表现在了王国维古雅说的美育普及思想中。从康德形式主义美学的观点出发，王国维指出"一切之美皆形式之美也"，古雅美自然也不例外，王国维说它"可谓之形式之美之形式之美也"①。而因为古雅美在王国维看来是后天的、经验的，容易被大众所接受，因而它具有普及美育的作用。

在王国维的美育思想中，叔本华美学思想的影响也是不容忽视的。叔本华的美学思想在生命意志本体论的理论基础上发展了康德的审美超功利性思想。他认为，人是受生活之欲驱使的，而"欲壑难填"常使人感觉到空虚、绝望和恐惧，只有审美静观才能使人摆脱生活之欲的驱使。叔本华的审美静观理论强调审美主体对生命意志的超越，这是对康德审美超功利思想的发展。正是在叔本华的审美超功利思想影响下，王国维在《〈红楼梦〉评论》中深入阐发了《红楼梦》的艺术教育价值，即他所指出的《红楼梦》的伦理价值：一方面宝黛的爱情悲剧表现的生命欲望的毁灭具有引发人摆脱生命意志驱使的作用；另一方面《红楼梦》作为悲剧艺术从性质上看是审美性的，它能够使创作者和欣赏者实现对生命意志的超越。

席勒的美育思想对王国维也有极为重要的直接影响。特别是在美育与德育的内在联系这一问题上，席勒的观点直接影响了王国维。众所周知，席勒继承了康德美学强调审美的超功利性，把审美看成是认识

---

① 聂振斌：《中国现代美学名家文丛·王国维卷》，杭州：浙江大学出版社，2009年，第101页。

与意志沟通的中介的理论观点，强调审美具有使人摆脱物质需要，达到道德生活境界的中介作用。他甚至改变了审美在康德美学中只起沟通认识和道德的中介作用的观点，认为审美是人应该追求的自由人性活动，它高于人的道德理性生活。对席勒甚至认为美有高于道德的"无上之价值"的美育观点，王国维非常了解。他的美育与德育不可分割的观点，就是概括了康德、席勒的美育观点后提出的。"顾无论美之与善，其位置孰为高下，而美育与德育之不可离，昭昭然矣。"①除此之外，席勒把审美、文艺看成人发泄势力之欲的精神游戏活动，也对王国维的美育思想有一定的影响。王国维非常重视艺术、审美作为"高尚的嗜好"所具有的美育功能，他认为艺术、审美具有能够提升人的生活品味、给人以情感安慰的美育功能；而对于艺术、审美这一"高尚的嗜好"，王国维在《人间嗜好之研究》中直接援引了席勒的观点，认为文艺是过剩精力的发泄。他说："若夫最高尚之嗜好，如文学、美术，亦不外势力之欲之发表。希尔列尔既谓儿童之游戏存于用剩余之势力矣，文学、美术亦不过成人之精神的游戏，故其渊源之存于剩余之势力，无可疑也。"②所以，我们认为席勒对王国维美育思想的影响是多方面的、重要的。

必须指出的是，西方美学家对王国维美育思想的影响是综合起来共同发生作用的。以审美非功利性思想为核心，康德、叔本华和席勒等的美学、美育思想共同影响了王国维对艺术教育、美育的认识，它们各自对王国维美育思想的影响有时很难区分开来。比如，王国维把文艺看成是人势力之欲的活动除了主要受席勒的影响外，也不能排除叔本华意志本体论的影响。而且，影响王国维美育思想的还远不止康德、叔本华和席勒这几位美学家，比如心理学家海甫定对王国维的影响③、德国美学家谷鲁斯对王国维的影响都是无法否认的④。总之，王国维正

---

① 聂振斌：《中国现代美学名家文丛·王国维卷》，杭州：浙江大学出版社，2009 年，第105 页。
② 同①，第 109 页。
③ 佛雏：《王国维诗学研究》，北京：北京大学出版社，1999 年，第 346 页。
④ 罗钢：《著一闹字而境界全出——王国维"境界说"探源之三》，《文艺研究》，2006 年第 3 期。

是在西方美学、美育思想的影响下，密切结合中国传统的美育观念，联系现实，深入地阐发了自己的美育见解。

三　康德、叔本华影响下的形式主义文艺观念

文艺观念是文学批评的根本出发点。王国维的文艺观念是比较典型的形式主义文艺观念，这是因为他在美学上更多的是接受了康德、叔本华等的"审美非功利性"思想重视美的形式性的影响，所以"艺术美是形式美"成为他认识文艺的理论基础，由此他形成了自己的形式主义文艺观念。

1. 王国维形式主义文艺观念的具体内容

王国维的形式主义文艺观念表现在对许多文艺问题的论述中。首先，最明显的应该是王国维在《古雅之在美学上之位置》中认为艺术之美存在于形式上，并进而"区分"艺术美中的第一形式和第二形式的看法。王国维认为一切艺术门类的美都存在于形式上。他说："一切之美皆形式之美也……就美术种类言之，则建筑、雕刻、音乐之美之存于形式固不俟论，即图画、诗歌之美之兼存于材质之意义者，亦以此等材质适于唤起美情故，故得亦视为一种之形式焉。释迦与马利亚之庄严圆满之相，吾人亦得离其材质之意义，而感无限之快乐，生无限之钦仰。戏曲、小说之主人翁及其境遇，对文章之方面言之，则为材质；然对吾人之感情言之，则此等材质又为唤起美情之最适之形式。"①王国维之所以把一切艺术门类的美都归到形式上，甚至把一些引起审美快感的艺术内容也看做是形式，主要是因为他在美学观念上认为审美者的审美情感都是由对象的形式引发的，即"除吾人之感情外，凡属于美之对象者，皆形式而非材质也"。而在王国维看来，美的艺术形式或者说艺术

---

① 聂振斌：《中国现代美学名家文丛·王国维卷》，杭州：浙江大学出版社，2009年，第100—101页。

形式的美又可以因为艺术表达上的不同,形成"第一形式"与"第二形式"即"古雅"的区别。王国维所说的"第一形式"指的应该是自然美的形式或者是艺术天才创造的艺术形式,"第二形式"即"古雅"指的应该是对自然美进行艺术表现所创造的艺术形式,或者对天才创作的摹仿、加工所创造的艺术形式。这类艺术的美严格说来都应该是属于"第二形式"的,因为无论它们是就"自然中固有之某形式",还是就"所自创造之新形式"来对自然进行的艺术表现,其艺术形式都是不同于自然美本有的"第一形式"的。然而,因为这类艺术作品有的也是天才的创造物,所以它们也不可一概而论,那些天才的作品可以看做是"第一形式"的。另外,按王国维的看法,"虽真正的天才,其制作非必皆神来兴到之作也"①,也就是说,即使是天才的创作也不可能整个创作的全过程都是天才性的,因而"第一形式"也会与"第二形式"相羼杂在一起。

其次,王国维的形式主义文艺观念表现在他论述很多问题时清晰的"形式意识"上。比如王国维著名的"境界说"或"意境说"也是从语言艺术形式的角度来认识的。王国维的意境理论是其文艺观念中极为重要的内容,下文还会对其进行专门分析,这里要提出的是应该关注王国维论意境时的角度。我们注意到,王国维提及他在创作和评论中关注词的意境问题,主要是因为南宋以后的词人,"元、明及国初诸老,非无警句也。然不免乎局促者,气困于雕琢也。嘉、道以后之词,非不谐美也。然无救于浅薄者,意竭于摹拟也"。② 也就是说,主要是因为南宋以后词的发展中,人们在创作方面多重视"第二形式"——"雕琢"和"摹拟"都是属于在语言表达形式方面下工夫的,这造成了词的局促和浅薄等问题,王国维才去关注意境问题。这清楚地说明了王国维对意境的认识主要是从词的语言表达形式方面入手的。更明显的是,王国维在《宋元戏曲考》中谈到元剧文章的美时,明确指出意境是属于文章方面的内容。他说:"然元剧最佳之处,不在其思想、结构,而在其文章。其

---

① 聂振斌:《中国现代美学名家文丛·王国维卷》,杭州:浙江大学出版社,2009 年,第 102 页。

② 同①,第 166 页。

文章之妙,亦一言以蔽之,曰:有意境而已矣。何以谓之有意境? 曰:写情则沁人发脾,写景则在人耳目,述事则如其口出是也。古诗词之佳者无不如是,元曲亦然。"①王国维的文章概念明显偏重于作品的语言表达方面,意境的内涵也因此与语言表达形式有关。王国维《人间词话》第一则:"词以境界为最上。有境界则自成高格,自有名句,五代北宋之词所以独绝者在此。"②王国维把有"境界"看成是词作有高格、有名句的基础,而"境界"或"意境"与作品格调、名句的关系,我们应当注意它们是在语言表达形式上联系起来的,"境界"并不能脱离语言表达形式来理解。总之,在研究王国维的意境论时,我们应该注意从他的形式主义文艺观念出发进行考察,这一点少有人重视。

王国维在提到自己的"境界"概念时,曾自矜它比严羽的"兴趣"、王士禛的"神韵"概念深刻,两者是"本与末"的关系。"然沧浪所谓兴趣,阮亭所谓神韵,犹不过道其面目,不若鄙人拈出'境界'二字,为探其本也。"③在《人间词话删稿·13》谈境界与神韵等的关系时也曾说:"言气质、言神韵,不如言境界。有境界,本也。气质、神韵,末也。有境界而二者随之矣。"王国维所说的"境界"与"兴趣、神韵"的"本末"关系,也应该从语言表达形式的角度进行探讨。因为,从作品形式的角度来认识"神韵"概念,是王国维的一贯看法。王国维在《古雅之在美学上之位置》一文中曾这样提到"神韵"等概念:"凡吾人所加于雕刻书画之品评,曰'神'、曰'韵'、曰'气'、曰'味',皆就第二形式言之者多,而就第一形式言之者少。"④王国维这里虽然说的是雕刻、书画批评中的"神韵气味",但在中国古典美学中艺术批评的概念是相通的,所以"神韵"、"兴趣"等概念在文学批评中,王国维也应是将之看成"第二形式"的,它们与王国维"境界"概念的"本末"关系,也应该在"第一形式"和"第二形式"的关系中来把握。

---

① 聂振斌:《中国现代美学名家文丛·王国维卷》,杭州:浙江大学出版社,2009年,第189页。

② 同①,第135页。

③ 同①,第137页。

④ 同①,第101页。

最后,王国维的形式主义文艺观念是重视天才创造的。按王国维在《古雅之在美学上之位置》的观点,他认为只有艺术天才才能创造出"第一形式","古雅"只是对天才创造的摹仿。在《人间词话》中,王国维强调的也是天才创造境界。在理解王国维的形式主义文艺观念时,必须时刻联系他的天才观念。

2. 叔本华、康德对王国维形式主义文艺观念的影响

(1)叔本华的影响

王国维的文艺观念中非常关键的是他受叔本华美学思想的影响而形成的对艺术性质的独特理解。在叔本华的影响下,王国维强调艺术从性质上看是要探讨宇宙人生的根本问题的,认为永恒真理是艺术活动的最终追求。而这里的永恒真理按叔本华的看法,指的应该是事物表象背后的意志本体这一真理。叔本华受康德把世界划分为现象与物自体两部分的启发,从自己的意志本体论出发,把世界划分成表象和意志本体两部分。他认为,普通人受制于生活意志的驱使,只从功利欲望出发来认识事物,而少数文艺天才,或者普通人借助于天才的文艺作品的帮助,能够摆脱生活意志的驱使,实现对事物的纯粹认识,从而能够把握到事物的理念,即世界的意志本体。叔本华在美的本体论方面受到了柏拉图的影响,认为美是理念,是事物意志本体的客体化,而这只有在人的审美静观以及哲学认识、宗教涅槃等中才能被把握到。叔本华认为,当艺术主体对创作对象进行审美静观时,一方面艺术形象本身已经摆脱了日常生活中的表象存在,使人无法采取根据律的认识方式来把握它,因而它能够作为理念,即作为事物意志本体的客体化形式而出现;另一方面,艺术主体在审美静观中也摆脱了意志的驱使,沉浸于对艺术形象本身的欣赏中了。王国维接受了叔本华美学、文艺思想的影响,同样把艺术活动看成是对事物表象背后的意志本体这一真理的揭示,一方面强调艺术形象的形式性——作为事物的理念,它显现了事物种类的形式,一方面又强调艺术活动的非功利性特点。

在强调文艺对永恒真理的揭示的同时,王国维又强调文艺的情感

性质。他一方面在美学层面上，强调美与情感的联系，认为"美者感情之理想"①；一方面直接在文艺层面上，强调文艺是满足人的情感需要的，人"感情之最高之满足，必求之文学、美术"②。王国维重视美、文艺的情感性质应该也与叔本华的影响有关系。这就是上文提到的，叔本华美学、文艺思想中的形式主义特点对应的是审美主体或者艺术主体的非功利性审美静观。在叔本华的悲观主义意志哲学中，如何使人摆脱意志驱使，获得人生的慰藉，是非常重要的核心问题。而审美静观的意义就在于此，它能够使人获得纯粹的审美愉快，慰藉痛苦的人生。王国维接受了叔本华的影响，他在强调美、艺术的形式性特点时，也重视审美能够使人心"无希望、无恐怖"的情感慰藉作用。在《〈红楼梦〉评论》中，王国维明确指出："美术之务，在描写人生之苦痛与其解脱之道，而使吾侪冯生之徒，于此桎梏之世界中，离此生活之欲之争斗，而得其暂时之平和。此一切美术之目的也。"③这就是说，一切艺术的最终目的就是使人摆脱人生的痛苦，获得情感上的安慰。有学者认为，叔本华的审美静观应该是没有情感的，是纯粹认识性的，他的美学思想不具有人本主义意义。对此我们的看法稍有不同：叔本华的审美静观确实是纯粹的认识境界，是要弃世而非入世的，但审美主体的静观相对于人生的痛苦来说，难道就不能看做是有一定程度上的情感慰藉意义吗？特别是叔本华的哲学还包括伦理学，王国维在谈到叔本华的"要求人与一切生物同入于涅槃之境"的伦理理想时说："此绝对的博爱主义与克己主义，虽若有严肃论之观，然其说之根柢，存于意志之同一之说，由是而以永远之正义，说明为恶之苦与为善之乐。故其说自他方面言之，亦可谓立于快乐论及利己主义之上者也。"④由此来看，王国维从叔本华哲学体系的整体来看其美学思想，无疑是认为审美静观是有一定的情感慰藉作用的。

---

① 聂振斌：《中国现代美学名家文丛·王国维卷》，杭州：浙江大学出版社，2009年，第89页。
② 同①，第92页。
③ 同①，第121页。
④ 同①，第59页。

王国维在接受叔本华的审美非功利性思想,强调艺术、美的形式性特点时,同时接受了叔本华的天才理论。因为正如上文提到的,在叔本华那里,真正的审美、艺术活动是天才的活动,因为普通人受意志的驱使,无法达到天才对意志的超越这一境界。所以,理念作为事物的种类形式,也只有天才才能把握到,并主要由天才在艺术中给予表现。叔本华的美学、文艺思想事实上就是天才理论。按学者金惠敏的概括,叔本华的天才观包括这样三个要点:"第一,天才是一种不依据根据律的认识;第二,天才是一种弃绝了欲望的认识;第三,天才是对永恒理念的认识。前两条是天才认识的条件或要求,第三条是天才认识的对象或目的,而这三条又可以更为简明地概括为'直观的认识'。"①而叔本华天才观的这些内容与上文所提到的叔本华美学思想的核心内容是基本一致的,王国维所接受的叔本华美学、文艺思想的影响,也就是叔本华天才理论的影响。在王国维对美、艺术的认识中,对天才的推崇是显而易见的。

(2)康德的影响

王国维形式主义文艺观念的思想结构应该主要来自于康德的美学思想。按王国维三篇《自序》的说法,在他对西方哲学、美学思想的接受中,康德始终是其重点关注的对象。他从1903年春开始读康德,最初因为不理解而半途而废,后因读叔本华而得以理解康德,所以重新回到对康德哲学的全面研究,直到1907年已经是第四次研究康德著作,此时他对康德思想的得失已经有了心得体会。"至今年从事第四次之研究,则窒碍更少,而觉其窒碍之处,大抵其说之不可恃处而已。"②王国维的《古雅之在美学上之位置》发表于1907年,此时正是他对康德哲学有了深入了解的时候,而看《古雅之在美学上之位置》的主要内容,主要是依据康德美学思想来写的,所以我们认为王国维形式主义文艺观念

---

① 金惠敏:《意志与超越》,北京:中国社会科学出版社,1999年,第184页。
② 聂振斌:《中国现代美学名家文丛·王国维卷》,杭州:浙江大学出版社,2009年,第208页。

的主体构架应该是受康德美学的影响形成的。

具体地说,王国维把美看成是形式美,应该主要是受康德的"美的分析"的影响形成的。康德重视美的形式的"自由美"思想,影响了王国维对美的理解。王国维所说的"一切之美皆形式之美也。……故除吾人之感情外,凡属于美之对象者,皆形式而非材质也"[①],明显与康德由愉快情感判断来确定对象形式的美丑是完全一致的。所以,王国维对美和艺术的形式性、非功利情感性的理解,除了受叔本华的影响外,主要还受到了康德的影响。

另外,康德的艺术理论对天才的认识,对天才与鉴赏在创作中互相配合,共同发挥作用的看法,也深刻地影响了王国维的形式主义文艺观念。王国维对第一形式、第二形式的区分,与康德的艺术天才观以及艺术创作论密切相关,对这一问题我们在论王国维的古雅说时有充分的说明,此处从略。

应该指出的是,王国维对康德哲学虽然有了深入的了解,但他一方面并未做到对康德美学的客观把握,另一方面他对康德美学思想的理解是经过了叔本华的中介的,也即他是通过叔本华来理解康德的,"然则视叔氏为汗德之后继者,宁视汗德为叔氏之前驱者为妥也"[②],这也影响了他对康德美学的客观认识。就第一方面来看,"美是道德的象征"在康德美学思想中是极为重要的命题,康德正是通过这一命题实现了其哲学体系的完善,实现了对人的准确把握。具体地说,康德在把世界划分为现象与物自体后,他的认识论和伦理学之所以能够得以沟通,正是因为审美鉴赏判断以及目的论判断起到的中介作用——仅就审美鉴赏判断来说,是审美帮助人从现象世界意识到了伦理的善,从而认识论和伦理学在理论上就有统一的可能性。从对人的认识来看,认识的人和道德的人之所以能够作为同一个主体存在,也是因为作为情感判断的审美沟通了认识和道德。而对"美是道德的象征"在康德美学中的

---

① 聂振斌:《中国现代美学名家文丛·王国维卷》,杭州:浙江大学出版社,2009年,第101页。

② 同①,第56页。

重要性,王国维是完全没有意识到的。王国维在谈到康德对优美与崇高的分类时,只注意到优美与崇高的形式性:"就美之自身言之,则一切优美,皆存于形式之对称变化及调和。至宏壮之对象,汗德虽谓之无形式,然以此种无形式之形式,能唤起宏壮之情,故谓之形式之一种,无不可也。"①王国维完全没有意识到优美与崇高在康德美学中不只是两种不同的美,两者与道德还有不同的联系,崇高比优美在内容上更接近于道德,因而从优美、崇高到道德的不断过渡是康德美学中非常重要的内容。

就第二方面来看,当从叔本华来看康德美学时,康德对审美情感的非功利性的强调以及对美的形式性的重视都被夸大了。因为叔本华重视天才超越意志驱使对事物理念的审美静观,在这一美学思想中,审美的超功利性和美的形式性都是极为重要的。所以,从叔本华来看康德美学时,康德的依存美概念、美中的道德内涵等等都被忽略掉了,康德美学就成了纯粹的形式主义美学。

四 中西诗学传统影响下的古雅说

王国维的"古雅说"集中反映了他的形式主义文艺观念、美学思想。从中国美学的现代性发展来看,这一理论所具有的现代性意义是极为重大的。而且这一理论观点是王国维在学习、接受西方美学思想的基础上,进行理论创新提出来的。这一理论创新所具有的超越西方美学的影响、追求中国美学的独立性,对中国现代美学研究的发展来说具有重要的典范意义,因而王国维的"古雅说"备受研究者们关注。那么从比较诗学的角度来看,王国维的古雅说与中西诗学传统的关系是怎样的呢?

---

① 聂振斌:《中国现代美学名家文丛·王国维卷》,杭州:浙江大学出版社,2009年,第100页。

1. 王国维"古雅说"与康德的艺术理论

从王国维《古雅之在美学上之位置》的写作情况和具体内容来看，他的"古雅说"主要是依据康德美学，特别是康德的"艺术天才说"建构起来的。所以，要准确地把握"古雅说"必须以对西方的"艺术天才说"，特别是康德的"艺术天才说"的准确认识为基础。

（1）康德在艺术天才观上强调天才与鉴赏力的结合

康德原本就认为，"美的艺术是天才的艺术"[①]，但他同时也强调"在美的艺术的作品中鉴赏力和天才的结合"[②]。而鉴赏力与天才在康德这里有比较大的区别，他认为鉴赏力是用来进行审美判断的，而"天才"是进行美的艺术的创造的："为了把美的对象评判为美的对象，要求有鉴赏力，但为了美的艺术本身，即为了产生出这样一些对象来，则要求有天才。"[③]"鉴赏力只是一种评判的能力，而不是一种生产的能力，而凡是与它相符合的东西，并不因此就是一个美的艺术的作品。"[④]但他同时也认为，鉴赏力在美的艺术的创造中不仅是必需的，而且与天才一样发挥着同样甚至是更为重要的作用。康德指出，鉴赏力与天才相比"是人们在把艺术评判为美的艺术时必须注意的最重要的东西"，当鉴赏力与天才在一部作品中发生冲突要牺牲掉某种东西时，"那就宁可不得不让这事发生在天才一方；而判断力在美的艺术的事情中从自己的原则出发来发表意见时，就会宁可损及想象力的自由和丰富性，而不允许损害知性"。[⑤]可见，康德的天才理论并不是单纯地主张"天才"在艺术创作领空的自由翱翔，而是同时重视鉴赏力的约束、制约作用。

那么应如何把握康德对鉴赏力与天才的关系的认识呢？我们必须回到康德对美、审美的认识，因为鉴赏力与天才的活动虽然有"评判"与

---

① 康德：《判断力批判》，邓晓芒译，北京：人民出版社，2002年，第151页。
② 同①，第164页。
③ 同①，第155页。
④ 同①，第157页。
⑤ 同①，第165页。

"生产"的区别，但两者从心理机制上看都是"审美性"的。

在《判断力批判》中，康德从质、量、关系和模态四个方面对美进行了界定。他认为，美从"质"的方面看是不关功利的；从"量"的角度看，它又具有客观普遍性；从"关系"方面看，美是客体对象的合目的性形式；从"模态"上看，"美是那没有概念而被认作一个必然愉悦的对象的东西"①。在这四个方面的规定中，最重要的是美以客体表象的"主观合目的性"形式为基础，这一点就是人们通常所理解的康德美学非常重视形式美。美的存在既然偏重于形式，审美自然也是由美的形式引发的。康德认为，审美活动是指客体表象的形式引发了人的想象力的自由活动，而这一想象力的自由活动最终与知性概念目的"无目的"地契合了，从而引发了人的愉快情感。非常明显，在康德对美、审美的规定中，美的非关功利性、普遍性及其引发审美鉴赏判断的必然性，都与美无关于客体的实存、质料这一形式性特点密切相关，因为由客体质料引发的感官愉悦与否的判断都是个体性、偶然性的，不具有普遍性和必然性。

康德对美、审美的认识也体现在了他的形式主义艺术理论中。在康德看来，艺术天才的心理机制也是以某种比例结合起来的想象力和知性，只不过想象力与知性的"不做作的、非有意的主观合目的性"即以某种比例的结合，是"主体的本性所能产生的"，而不是如鉴赏力一样是由客体对象的表象形式所引发的。也就是说，天才是由艺术家的"本性"来创造非关对象的实存、质料的形式的。

鉴赏力与天才虽然审美心理机制是一样的，但两者的作用方式不一，价值也不同，那么康德所强调的两者在美的艺术的作品中以鉴赏力为主的结合，究竟是如何实现的呢？康德对此并没有专门论述，而只是对两者各自的意义和作用方式有过阐发。康德认为，鉴赏力在美的艺术的作品中的作用在于把"那使一个概念得以普遍传达的、体现该概念的形式"赋予作品，而寻找"这一概念的形式"要借助于鉴赏力通过辛苦的努力。康德说："在艺术家通过艺术或自然的好些榜样而对这种鉴赏

---

① 康德：《判断力批判》，邓晓芒译，北京：人民出版社，2002年，第77页。

力加以练习和校正之后,他就依凭这鉴赏力来把握他的作品,并且在作了许多满足这种鉴赏力的往往是辛苦的尝试之后,才发现了那使他满意的形式:所以这形式并不是仿佛某种灵感或内心能力自由激发的事,而是某种缓慢的甚至苦刑般的切磋琢磨,以便让形式适合于观念却又并不损害这些能力的游戏中的自由。"①天才则不然,它是主体的本性所能产生的想象力与知性的"幸运的比例",天才借此"为一个给予的概念找到各种理念,另一方面又对这些理念加以表达,通过这种表达,那由此引起的内心主观情绪,作为一个概念伴随物,就可以传达给别人"。②仔细揣摩不难发现,他要求的就是以鉴赏力的修正、调整为主,把天才先天的形式创造和依据鉴赏力的形式创造结合起来罢了。

(2)王国维的古雅说对康德艺术天才论的继承与发展

康德对鉴赏力与天才的关系的认识深刻影响了王国维,王国维认为古雅美形成于对自然美的艺术表达以及对天才创造的摹仿,他非常重视艺术形式创造中经验性摹仿的重要作用,但同时在肯定天才创造时,又承认古雅美的重要意义,不把古雅美与天才创造的美对立起来,这明显继承了康德的思想。王国维认为,古雅美是经验性的、摹仿性的,这和康德在艺术理论中强调艺术家通过对艺术和自然中的美的欣赏来进行鉴赏力的练习和校正、鉴赏力与天才互相协调思想有密切的思想联系。因而,我们不能把王国维的"古雅说"与以康德等为代表的西方天才说对立起来。

自然,严格地从康德的美学思想来看,王国维的"古雅说"不无值得商榷之处。比较明显的,如康德所区分开来的鉴赏力与天才虽然区别明显,但从美学思想的层面来看,两者的审美心理机制是相同的,都是借想象力来为概念目的寻找到合适的形式,只不过前者依靠后天努力,后者依靠天性,因而两者可以结合在一起,使美的艺术的作品作为美的对象仍是一个有机整体。但王国维认为"古雅"是艺术作品在表现美的

① 康德:《判断力批判》,邓晓芒译,北京:人民出版社,2002年,第157页。
② 同①,第162页。

对象的形式时形成的:"凡属于美之对象者,皆形式而非材质也。而一切形式之美,又不可无他形式以表之,惟经过此第二之形式,斯美者愈增其美,而吾人之所谓古雅,即此第二种之形式。"①这就是认为艺术作品中有艺术表现对象的形式与艺术表现形式的区分,这在一定程度上割裂了艺术作品的有机整体性。王国维进而认为第一形式的判断力是先天的、非人力的;而判断古雅之力是后天的、人力的,将两者的区别进一步发挥,这使康德所理解的鉴赏力在美的艺术的作品中有了更为独立的位置,却也一定程度上不同于康德本来的艺术思想了——康德所理解的鉴赏力不是仅仅表现对天才构思的传达中,而是全方位地影响着天才的活动。他说:"鉴赏力正如一般判断力一样,对天才加以训练(或驯化),狠狠地剪掉它的翅膀,使它有教养和受到磨砺;但同时它也给天才一个引导,指引天才应当在哪些方面和多大范围内扩展自己,以保持其合目的性;又由于它把清晰和秩序带进观念的充盈之中,它就使理念有了牢固的支撑,能够获得持久的同时也是普遍的赞扬,获得别人的追随和日益进步的培育。"②

　　但应当指出的是,王国维的"古雅说"是从康德对鉴赏力与天才的区别、冲突的认识出发的,所以它不能简单被看做"并不成功"、"站不住脚的"。因为康德虽然强调鉴赏力与天才在美的艺术的作品中的结合,也清楚地指明了鉴赏力与天才在审美心理机制方面的相似性,但他把美的艺术的作品分为两类,认为天才优于鉴赏力的作品"只配称为灵气十足的艺术",而鉴赏力强于天才的作品"才配称之为美的艺术"③,这说明鉴赏力与天才的不同还是极为明显的。其实,仅就一般观点来看,天才出于人的本性而进行的创造与鉴赏力通过对自然或者艺术的"典范"的后天"摹仿"而进行的创造毕竟也有较大的不同,因此两者在美的艺术的作品中结合必然是冲突后的协调。因而,鉴赏力及其在作品中的表现应当有相应的美学概念来进行探讨,王国维的"古雅说"就是针

---

①　康德:《判断力批判》,邓晓芒译,北京:人民出版社,2002年,第37页。
②　同①,第165页。
③　同①,第165页。

对这一理论需要而提出的，它应该被看做是对康德相关美学思想的发展。

2. 王国维的"古雅说"与中国古代文论的重质轻文传统

王国维"古雅说"并不只是片面地接受康德美学思想建构起来的。这一观点的提出还是针对中国词学研究中的具体问题提出来的。众所周知，在词的发展中，"雅化"起到了重要的推动作用，但这又给词的发展带来严重的问题，那么究竟应该如何客观地看待词史上以周邦彦、姜夔、吴文英等为代表的典雅派词人的创作呢？王国维提出"古雅说"难道只是为了对典雅派词人进行否定吗？

(1) 王国维在词学研究中对古雅美的正面评价

我们认为，王国维提出"古雅说"并运用这一观点来进行词学研究时，他的本意并不是要对典雅派词人的创作进行否定描述和评价的。自然，仅仅从《人间词话》来看，我们确实很难发现王国维对古雅美的直接正面评价，但我们在《人间词话删稿》中发现了一些很值得注意的条目，将之与《人间词话》的相关内容进行一下比较是很有意义的。如关于文体发展问题。王国维在《人间词话·54》中明确指出，一切文体始盛中衰，就一体而论，文学后不如前，"此说固无以易也"[1]。而在《人间词话删稿·10》中，他却指出，楚辞之体非屈原所创，《沧浪》、《凤兮》之歌已与《三百篇》不同，但到了屈原却达到了创作的最高水平；五七律始于齐、梁而盛于唐，词源于唐而大成于北宋，也都一样有一个发展过程，"故最工之文学，非徒善创，亦且善因"[2]，这就又肯定了文体发展中继承的价值，从而承认了古雅美的意义。再如关于文学语言的表达技巧问题。王国维在《人间词话》中重视境界的创造，要求语言自然真诚的主张是极为明确的。然而《人间词话删稿·1、2》两则王国维所论却是

---

[1] 聂振斌：《中国现代美学名家文丛·王国维卷》，杭州：浙江大学出版社，2009年，第147页。

[2] 王国维：《王国维文学美学论著集》，太原：北岳文艺出版社，1987年，第388页。

双声叠韵问题①,这自然也是属于王国维所理解的古雅美的内容。在《人间词话》中,王国维有关词的古雅美的此类论述极多。所以,我们认为,虽然王国维在最后出版的《人间词话》中确实是认为典雅派词人不重视境界创造,其作品不如五代北宋词,但是王国维至少在写作《人间词话》时在思想上并没有完全把古雅美与意境美对立起来,从而否定典雅派词人的创作在词史发展的价值。

王国维对周邦彦的不同评价也是值得认真分析的。在各种不同的语境下,王国维对周邦彦的评价确实差别非常大,有些评价表面看起来甚至就是直接矛盾的。然而,如果我们能从王国维对古雅美与天才创作的辩证统一关系的认识来看,这些不同的评价其实也能够理解,它们自有其内在的理论逻辑。当王国维更多地着眼于意境的创造,重视词作的自然天成时,他对周邦彦的风格典雅、善于化用唐人诗句的词作的评价确实不高。他批评说:"美成词多作态,故不是大家气象,若同叔、永叔,虽不作态,而'一笑百媚生'矣。此天才与人力之别也。"②他甚至尖刻地认为:"词之雅郑,在神不在貌。永叔、少游虽作艳语,终有品格。方之美成,便有淑女与娼妓之别。"③然而,王国维并不是对词的语言表达不重视,只重视作品的意境的创造,所以他也会在从古雅美出发进行评价时,仍把周邦彦列入第一流作者:"美成词深远之致不及欧、秦,唯言情体物,穷极工巧,故不失为第一流之作者。但恨创调之才多,创意之才少耳。"④"言情体物"方面的"穷极工巧"和"创调",在词的创作中无疑都属于古雅美方面的内容,王国维对古雅美的重视是显而易见的。后来,王国维在《清真先生遗事》中认为"以宋词来比唐诗","词中老杜,则非先生不可"⑤,高度评价周邦彦的词作,也并不是偶然的。王国维对周邦彦及其词作的这些不同评价,是其既重视天才创造同时又不忽视古雅美价值的"古雅说"的必然结论。

① 王国维:《王国维文学美学论著集》,太原:北岳文艺出版社,1987年,第384-385页。
② 同①,第395页。
③ 同①,第357页。
④ 同①,第357页。
⑤ 同①,第425页。

甚至,王国维在强调意境创造时,也曾肯定古雅美的价值。如王国维说:"'西风吹渭水,落日满长安。'美成以之入词,白仁甫以之入曲。此借古人之境界为我之境界者也。然非自有境界,古人亦不为我用。"①这就是说,词人在意境创造中也可以以自有意境为基础进行"摹仿"创造。所以,王国维的"古雅说"与意境理论并不是完全对立的,人力与天才的差别在王国维词学研究中并不是像我们所认为的那样大,而且两者在王国维那里还是相互依存、相辅相成的关系。

(2)王国维的词学观念与中国古代文论"重质轻文"传统的密切联系

还应当指出的是,即使是王国维的推崇意境美,强调天才创造,也不能仅仅看做是对康德、叔本华等的天才说的单向接受。王国维强调意境创造的词学观确实接受了西方美学、艺术理论中以康德、叔本华为代表的天才说的影响,这是不容否认的;但从王国维词学研究的实践来看,王国维是由填词的成功转而进行词学研究的,而王国维填词始于1904年,几乎与其读康德、叔本华的哲学著作同时(王国维1903年春先读康德,后读叔本华)。由此来看,王国维的词学研究应该与其填词实践以及此前的诗歌创作实践,也即与王国维在少年时期所接受的中国古典诗词传统也有重要联系。所以,我们不能简单地只强调康德、叔本华的美学、艺术理论对王国维词学观念的单方面影响。细读王国维早期的诗词创作可以发现,他极为重视通过自然凝练的语言来抒发个人情志,而不是局限于词句雕琢、才华炫耀,这其中无疑也有中国古典诗词优秀传统的影响。

即使从王国维在词学观念上强调意境创造来看,这与中国传统诗论中重意轻文、重神轻形的传统也有高度的一致性。王国维在自矜其境界概念时说:"严沧浪《诗话》谓:'盛唐诸公唯在兴趣,羚羊挂角,无迹可求。故其妙处,透澈玲珑,不可凑泊,如空中之音,相中之色,水中之影,镜中之象,言有尽而意无穷。'余谓北宋以前之词亦复如是。然沧浪

---

① 王国维:《王国维文学美学论著集》,太原:北岳文艺出版社,1987年,第373页。

所谓兴趣,阮亭所谓神韵,犹不过道其面目,不若鄙人拈出'境界'二字为探其本也。"①"余谓北宋以前之词亦复如是",已经清楚地指明他的词学批评、研究也受到了我国传统诗论的影响,这段话无疑不能简单地理解为王国维从本国传统诗论中发现的与其接受的西方天才说的暗合。

所以,我们认为王国维对意境创造的强调,对天才的吁求,只是针对南宋以来,特别是清代词人们推崇"清、雅",且在援诗、文入词使词的创作典雅化后所形成的弊端的。"元、明及国初诸老,非无警句也,然不免乎局促者,气困于雕琢也。嘉、道以后之词,非不谐美也,然无救于浅薄者,意竭于摹拟也。"②王国维的夫子自道清楚地说明了他的创作和研究的现实针对性。当然,他因为要强调意境创造的重要性,在行文中不免会把天才创造与后天摹仿对立起来扬前抑后,但我们在理解时,综合他的古雅说,自然应有较客观的认识。

五　融合中西方美学思想的意境说

王国维意境说的具体内涵非常丰富,其观点的思想来源驳杂,思想形成过程曲折,要对其进行细致准确的认识是异常困难的。这种困难突出地反映在学术界的多种观点,有些甚至是互相冲突的观点的并存上。比如单就王国维"境界说"或者"意境说"的概念取舍,就很难取得统一意见。一方面,王国维自己从 1907 到 1915 年四次论意境,他使用的概念有变化;另一方面,人们对意境的理解也有很大的不同,这导致了复杂的争论。这里,我们从中国古典文论传统的方面考虑,采用"意境说",但这并不代表我们认为王国维运用的不同术语是内涵完全一致的。只是为了讨论的方便,我们在理论概括中忽视了这些细微区别。我们准备进一步概括性地从中西诗学比较的角度对王国维的意境说进

---

① 王国维:《王国维文学美学论著集》,太原:北岳文艺出版社,1987 年,第 350 页。
② 同①,第 396 页。

行简单探讨。这里所说的"概括性的简单探讨"并不是谦虚,而是不得已的事实,因为全面细致的探讨可能是大部头的著作才能完成的任务。

就王国维意境说的具体内涵来看,正如上文提到的,这应该在其形式主义文艺观念的思想框架内进行综合把握。具体地说,从基本性质上看,意境应该从作品语言表达的角度来进行把握。用王国维的话来说,它应该是自然形成"高格"和"名句"的,应该是"不隔"的,应该是写情真挚感人、写景生动形象和述事自然贴切的。就语言表达的效果和目的追求来看,虽然王国维说"原夫文学之所以有意境者,以其能观也",他强调意境与"能观"的紧密联系,但从他的具体论述来看,意境的"能观"应该不限于一般意义上对作品形象的"形象直观"的追求,而是偏重于对作家语言表达效果的要求。[①] 就使用的语言材料来看,它可以用古语,也可以自由地使用新言语,自由地使用新言语对意境的创造有比较重要的作用。[②] 如果概括地说,王国维强调的是意境创造中语言表达上的"自然性"。"元曲之佳处何在? 一言以蔽之,曰:自然而已矣。古今之大文学,无不以自然胜,而莫著于元曲。"[③]这里的自然,有自然而然、自由开放等内涵,从外延上看,既包括语言表达内容方面,又包括所用语言材料和语言表达效果等方面的自然而然、自由开放等。

从意境创作的角度看,王国维主张它应该是以天才创造为主。在谈到自己的词作有意境时,王国维说自己"始为词时,亦不自意其至此,而卒至此者,天也,非人力所能为也"。但王国维并认为意境创造可以完全排除一定程度的摹仿借鉴,意境的重新创造他承认也可以成功地创造出一流作品。而且意境的创造方式和形态并不单一,王国维说它是以"自然和理想"相统一的方式形象地呈现表现对象的,"大诗人所造之境,必合乎自然,所写之境,亦必邻于理想"[④],而且具有不同的形态——有"有我之境"与"无我之境"的不同;有"上焉者意与境浑,其次

---

① 聂振斌:《中国现代美学名家文丛·王国维卷》,杭州:浙江大学出版社,2009 年,第167 页。

② 同①,第 191 页。

③ 同①,第 189 页。

④ 同①,第 135 页。

或以境胜,或以意胜"的不同。总之,天才因其超群绝伦的独特禀赋,能够进行语言艺术的开拓性创造以建构不同类型的"能观"作品。

王国维还把意境看成文学的本体。他说:"文学之事,其内足以摅己,而外足以感人者,意与境二者而已。上焉者意与境浑,其次或以境胜,或以意胜。苟缺其一,不足以言文学。"①王国维把意境看成文学"摅己感人"的关键,这其实也指出了意境的本体意义是"摅己感人",这里他没有强调意境揭示表现对象的真理的认识意义也值得我们关注。

如果从比较诗学的角度来认识王国维的意境理论,我们认为首先应该指出的是,这一理论总的来看并未背离中国的抒情文学传统。这一方面可以从他强调意境的本体意义是"摅己感人"这一中国抒情文学传统中的理论观念可以明显见出,另一方面中国的抒情文学传统也是非常重视从语言表达形式的角度来认识作品意境的,王国维的意境说在总体上也没有逸出这一思想传统。有学者夸大王国维所受叔本华的影响,认为王国维经由叔本华接受了西方的形象诗学传统,与中国古典比兴文学传统发生了背离,他进而将中西理论的关系理解成"西本中末",这反映了近代东西文化的不平等关系。② 这种看法是不准确的。

具体地看,中国传统的抒情文学理论在哪些方面制约着王国维的意境理论呢?首先,中国古典文论从言意、情景的关系来综合地认识意境,比较明显地制约着王国维,如兴趣、神韵说等对王国维的意境理论有不可抹杀的影响。其次,中国古典文论中的"语言形式主义"传统,特别是词创作中南宋以来典雅派的主张从反面影响了王国维。最后,中国的佛教美学传统也影响了王国维的思想等等。

这里,我们认为王国维的意境说并未背离中国的抒情文学传统,并不是认为其观点仍是传统的、"前现代"的。王国维运用的意境这一概念,以及其强调"言简意丰"、"意与境"统一的思维逻辑虽然都属于古代文论、美学传统的内容;但他从西方美学引入的天才形式创造思想也明

---

① 聂振斌:《中国现代美学名家文丛·王国维卷》,杭州:浙江大学出版社,2009 年,第167 页。

② 罗钢:《本与末——王国维境界说与中国古代诗学传统关系的再思考》,《文史哲》,2009 年第 1 期,第 5 页。

显使中国古代文论、美学传统有了质的变化。特别是在王国维所强调的语言表达的"自然"中无疑包含了内容与形式两方面的"自然",而天才诗人"出入"宇宙人生所形成的真实情感思想及其表达对当时的文学现状所具有的革命性意义是不言而喻的,王国维对"淫词"、"鄙词"的辨析无疑清楚地指明了这一点①。因此,对有的学者把王国维的意境说看成"前现代"的,认为这是王国维在后期退回到了中国古典美学②,我们认为这种评价并不符合事实,我们宁愿把王国维的意境说看成是他以中化西、融合中西美学走向成熟的标志,而且在这一点上,我们甚至非常赞同把王国维的意境说看成五四新文学革命的先声。

对王国维意境说中的西方因素,我们认为应该在综合分析王国维接受西方美学思想影响的概况后,进行仔细的辨析。正如前文提到的,他大体上是在叔本华美学的视野内接受康德美学与席勒美学等的(为了行文方便,我们没有提及尼采对王国维的影响)。特别有意思的是,在叔本华意志论哲学的视域内,王国维把德国古典哲学的集大成黑格尔哲学直接归入认识论哲学而并不重视。

西方美学对王国维意境说的影响,首先应该提及的是"叔本华美学视野内的康德美学"。前文已经提及,应该在形式主义文艺观念的视域内理解王国维的意境说,而这一形式文艺观念的思想框架就是在康德的自由美思想以及他的天才说影响下建构起来的。康德对艺术创作中天才与鉴赏的共同作用的认识,从根本上影响了王国维的意境说和古雅说,前文已经论及这一方面的内容,此不赘述。另外,王国维把意境分为"有我之境"和"无我之境",对语言隔与不隔的分析,以及对文体变化的认识,都可以看出康德美学的影响痕迹。

其次,王国维意境说的具体内容中多处可以看出叔本华美学思想的影响。比较重要的如他对隔与不隔的认识,对"客观之诗人"与"主观之诗人"的区分,把意境分为"意与境浑"、"以意胜"和"以境胜",提出

---

① 聂振斌:《中国现代美学名家文丛·王国维卷》,杭州:浙江大学出版社,2009年,第149页。

② 彭锋:《引进与变异——西方美学在中国》,北京:首都师范大学出版社,2006年,第42—46页。

"出入说"等等,都可以明显看出叔本华美学的影响。这也是学界多把叔本华强调天才对理念的直观这一思想,看成王国维意境说的理论核心的原因。但我们认为,从总体思想来看,康德美学的影响可能更重要一些。

最后,还应该提到席勒对王国维意境说的影响。强调席勒美学对王国维意境说的意义,是学界早已有之的观点,现在有学者发展了这一点,把席勒美学对王国维意境说的影响看得甚至高于叔本华美学。"相对于传统中国诗学理论的基本精神,王国维'境界'说的核心内涵是'自然与理想结合'命题。这个诗学命题是席勒的人本主义诗学的宗旨,它表达的是现代资产阶级美学的最高理想。王国维追随席勒,主张'诗歌者,描写人生者也',以自然与理想统一为诗歌的理想境界,将人本主义的理想精神作为诗歌创作的核心动力,这是对传统诗学观念的一个真正革命性的突破。"①席勒美学确实对王国维有重要影响,早在1904年席勒就对王国维美育思想产生了重要的直接影响,从王国维的《孔子之美育主义》一文我们可以清楚地看到;而且王国维曾指出,叔本华的审美非功利思想是席勒的游戏冲动说的发展。他说:"夫充足理由之原则,吾人知力最普遍之形式也。而天才之观美也,乃不沾沾于此。此说虽本于希尔列尔之游戏冲动说,然其为叔氏美学上重要之思想,无可疑也。"②仔细分析王国维的相关论述,他对席勒美学的重视是无疑的。但我们认为,若认为席勒美学对王国维意境说的影响大于叔本华美学的影响,可能无法解释王国维的三篇《自述》始终不重视席勒美学对自己的影响以及王国维在《人间词话》中多处采用叔本华的术语概念的原因。更重要的是,人们在强调席勒美学对王国维的影响时,主要的思想依据可能是叔本华的审美静观这一纯粹认识性态度是不带感情的,因而叔本华的美学思想不具有人文性。而对于这一问题,前文也已经提到,王国维在结合叔本华的伦理学来认识其美学思想时,应该是强调审

---

① 肖鹰:《自然与理想:叔本华还是席勒?——王国维"境界"说思想探源》,《学术月刊》,2008年第4期,第93页。
② 聂振斌:《中国现代美学名家文丛·王国维卷》,杭州:浙江大学出版社,2009年,第46页。

美对人生的情感慰藉作用的。所以,对王国维接受席勒美学的影响这一问题,我们仍赞同佛雏在《王国维诗学研究》中从事实考证出发的结论:"要之,王氏前期所受席勒美学的启迪是实在的,他的境界说特别是美育观的形成,就西方而言,除康、叔外,不应低估席勒的影响,但也不宜过于夸大。"①

---

① 佛雏:《王国维诗学研究》,北京:北京大学出版社,1999年,第345页。

第三章　夏丏尊：中外美学思想融合的
"人生论文学观"

　　夏丏尊(1886—1946)，浙江上虞人。他在我国现代语文教育方面贡献良多，同时在散文创作、文学翻译和编辑出版方面也取得了一定成就。夏丏尊的文学观念以强调文学与生活的紧密联系、重视人的情感和谐为突出特点。而这一文学观念的形成源于其在世界文学背景下的中西文学观念融合。

　　夏丏尊一生著述不少，译著方面有《爱的教育》、《社会主义与进化论》、《国木田独步集》、《近代的恋爱观》、《近代日本小说集》等等，学术著作方面有《文艺论 ABC》、《生活与文学》、《现代世界文学大纲》等等，还有影响很大的语文读物《文心》、《文章讲话》(这两本都是与叶圣陶合著)和《文章作法》(与刘薰宇合编)等，就文学著作如散文创作而言，夏丏尊生前只出版过一本《平屋杂文》，但此书中的大部分篇章都堪称精品。

　　从比较文学的角度来认识夏丏尊的文学论著和语文读物，可以先从其人格品性谈起。因为夏丏尊的文学观念是追求人生与文学统一的"人生论文学观"，而人生与文学统一的关键就在于文艺家以其艺术人格统一了他的生活与创作。关于夏丏尊的人格品行，芝峰法师在 1946 年 5 月 12 日夏丏尊化身典礼举火时，讲过这样一段话："夏居士丏尊六十一年来，于生死岸头，虽未显出怎样出格伎俩，但自家一段风光，常跃然在目。竖起撑天脊骨，脚踏实地，本着己灵，刊落浮华，露堂堂地，蓦直行去。贫于身而不谄富，雄于智而不傲物，信仰古佛而非佞佛，缅怀出世而非厌世，绝去虚伪，全无迂曲。使强暴者失其威，奸贪者有以愧，怯者立,愚者智,不唯风规今日之人。"①从芝峰法师对夏丏尊的评价可以见出,他的人格特征应该是达到了生命本真的,出世与入世相统一的审美人格。而这一人格特征无疑主要是形成于中国传统文化的。夏丏尊的父亲是位秀才,他亦自幼从塾师读经书,学八股,1901 年考中秀才,1902 年考举人未果才进入上海中西学院读书。长达 16 年的中国传统文化熏陶浸染虽不足以使一位 16 岁风华正茂的少年定性明志,却也在潜移默化中塑造了夏丏尊的思想人格。

自然,自从进入上海中西学院读书后,20 世纪初期西学东渐热潮的时代背景更深刻地影响了夏丏尊,这给其研究和创作著述打下了深刻的烙印。特别是他 1905 至 1907 年留学日本两年,直接受到了西方近现代文明的熏陶,这塑造了他具有现代性的知识结构,开阔了视野和心胸,为他日后的创作、译述和教学奠定了基础。

一　人生与文学相统一的"人生论文学观"

对夏丏尊的文学观念,我们不准备从其 1928 年 9 月出版的《文艺论 ABC》来进行探讨,而准备从他与叶圣陶合著的《文心》来认识(为行文方便,我们下文提及《文心》时,主要将之看成夏丏尊的著作)。这是因为,《文艺论 ABC》虽然比较系统地论述了文艺的本质、文艺创作和文艺鉴赏等内容,但其篇幅不大,所论并未充分展开,而且其基本思想在《文心》中都有所反映。《文心》虽然只是一部语文阅读、写作教学的读物,但此书严格说来却应该是一部内容丰富、思想深刻的文学理论著作的通俗版本。特别是根据夏丏尊在书中对习作、应用之作和创作的区分,以及他强调作为写作练习的习作,应该以服务于现实生活需要的应用作为方向,同时以审美性文学创作为指导和追求,这说明他的《文心》虽然主要讲"习作"教学和语文阅读,但他是从审美性文学的思想高

---

① 商金林:《绚烂与平淡的统一———夏丏尊和他的散文》,《江苏行政学院学报》,2009 年第 2 期,第 123 页。

度,来高屋建瓴地把握习作与阅读教学的,因而此书深刻地反映了夏丏尊的文学观念。

1.《文心》的"人生论文学观"

强调人生与文学的统一,应该是《文心》对文学的基本观点。首先,从整部著作的行文思路来看,陈望道在全书序言中评价此书的重要特点和优点是:"通体都把国文的抽象的知识和青年日常可以遇到的具体的事情溶成了一片。"①虽然陈望道指出的这一特点主要形成于夏丏尊对阅读、写作的教学方法方面的考虑,但教学方法的选择与教学内容也是紧密相关的,所以全书的这种写作思路也反映了夏丏尊把文学与人生联系起来的基本观念。

此书主要通过描写几个初中生的语文学习生活,把语文的阅读和写作教学内容穿插了进去。1931 年秋,周乐华、张大文以及他们的同学升入了初中,成了小大人。他们在语文学习生活中遇到了种种事件,而每件事其实都是夏丏尊、叶圣陶围绕语文阅读和写作教学的知识要点设计出来的。通过写周乐华、张大文以及他们的同学直到 1934 年夏三年的中学语文学习生活,夏丏尊全面地介绍了语文阅读和写作教学的知识。生动贴切的故事、准确深刻的知识内容,使本书能够有效地帮助读者们轻松地学习语文阅读和写作知识。而夏丏尊这样设计此书的原因,除了在语文教学方法的考虑外,就在于他的文学观念也是强调文学与日常生活的联系的。

其次,书中在谈到对"作文"的理解时,夏丏尊反复强调"作文是生活中间的一个项目","作文同吃饭、说话、做工一样,是生活中间缺少不来的事情。生活中间包含许多项目,作文也是一个","作文是应付实际需要的一件事情,犹如读书、学算一样"。②虽然,夏丏尊这里主要谈的是以应用写作为目的的作文教学,而应用写作的性质自然与日常生活的性质是完全一致的,都是功利性的,因此夏丏尊必然反对习作完全脱

---

① 夏丏尊、叶圣陶:《文心》,北京:三联书店出版社,2005 年,第 1 页。
② 同①,第 17—18 页。

离日常生活,变成纯粹的游戏,要求习作应该与学生的日常生活有紧密的联系,但夏丏尊在强调习作与生活的统一性时,又强调习作与审美性创作的联系——习作应当以创作为最高追求,应当在习作中运用、练习审美性创作技巧,这间接地说明,夏丏尊在审美性文学观念上也是强调它与现实人生的密切联系的。因而,应用写作与文学创作虽然在性质上有功利与超功利的区别,但它们都以现实人生为基础——都从现实人生中选择题材,在根本目的上都追求满足现实人生的需要。

这里应该特别提到的是,虽然五四新文学革命以来,把文学看成审美性的活动是中国现代文学非常突出的现代性特征,即人们开始强调文学不同于日常生活的实用功利的超功利特点。比如陈独秀最早区分"应用之文"与"文学之文"。"鄙意凡百文字之共名,皆谓之文。文之大别有二:一曰应用之文,一曰文学之文。"①刘半农随后在 1917 年发表的《我之文学改良观》一文中进一步把文学与非文学区分开来,把各种文章区分为"文学"与"文字",然后进一步把文体划分为四类。他主张"凡科学上之应用之文字,无论其为实质与否,皆当归入文字范围"。"必须列入文学范围者,惟诗歌戏曲、小说杂文、历史传记,三种而已。(以历史传记列入文学,仅就吾国及各国之惯例而言,其实此二种均为具体的科学,仍以列入文字为是。)酬世之文(如颂辞、寿序、祭文、挽联、墓志之属)一时虽不能尽废,将来崇实主义发达后,此种文学废物,必在自然淘汰之列。故进一步言之,凡可视为文学上有永久存在之资格与价值者,只诗歌戏曲、小说杂文二种也。"②再后来,周作人在散文领域提倡"美文"创作,王统照提出"纯散文"的概念等等,都表现了现代文学在文学观念上的审美化发展趋势。

但夏丏尊则在强调审美性文学的超功利性时,又与许多人不同,有比较成熟的辩证看法——他非常重视文学与日常生活的紧密联系。具体地说,夏丏尊一方面非常重视文学不同于日常生活的审美超功利性。

---

①　徐中玉:《中国近代文学大系·文学理论集(1)》,上海:上海书店出版社,1994 年,第 370 页。

②　同①,第 360 页。

在谈到文学创作时,他强调创作的质量而不是数量,重视文学创作的创新性而不是模仿性;在谈到文学创作的具体技巧时,强调应该描写人对事物的印象,而不是纯客观的描绘事物;在谈到文学鉴赏时,他提到"美的一种条件是余裕"等等,这些都说明了他对文学与生活、创作与应用写作的区别有准确把握。另一方面,夏丏尊又强调以应用写作为目标的习作练习,应该努力向文学创作提升,重视习作练习在艺术水平方面的提高。《文心》要求人们用真诚的态度去写作,不能用陈言俗套去应付,要求在生活体验中学习、领悟写作技巧,培养写作能力,从这里可以清楚地看出夏丏尊对审美性文学与生活的内在关联的重视。

对夏丏尊既强调文学的审美性、又强调文学与生活的紧密联系的文学观念,我们将之命名为"人生论文学观"。这一文学观念在肯定文学发展的现代性变革时,又不忽视其积极社会意义,是一种科学辩证的文学观点,是中国现代文学发展中比较重要的一种文学观念。从梁启超提倡快乐、积极地承担社会责任的"趣味文学",到朱光潜要求文学改造"人心"以变革坏社会,这种科学辩证地把握了文学与生活关系的"人生论文学观"是中国现代文学发展中极有影响的一种文学观念。从其形成看,它受制于中国社会的现代性变革,反映了中国社会现代性变革中国家民族始终处于亡国灭种的危机这一特殊性。

2.《文心》人生论文学观的内涵

对夏丏尊强调生活与文学相统一的人生论文学观念,我们不能停留在他对文学与生活的辩证关系的把握这一抽象层次上,即我们要追问,所谓文学与生活的辩证统一其具体内涵是怎么样的呢? 具体地看,如下理论要点是应该特别提出来的。

(1)从对文学审美性质的理解来看,夏丏尊非常重视文学源于生活的"审美"特点,包括文学的情感性、感性和语言形式性等等特点。

具体地看,夏丏尊对文学鉴赏的认识明显是在审美层次上展开的,所以由他的文学鉴赏观,可以明显见出他对文学审美性的理解。在《文心·三十》"鉴赏座谈会"一节中,夏丏尊明确提出了文学鉴赏的态度即审美的态度是"玩"，认为"美的一种条件是余裕"。[①] 这无疑是在强调文学的超功利性。因为在强烈功利欲望、认识欲望等的驱使下，人是不可能有"赏玩"、"余裕"的态度去面对文学作品的。所以，文学审美必定具有超功利的内涵，不仅鉴赏如此，文学创作和批评都是如此。从"玩"这一审美态度的前提出发，夏丏尊还进一步具体地区分了文学审美整个过程的"见、视和观"三个阶段。他说："我们看到别人的一篇文章或是一幅画是'见'，这时只知道某人曾作过这么一篇文章或一幅画，其中曾写着什么而已。对于这一篇文章或一幅画去辨别它的结构、主旨等等是'视'，比'见'进了一步了。再进一步，身入其境地用了整个的心去和它相对，是'观'。'见'只是感觉器官上的事，'视'是知识思辨上的事，'观'是整个的心理活动。不论看文章或看绘画，要到了'观'的境界，才够得上称'鉴赏'。'观'是真实的受用，文章或绘画的真滋味，要'观'了才能亲切领略。"[②]所谓"见"，指的是读者通过感官对事物的把握。借由对文学话语的"看"，读者把握了作品的感性存在。所谓"视"，指的是读者通过对作品的认识分析实现了对作品的把握。它的题材、主题、体裁、结构、文学话语、风格等等都得到了深入的分析。而所谓"观"是指审美主体与艺术作品的主客体统一，特别是在情感的体验过程中所实现的主客体合一，也即读者与作品、作者与读者的情感共鸣。他说："我以为鉴赏是作者与读者之间的共鸣作用。"[③]通过夏丏尊对"见、视和观"三者的区分，明显可以看出，他把文学审美主要看成以审美感知为基础的"情"的活动，这强调了文学审美的情感性特点。特别是他对文学鉴赏中情感共鸣的强调，清楚地说明了他对文学审美的情感性特点的重视。

然而，夏丏尊所强调的文学审美性，又始终与日常生活保持紧密联系。他重视人的日常生活对审美情感的制约作用。比如在谈到文学创作时，他强调日常生活中的"触发"的重要性。"读书贵有新得，作文贵

---

① 夏丏尊、叶圣陶：《文心》，北京：三联书店出版社，2005 年，第 264 页。
② 同①，第 263 页。
③ 同①，第 266 页。

有新味。最重要的是触发的功夫。所谓触发,就是由一件事感悟到其他的事。"虽然,夏丏尊没有明确强调"触发"与日常生活的联系,但从他强调文学与日常生活的联系来看,那些读书时的各类知识经验"触发",必然也是始终不脱离日常生活的。因此,我们由当下出发的,对各类具体事件的思想价值的领悟,以及由此形成的审美情感必然也始终保持与日常生活的紧密联系。

夏丏尊在谈到诗歌的本质时,强调诗歌文体的情感性特点。"诗的所以为诗,全在有浓厚紧张的情感,次之是谐协的韵律,并不在乎词藻的修饰。"而这里的情感,无疑指的是诗人在日常生活中的情感(包含思想)触发所形成的情感。因为,只有如此理解,我们才能明白夏丏尊肯定工场诗时的思想逻辑。"田园与工场,同是人的生活的根源,田园可吟咏,当然工场也可吟咏的了。切不可说关于田园的词类高雅,是诗的,关于工场的词类俗恶,不是诗的。"①夏丏尊对工场诗的肯定,如果不从审美情感与日常生活的内在联系出发,是无法把握的。在谈到小说的本质时,夏丏尊强调,它"是作者所看出的意义",更准确的说法是"作者从那些实事中看出来的和一般人生有重大关系的意义"。② 夏丏尊对小说本质的认识,清楚地反映了他强调文学审美情感与人的日常生活的内在联系的看法。在文学创作的语言表达方式中,夏丏尊强调描写是作者对自己从外界事物受到的感觉印象的描绘,认为"'描写'比较'记叙'具有远胜的感染力",认为叙事在小说中只是手段,"叙事文好比照相,只须把景物照在上面就完事了;小说却是绘画,画面上的一切全由画家的意识、情感支配着的"。③ 夏丏尊强调文学的审美情感与日常生活的联系的主张是非常清楚的。

(2)夏丏尊的"人生论文学观"重视创作者人格的重要性。在夏丏尊看来,审美性文学与日常生活既有区别又有联系的辩证统一关系,体现在具体的文学创作活动中,主要是由创作者的人格给以保证的。夏

---

① 夏丏尊、叶圣陶:《文心》,北京:三联书店出版社,2005 年,第 59 页。
② 同①,第 170 页。
③ 同①,第 172 页。

丏尊说,创作"全是自由的天地,尽可尽自己的心力忠实地做去,做到自己认为满意了才放手"。"创作全是自己的事,忠于创作,就是忠于自己。真正的创作决不该有丝毫随便不认真的态度。"①这里,夏丏尊强调的是创作者对自己的忠实和创作态度上的认真,而创作者对自己的忠实和态度上的认真,何以能够形成文学创作的审美性呢?夏丏尊明显把创作者形成于日常生活的审美超越人格看成了认识文学审美性的思想前提和最终理论依据。

在我国古代文论中,重视文品与人品的统一,是非常重要的传统思想。人们通常认为,文学家的道德人格充分保证了文学活动的高品质。自然,人们所理解的文学作品的高品质也主要是从作品的道德内涵方面来把握的。人们在谈到艺术学习时,大多重视艺术家人格培养的重要性;通常所谓学艺先学做人,指的就是艺术家人格培养的重要性。而在夏丏尊的"人生论文学观"中,中国古典文论强调"文品与人品"相统一的思想也被继承了下来。自然,这里人品和文品的内涵都发生了变化,不再指艺术作品的风格与创作者道德人格的统一性,而主要指作品的审美性品质与创作者审美超越人格的内在统一性了。在夏丏尊看来,创作者的审美超越人格保证了文学创作的创新性和文学的审美感染力,以及文学创作与日常生活的密切联系。他说:"创作是一种创造,其生命就在乎有新鲜的意味。无论文章或绘画,凡是摹仿套袭的东西,决不配称为创作。"②这里的"新鲜的意味",指的就是作品中表现出来的新思想和情感,它无疑形成于文学创作者的生活体验以及创作者在创作中对自己的忠诚和创作上的认真。

夏丏尊对创作者人格的重视,甚至延续到了对应用文写作的认识中。他甚至主张:"无论是应用之作,或者兴到时所写的一篇东西、一首诗,总之用创作的态度去对付,要忠于自己,绝不肯有半点的随便和丝毫的不认真。文学者固不必人人去做,然而文学者创作的态度却是人

---

① 夏丏尊、叶圣陶:《文心》,北京:三联书店出版社,2005 年,第 256 页。
② 同①,第 257 页。

人可以采取的。"①夏丏尊对作者人格的这种高度重视,也体现在他自己的文学实践中。他选择、认同"人生论文学观",无疑也与他自己注意涵养具有审美超越性的人格是紧密相关的。这一点下文在谈其文学观念的形成时,会有进一步的论述。

3. 夏丏尊的"人生论文学观"对文学的功能也有涉及

审美性文学与生活既有区别又有联系,那么它对生活的作用到底是怎样的呢?《文心》对此问题没有专门涉及,夏丏尊只是在强调文学创作的创造性时,间接地暗示了文学创作者忠于自我的认真创造本身就有能够创造性地满足人的审美需要的无量价值。这一认识其实只是从审美性文学与生活的区别方面来把握文学的功能,如果从审美性文学与生活的统一方面来看,那么源于日常生活的审美性文学创作对日常生活还有没有其他作用呢?

《文心·六》中提及了抗日战争中宣传文字的作用问题,对我们认识这一问题或许有一定的启发。宣传文字的写作在总体上应该归属于应用写作,"应用之作的目的,在对付当前的事务"②,宣传文字的功能自然在于通过知识的教育、情感的鼓舞和意志的鼓励,起到团结人心、鼓舞斗志以帮助人们面对当前事务的作用。但这一作用是有限度的,就是它的直接效用只限于精神方面,这就是《文心·六》的结尾所提到的抗日战争中"我们只能用文字去抗敌,大家应该怎样惭愧啊"!③ 概括地说,夏丏尊认为应用写作只能在精神方面起到"应付当前事务"的作用。夏丏尊的看法对我们认识文学创作的功能有一定的启发作用:我们不能夸大文学创作的意义,它的直接作用并没有超越精神领域。然而,我们究竟应如何把握文学创作在精神领域所具有的这种直接作用呢?正如我们提及的,夏丏尊对此问题并未进行直接探讨,我们应该从夏丏尊的"人生论文学观"出发独立地展开合理的分析,提出初步的

---

① 夏丏尊、叶圣陶:《文心》,北京:三联书店出版社,2005年,第287页。
② 同①,第259页。
③ 同①,第45页。

意见：文学创作也可以在精神领域帮助我们直接应付当前事务，但这一作用无疑不是主要的，因为这是应用写作而不是文学创作的功能；文学创作的功能应该在应用写作的功能之上，在指引根本的人生方向上对人的精神发挥作用。

二 夏丏尊"人生论文学观"中的世界影响

文学观念的形成是个复杂而漫长的过程。个人所受教育的影响、文学的实践经验包括翻译、创作和批评实践经验以及个人审美趣味的认同等等都会影响到文学观念的形成。夏丏尊强调文学与人生的辩证联系，其思想来源也是多元的。就外来影响说，从大的方面来看，可以分为日本文学、文化的影响，西方唯美主义的启迪和《爱的教育》以及西方教育理念的影响三个方面。

1. 日本文学、文化的影响

夏丏尊曾经留学日本两年，时间虽然不长，但正如我们开头提到的，日本留学却补充完善了他的现代知识结构，陶冶完善了他的个人性情。特别是后面一点，对夏丏尊的"人生论文学观"有重要的影响——我们已经强调过，"人生论文学观"非常重视作家人格对文学活动的重要性。夏丏尊自己自然也不例外，他的文学观念应该与其个人性情有密切的内在联系。

夏丏尊非常喜爱日本的文化艺术，有关日本的建筑装饰、盆景培植、插花艺术、茶道茶具和生活习惯，他几乎没有一样不喜欢。朱自清对此曾在《看花》中这样评价夏丏尊对日本文化的热爱："他喜欢插花，喜欢到了一天也少不得的程度。有时候，听得他拉直了嗓门唱日本长歌。"楼适夷也曾在《我和夏丏尊》中说："在他的家里，围着日本式的火钵，烫着黄酒，剥着花生米，咬着豆腐干，讲着回忆中的日本情调。洁白的席间，纸窗，不用涂漆而雕着花纹的白柱子，被他说得比实际还美。"朋友们的描写清楚地说明了夏丏尊对日本文化艺术的热爱。不只如此,在 1936 年写成的《日本的障子》一文中,夏丏尊自己也同样表达了对日本人生活情趣的欣赏和喜爱。夏丏尊热爱日本文化艺术,应该主要是源于他的个人性情:对生活中清疏淡雅之美的热爱,对人生本身就应该具有清疏淡雅之美的追求。具体分析夏丏尊所热爱的日本文化艺术的内容,"一半是异域,另一半是古昔",其中后一半内容更突出,这说明夏丏尊接受日本文化艺术的影响,同时具有回归中国传统文化的意味——中国古代的人生美学传统。

日本文学、文化除了因契合夏丏尊的性情,而间接地影响他的"人生论文学观"外,更为重要的是直接的文学观念的影响。在这一方面,应该提及的有日本的自然主义文学、唯美主义文学和夏目漱石"余裕观"等的影响。夏丏尊因为翻译了日本大量的文艺作品,并接受其中一些流派,比较明显的如自然主义文学的影响,所以日本的自然主义文学深刻地影响了他的文学观念。对此,学术界多有研究。

夏丏尊翻译过日本著名小说作品《国木田独步集》和《棉被》等等,前一部作品的作者国木田独步是日本自然主义文学的先驱,后一部作品是日本自然主义文学的重要代表作,其作者田山花袋是日本自然主义文学的代表作家。夏丏尊对日本自然主义文学的翻译介绍,使其在文学观念上受到了影响,同样强调文学与个人生活的联系。这甚至直接体现在他的创作中。

首先,日本自然主义文学的影响体现在夏丏尊对现实生活记录式的描写上。我们知道,自然主义文学最早起源于法国左拉等人的自然主义创作。法国的自然主义文学把对生活之"真"的表现看成是文学的目的,它非常注重文学的真实性和客观性,强调对随处可见的庸俗自然和社会现实的反映。与法国自然主义对自然、社会的真实描写不同,日本自然主义文学作品更多的是对"个人"和"家庭"生活的真实展示。在夏丏尊的译作中,国木田独步的短篇小说《夫妇》讲述的就是人生中琐碎异常的夫妻之间的情感纠葛。文中坂本和千代子对夫妻感情的困惑是再平常不过的事情,但作者却以现实与回忆相结合的手法将其不厌其烦地娓娓道来,充分表现了自然主义追求客观真实的特点。

受日本自然主义文学的影响,夏丏尊的小说也有类似的特点。比如散文式小说《流弹》就带有类似《夫妇》创作的痕迹。文中作者也是以旁观者或间接参与者的身份讲述四太太的亲戚兰芳姑娘与知识分子张某的恋爱纠葛。而散文《长闲》对主人公日益"无聊"的生活展开了记录式的描写。《猫》则讲述了猫的到来至离去的过程。

　　日本自然主义文学强调"照原样描写人生"，而有时候有些烦冗、琐细的细节，甚至是有些无关紧要的、多余的细节也被原样描写出来。夏丏尊在《长闲》中也忠实地贯彻了这一文学主张。《长闲》描述的就是主人公无聊的生活片段，从看书、锯树到吃饭睡觉，作者不厌其烦地描述了一天的无聊生活，对每个人每件事都作了较为细致的描述，真正做到了"照原样描写人生"。

　　其次，日本自然主义文学对人物内心的揭露以及其自传性特征对夏丏尊的创作有很大的影响。在夏丏尊的译作中，田山花袋的代表作《棉被》也是日本自然主义文学的代表作。它通过对现实生活记录式的描写，将中年人竹中时雄对女弟子横山芳子的爱欲心理刻画得复杂而又细腻，真实而又深刻，因而又被认为是最早的一部私小说。日本的私小说在创作上遵循的也是自然主义文学的创作原则，要求孤立地描写个人身边的琐事和心理活动，把自我直截了当地暴露出来，郁达夫的创作就深受日本私小说的影响。夏丏尊也一样在一定程度上受到了自己翻译的《棉被》的影响。

　　夏丏尊的小说代表作《怯弱者》描绘了一个厌恶怯弱却又不敢直视苦难的懦夫形象，但这又何尝不是夏丏尊对自己的无情解剖与鞭挞呢？他记得"母亲在自己手腕上气绝时自己的难忍"，记得五岁爱儿断气时"自己不敢走近去抱他，终于让他死在妻子怀里的情形"，"他自己也觉得有些不近人情，自恨自己怯弱，没有直视苦难的能力，却又具有对于苦难的敏感"。这些都和夏丏尊自己的生活、个性有太多的相似。所以，夏丏尊其实是通过《怯弱者》将自己活生生地解剖在了读者面前。《长闲》的主人公厌倦了多年的教师生涯，凭仅够维持半年生活的积蓄回到白马湖家里写作，想"从文字上开拓自己的新天地"。而结果，作品中的"他"却把多数时间消磨在风景的留恋上，"想享受自然的乐趣，结果做了自然的奴隶，想做湖上诗人，结果做了湖上懒人"，这分明是夏丏尊本人1926年前后生活的纪实。

总之,夏丏尊在对日本自然主义文学的翻译介绍中,吸收了其影响,并落实在了自己的创作中。在他为数不多的小说和散文作品中,对现实生活记录式的描写和对自我内在情感的抒发正体现了他追求真实的自然主义创作风格。而如果进一步把夏丏尊所接受的日本自然主义文学的影响与其"人生论文学观"进行一下比较分析,我们会发现它们之间存在的一定内在联系。日本自然主义文学强调文学与作者日常生活的内在联系,重视作者自我的表现,这与夏丏尊的"人生论文学观"强调文学创作与日常生活的辩证统一,重视作者人格等思想不是有比较明显的相似之处吗?虽然它们之间的区别也比较明显,但这种内在的思想联系是无法抹杀的。

2. 西方文学和教育理念的影响

夏丏尊的人生论文学观念不仅受到了日本文学、文化的深刻影响,西方唯美主义文学以及西方的教育理念的影响也是比较明显的。自然,夏丏尊对各种不同思想的吸收融化,就和他对日本自然主义文学的接受一样,是有所选择、变通的,其影响途径也比较复杂,这里我们限于行文的方便忽略了一些内容。比如,在谈及西方唯美主义文学对夏丏尊的影响之前,首先应该指出的是:日本唯美主义文学对夏丏尊的影响也有值得分析的地方。因为夏丏尊也曾翻译过日本著名唯美主义作家谷崎润一郎的随笔集,日本唯美主义文学的影响应该也是存在的。

(1)西方唯美主义文学对夏丏尊的影响

有学者曾对夏丏尊的散文名篇《白马湖之冬》进行过唯美主义解读①。应当说,夏丏尊在这一作品中有意淡化现实困境,力求生活艺术化,确确实实可以见出唯美主义思潮影响的痕迹。

就夏丏尊接受西方唯美主义影响的过程来看,应该与夏丏尊在春

----

① 朱文斌:《生活的艺术化——评夏丏尊的〈白马湖之冬〉》,《名作欣赏》,2007年第4期,第61页。

晖中学教学时，通过与朱自清等同事交往，受到了他们的影响有关。
1922年，夏丏尊举家从热闹的杭州移居到"荒野"一般的白马湖，在当时春晖中学生活条件非常艰苦的情况下，克服种种困难，实践"新村"教育理想，取得了一些可喜的成绩，令人鼓舞。当时，一批有抱负有追求的人物，如朱自清、朱光潜、丰子恺、王任叔等都在春晖中学任教。他们在教育上共同奋斗，课余谈文论艺，互相影响，在春晖中学形成了良好的文化氛围。但好景不长，正如朱自清在《教育家的夏丏尊先生》一文中所披露的那样："但是理想主义的夏丏尊终于碰着实际的壁了。他跟他的多年的老朋友校长经先生意见越来越差异，跟他的至亲在学校任主要职务的意见也不投合；他一面在私人关系上还保持着对他们的友谊和情谊；一面在学校政策上却坚持着他的主张，他的理想，不妥协，不让步。他不用强力，只是不合作；终于他和一些朋友都离开了春晖中学。"①夏丏尊等人被迫离开春晖中学之后，转移到上海的江湾创办立达学园和开明书店，继续坚持他们的教育理想，演绎了中国教育史上的一段佳话。正是在这种背景之下，夏丏尊写就了《白马湖之冬》。在这篇文章里，夏丏尊通过回忆自己自十年前来到白马湖畔生活的种种经历，着重对白马湖冬天的风多且大作了细致描述，字里行间并没有流露出对春晖中学当局的不满，或者怨天尤人、牢骚满腹的情绪，而是带着审美的眼光来看待这一切，挥洒着一股深沉清幽而又引人遐想的情思。作者以审美的态度对待人生，以艺术家的心态去理解、感受生活，无疑是接受了西方唯美主义思潮影响的结果。

　　五四前后，中国文学界的《新青年》等杂志率先介绍、宣传王尔德、佩特、比亚兹莱、道生、阿瑟·西蒙斯等西方唯美主义作家的作品及其艺术主张，一时形成了一股"唯美主义思潮热"，"为艺术而艺术"的口号广泛流传。不过，由于唯美主义思潮本身非常复杂，不同的批评家有不同的理解和接受，彼此之间难免会产生分歧以致论争不断。对"白马湖作家群"而言，唯美主义最吸引他们的恐怕还是王尔德、佩特所倡导的"为艺术而生活"的原则。佩特主张使感觉锐敏而强有力地接受"刹那

---

①　朱自清：《朱自清全集》（第4卷），南京：江苏教育出版社，1990年，第460页。

的印象",经营个人每刹那间充实了的生活,即"人生的意义就在于借由艺术和诗歌达到刹那间最大充实的美感享受"①。而王尔德则以自己的生活实践履行佩特关于生活瞬间艺术化的思想。朱自清、俞平伯等据此将之称为"刹那主义"。1924年5月15日,朱自清首次在春晖中学演讲《刹那》,宣扬"刹那主义"人生观与文艺观。因此,当时包括夏丏尊在内的"白马湖作家群"受到这股思潮影响就是非常自然的事了。

"刹那主义"主张生活要有艺术的质量,把生活中的一切琐事都提升到艺术的高度来对待,使艺术成为人生的最高准则,这固然是一种精神上的逃避和解脱,但同时也是一种艺术上的反抗与自卫,具有肯定人生的积极意味。在《白马湖之冬》里,夏丏尊以审美的态度对待白马湖生活的这段光阴,隐然含有以艺术反抗庸俗人生的唯美主义理想。比如在文章的第二段里,夏丏尊一开始就极力渲染白马湖冬天之风的厉害,"呼呼作响,好像虎吼",然后又以白描的手法勾勒各种寒风凛冽的场景:"风从门窗隙缝中来,分外尖削";"全家吃毕夜饭即睡入被窝里,静听寒风的怒号,湖水的澎湃";"太阳好的时候,只要不刮风,那真和暖得不像冬天……忽然寒风来了,只好逃难似的各自带了椅凳逃入室中,急急把门关上";"最严寒的几天,泥地看去惨白如水门汀,山色冻得发紫而黯,湖波泛深蓝色"等。这些场景究其实是作者的一种经验,一种印象,一种对白马湖冬天感觉的瞬间捕捉。作者艺术性地描绘这样一个天寒地冻、霜月当空、松涛如吼、风号湖鸣,大地、湖、山都在寒风中瑟瑟发抖的世界,是为了反衬他独坐在书斋的洋灯下,体会"萧瑟的诗趣",并"把自己拟诸山水画中的人物,作种种幽邈的遐想",这样一种超然物外的状态,符合佩特所说的"既然感到了我们经验中的这种异彩及其短暂性,那么,我们要尽一切努力拼命去看见它们和接触它们,我们不会再有时间去为我们所看到和接触到的东西创造理论。我们必须做的,是永远好奇地试验新的意见,追求新的印象"②,从而实践"人生的意义就在于充实刹那间的美感享受"这种理想,透露了生的意趣。

---

① 赵澧、徐京安:《唯美主义》,北京:中国人民大学出版社,1988年,第78页。
② 同①,第77页。

按照朱自清的理解，"刹那"是指极短的现在，对人生的选择非常重要。因为通常人们对人生的选择不外乎两种方式，一种是饮鸩止渴式的及时行乐，一种是着眼于全人生，追求实现人生的价值和意义。及时行乐流于纵欲，难免堕入颓废，而着眼于全人生，如果无法追求到人生的终极意义，往往会彷徨一生并陷入虚无。所以，注重"刹那"才重要，"每一刹那有每一刹那的意义和价值"，"刹那总是有的，总是真的"。但是，这种执著于现在的观点，表面上看起来很积极，颇有古人那种"时不待我"的急切，事实上我们还是能够感受到一种无可奈何、得过且过的颓废，更有对未来无力把握的悲哀。显然，在《白马湖之冬》里，夏丏尊实践了朱自清对"刹那"的理解，比如"我"独坐在书斋的洋灯下细细体会冬的情味那一场景的描绘就体现了那一"刹那"的趣味，具有"刹那"的价值和意义——超然的艺术人生态度。可仔细体味，在这"超然"的背后，我们仿佛看见了作者站在窗前，发出长长的叹息，叹息自然界冬日的冷峻，以及跋涉在社会、人生途中的艰难。虽然作者并未直言要表达什么，但我们还是在这含蓄的字里行间咀嚼出某种意味来，有一种悲凉感。毕竟，当时的现实"风雨如磐"，身临其境的中国现代知识分子不但要正视现实与理想的落差，还要承认自己甚至整个知识界对解决现实矛盾的无能为力，因而，不可避免地会产生幻灭感和精神上的苦闷与彷徨。夏丏尊也不例外。

夏丏尊所接受的西方唯美主义影响，与其"人生论文学观"对人生与艺术的辩证统一的追求有一定的相似之处。区别只是在于，西方唯美主义追求的是"为艺术而生活"，要求"生活学习艺术"，以实现两者的统一，而不是夏丏尊所理解的两者以生活为基础的辩证统一。但这种内在思想联系，我们不能否认。

(2)《爱的教育》的翻译

在夏丏尊的译著中，《爱的教育》应该是影响最大的一部。1920年，夏丏尊偶然得到了意大利作家亚米契斯此书的日译本，顿时爱不释手，流着热泪读完后，他深感此书提倡情感教育，对当时的教育界有重要的价值，所以抽时间将之译为中文。

　　从教育的角度说,王国维很早就把教育分为智育、情育和意育三类,提倡完整人格的教育,特别重视作为情育的美育的价值。但情育在我国现代教育实践的发展中曾长期缺失,教育界人士纷纷提倡各种西方教育方法,但关注的都是智育、意育,对情育却有所忽视。对此,夏丏尊在《爱的教育》的《译者序言》中曾以挖池塘的比喻来形容我国现代教育实践中的学校建设和管理,并对此提出了批评。"他说,我国办学校以来,老在制度上方法上变来变去,好像挖池塘,有人说方的好,有人说圆的好,不断地改来改去,而池塘要成为池塘必须有水,这个关键问题反而没有人注意。他认为办好学校的关键是必须有感情,必须有爱;而当时的学校所短缺的正是感情和爱,因此都成了没有水的池塘,任凭是方的还是圆的,总免不了空虚之感。"①从当时中国教育界的现状和自己从事教育活动的实践经验出发,夏丏尊深切地认识到了情感教育的价值,所以当他看到亚氏此书的日译本后被深深地打动了。他在《爱的教育》的《译者序言》中说:"这书给我以卢梭《爱弥儿》、裴斯泰洛齐《醉人之妻》以上的感动。我在四年前始得此书的日译本,记得曾流了泪三日夜读毕,就是后来在翻译或随便阅读时,还深深地感到刺激,不觉眼睛润湿。这不是悲哀的眼泪,乃是惭愧和感激的眼泪。"对情育、爱的教育的价值认同,是夏丏尊翻译此书的重要原因。

　　夏丏尊不只是因思想上认同"爱的教育"的价值而翻译、介绍了亚米契斯的著作,他还在教育实践中积极进行爱的教育。夏丏尊把自己原先在浙江第一师范教书时,受同事李叔同先生的影响所形成并坚持的以人格感化为基础的教育理念,与情育、爱的教育进行结合,把学生当作有独立个性的存在,以人与人之间的情感和谐为教学追求,形成了自己的"妈妈的爱"的教育方法。

　　所以,《爱的教育》对夏丏尊的教育思想和实践产生了重大影响,但这种影响又不限于教育领域。稍微对比一下《爱的教育》和夏丏尊的《文心》,我们就会发现,两者在写作方法上是类似的:都是要通过日常生活中的事件来展开教育,不同的只是教育内容方面:后者所论只是语

---

　　① 亚米契斯:《爱的教育·序言》,夏丏尊译,南京:译林出版社,1996年,第2页。

文知识的教育，追求的是写作和阅读能力的培养；而前者则更强调培养有自由与独立精神的社会成员。而这种相似的写作方法，说明夏丏尊接受了《爱的教育》所主张的不脱离日常生活进行教育的教育理念——为了强调在日常生活来进行教育的重要性，亚米契斯甚至反对脱离日常生活进行知识教育："舅父一向主张与其读书，宁从实际的生活事件中求活的学问"①；而这种对日常生活的重视明显与夏丏尊的人生论文学观，重视文学与日常生活的辩证统一有密切的思想联系。因此，我们认为夏丏尊的人生论文学观中其实也有《爱的教育》的影响存在。而且还不只如此，夏丏尊对情育、爱的教育的重视，清楚地说明他在人生观念上同样高度重视生活中情感的重要性，而这对他的"人生论文学观"强调文学创作中审美情感的重要意义能没有影响吗？所以，夏丏尊强调文学创作应该从生活体验出发寻找创作题材、应该描写人的感受等等具体的主张，都可以说曾受到过《爱的教育》的影响。

另外，《爱的教育》倡导的是平等、独立个体之间以爱的情感为纽带进行的教育活动，在这一教育思想中独立、健康和完善人格的培养是最重要的。特别是如何在日常生活事件中实现对完善人格的教育、培养，是《爱的教育》所要探讨的主要内容。而这一思想与夏丏尊的人生论文学观重视作者人格的重要意义有一定的思想联系，这也是不能完全否认的。

（3）西方重视学校教育与生活教育相统一的教育理念的影响

夏丏尊是杰出的语文教育家，他的语文教育理念与其文学观念是相通的，其原因是不言而喻的——教育方法与教育内容是必然统一的；而他的语文教育理念深受西方重视学校教育与生活教育相统一的教育观念的影响。比如在国文教材观念上，夏丏尊就深受杜威经验主义教育思想的影响。20世纪二三十年代，在国文教材方面人们更多考虑的是什么内容的文章可选、不可选，或语体文言可选、不可选的问题，读写的能力培养只有"多看书"一剂药方。夏丏尊却是高度重视国文教材与

---

① 亚米契斯：《爱的教育·序言》，夏丏尊译，南京：译林出版社，1996年，第269页。

生活的统一。他主张要读文字的书,还要读不用文字写的书;既要基于文本,又要从现实生活体验出发进行写作训练,这都充分证明了这一点。而这一思想的形成明显与杜威的影响是密不可分的。夏丏尊于1919年发表的译作《杜威哲学概要》,原本就是日本学者述评杜威《民主主义与教育》的作品。在确认国文教材内涵与外延上,他应该直接受到了此书的触发。杜威感到:"总有一种危险,正规教学的材料仅仅是学校中的教材,和生活经验的教材脱节。"①夏丏尊在《文心》中强调结合学生的生活实际设计教学读物,无疑是对杜威感到的"危险"的超越。杜威反对将教材当目的物,视之为养成能力的载体。他说:"知识常被视为目的本身,于是,学生的目标就是堆积知识,需要时炫耀一番。这种静止的、冷藏库式的知识理想有碍教育的发展。这种理想不仅放过思维的机会不加利用,而且扼杀思维的能力。"②夏丏尊认同杜威的教材理念,强调语文教材在把知识转化成学生的实际能力的作用。他在《文心》第32篇说道:"如果单把这些认为一种知识,预备在大庭广众之间夸耀于人,以表示自己的广见多闻,那就没有什么意义。……文学是我国文化的一部分,我们要把它容纳下去,完全消化了,作为我们的营养料,以产生我们的新血肉。"③夏丏尊编的教科书均比别人的薄,他注重的是消化力、创造力,这应该视之为他对杜威所提出的"用这种材料去压倒学生,使他应接不暇,是很容易的;而要把这种材料引进他的直接经验中去,就不容易了"④这一教学难题的解决。

更进一步,在杜威强调学校与生活教育相结合的教学思想启发下,夏丏尊探索了如何把语文教学与生活结合在一起的问题。杜威曾说:"最好的一种教学,牢牢记住学校教材和现实生活二者相互联系的必要性,使学生养成一种态度,习惯于寻找这两方面的接触点和相互的关系。"⑤自然,在这一问题上除杜威思想的影响之外,夏丏尊"神往的理

---

① 杜威:《民主主义与教育》,王承绪译,北京:人民教育出版社,1990年,第10页。
② 同①,第168页。
③ 夏丏尊、叶圣陶:《文心》,北京:三联书店出版社,2005年,第288页。
④ 同①,第199页。
⑤ 同①,第149页。

想人物"卢梭"以世界为唯一的书本，以事实为唯一的教训"的观念；还有他在《教育的背景》一文中提到的赫尔巴特将"教学作为经验与交际的补充"，认为"有谁在教学中想撇开经验与交际，那就仿佛避开白天而满足于烛光一样"，"如果把周围世界与书本这两者结合起来的话，就可以在它们的结合之中找到它"①等等思想，也对他有比较重要的思想启发。总之，综合西方强调学校教育与生活教育的统一的各种观念，夏丏尊形成了自己的语文教育理念，而这必然对其"人生论文学观"的形成有重要的影响。

三　夏丏尊"人生论文学观"的中国思想来源

王统照在谈到夏丏尊的文艺兴趣时曾说："我常感到他是掺和道家的'空虚'与佛家的'透彻'，建立了他的人生观——也在间接的酿发中成为他的文艺之观念。"②王统照无疑清楚地看到了夏丏尊的人生观、个性气质与其文艺观之间的密切联系。王统照所提出的佛道思想对夏丏尊的影响，为我们认识夏丏尊文艺观念中的中国思想来源指明了方向。其中，特别是佛教思想对夏丏尊的影响应该是最明显的。

就夏丏尊接受佛教影响的事实来说，这非常清楚。早在 1908 年，从日本辍学回国的夏丏尊应聘为浙江省两级师范学堂通译助教，为日本教员中桐确太郎做翻译。中桐与日本宗教团体关系较深，他曾赠给夏丏尊一只"谢罪袋"。夏丏尊当时虽不以为意，但按佛教讲"缘"的佛理，这大概预示他将会与佛发生种种的机缘吧。当然，最大的佛缘莫过于与李叔同即后来的弘一法师的交游。

夏丏尊与李叔同是契友，单为夏丏尊的友情，李叔同曾滞留杭州七年。甚至在李叔同剃度出家之后，两人非但未因"清""俗"之隔而疏远

---

①　赫尔巴特：《普通教育学·教育学讲授纲要》，李其龙译，杭州：浙江教育出版社，2002年，第 70 页。

②　亚米契斯：《爱的教育·序言》，夏丏尊译，南京：译林出版社，1996 年，第 386 页。

了友情，反而使相互的理解达到了超越世俗的灵魂相通。自然，与一代高僧的心灵之交，使原本对佛学"向有兴味"的夏丏尊由最初的"义切生死，诸事为之护持"，渐渐"亦自染佛化，但不茹素，不为僧，尝曰学佛在心不在形，故至晚年虽亦皈依佛法，而以居士终其生"。"他虽然到底没有出家，可是受弘一师的感动极大，他简直信仰弘一师。自然他对佛教也有了信仰，但不在仪式上。"①在佛家眼里，夏丏尊是最有凡心的僧徒，而在世俗生活中，他是最有禅心的凡人。但无论怎么看，夏丏尊深受佛教影响的事实是毋庸置疑的了。

从理论上说，佛教的超脱思想必然能够在一定意义上帮助人从超功利的态度去面对自我、人生和社会，而这与对生活进行非功利的审美静观是有相似之处的。具体地说，受佛教思想的影响，夏丏尊在反思自我，看待人生、事物时，都有一种悲天悯人的情怀。在佛教中，出家人慈悲为怀，慈悲是为众生不离六道轮回，永处于痛苦之中，所以佛教徒的"慈悲为怀"说明了他们对现世的超越。夏丏尊受到佛教解脱思想的影响，出家不离家，并未完全弃世，因而对人生必然采取虽入世但并不太过执著的态度，即是从个人的自然性情出发，坦然地面对种种现世问题，这反映在文艺趣味上就是欣赏平淡冲和类作品。

再联系到夏丏尊的"人生论文学观"来看，佛教思想的影响也是清晰可辨的。总体上看，夏丏尊强调超功利的文学创作与日常生活的辩证统一关系，与夏丏尊"出家不离家"的居士佛教信仰不是非常相似的吗？具体来看，佛教在佛法问题上主张"无相的教导"，认为佛的一切教诫以心性的启发和觉悟为契要，在教导上没有固定的方法或标准化的法则可以遵循，所谓"佛语心为宗，无门为法门"。佛教还主张信仰离不开情性，一切都要从情性中进入，在情性中悟出；如果用知性和理智去分析、辨别，必然导致智慧与情感的疏离而使人陷入迷惘和困顿。而佛教义理上的这些看法，与夏丏尊强调审美性文学创作应从生活中的"触发"出发进行创作、应在作品中描写人对事物的印象、文学的鉴赏是主客体的情感共鸣统一等等观点重视文学创作的感性特点是有明显的相

---

① 朱自清：《朱自清全集》（第 4 卷），南京：江苏教育出版社，1990 年，第 462 页。

似之处的。

另外，佛教主张信徒应有认真至极的虔敬之心。其实，所有宗教生活的根源都需要内心的高度虔敬，只有每个人都以自己的向善之心和真实情感直接面对"神"，才能坚定信仰，不倦地修行，最终求得正果。佛教也认为，虔敬是真实无误地显现心性本质，是修持之首；若没有虔敬，就无法敞开自心而接受佛家的悟境，因而也就无法达到修持的最高境界。佛教中的这些观念，与夏丏尊的"人生论文学观"要求创作者忠诚于自己，认真地对待文学创作等等观点，也有明显的相通之处。

还有，佛教高度重视信众对喜舍人格的培养和坚持，甚至用舍身饲鹰等一些极端的佛本生故事宣扬喜舍的重要性。佛教的这一思想与夏丏尊的"人生论文学观"强调文学创作者人格的重要性，认为文学创作只有在对自己的忠诚中才可以写出新意，才可以创作出好的作品，应该有思想上的一致性。

总之，夏丏尊的文艺趣味、文学观念不只是日本自然主义文学、西方唯美主义文学等外来文艺思想影响下的产物；作为深受佛教思想影响的居士，他的文艺趣味、文艺观念中都明显可以见出佛教思想影响的痕迹。另外，在中国古代文论中，重视文学与人生经验统一的思想也是常识性的观点。像陆游"纸上得来终觉浅，绝知此事要躬行"、"汝果欲学诗，功夫在诗外"的教子经验，严复"读大地原本书"的告诫等等，也是夏丏尊熟知的文艺常识，所以这些思想对其"人生论文学观"的影响也是明显的。夏丏尊的"人生论文学观"就是在中国人生论美学思想的传统上，吸取日本、西方的相关文艺思想形成的。

第四章 王任叔:世界马克思主义文艺创作和理论影响下的文学批评

王任叔,又名巴人,1901年出生于浙江奉化西南边境的大堰村,1972年在"文革"期间受迫害而死。他是浙东大地上成长起来的著名文学家、文学批评家、文学理论家和历史学家。深受浙东文化精神熏陶的王任叔,一生积极参加进步斗争,虽生活坎坷,但仍保持了旺盛的理性进取精神,在文学创作、文学批评和文艺理论以及印尼史研究等多个领域也都取得了重要的成就。在文学创作方面,王任叔从新诗写作起步,后写长短篇小说,成就很大。在文学批评和文学理论方面,他在建设我国马克思主义文学理论体系方面,有比较大的思想贡献。特别是新中国成立后,他的写人情、表现人性的理论,对解放人的思想、启迪人的思维,完善我国的马克思主义文学理论体系都有值得重视的思想贡献,值得深入发掘。总体来看,人们对王任叔的文学批评和文学理论研究不够,评价偏低。

要把握王任叔的文学观念最主要的是应该从中国马克思主义文艺理论的建构和发展来把握。王任叔积极学习马克思主义理论著作、毛泽东思想,将之运用到对文艺创作、文艺现象和文艺问题等的批评和研究中去,他的文学批评和文学理论研究在一定意义上推动了我国马克思主义文艺理论体系的发展和完善。在认识王任叔的文学观念时,需要注意到鲁迅先生的创作对他的影响,以及他积极参与的革命斗争实践和文学创作实践对其文学观念的制约。在此过程中,我们还应该特别注意世界文学中革命进步文艺对他的启迪。下文,我们将在学术界现有研究成果的基础上[①]，大体梳理他的文学批评和文学理论研究的发展概况，为进一步总结他所接受的世界文学影响打下基础。

一　留学日本夯实马克思主义文艺理论基础

王任叔走上文学创作的道路，是深受五四新文学运动影响的结果。在五四新文学运动发展的高峰期，1922 年，他最初发表了自己的诗作。走上文坛不久，他结识了茅盾和郑振铎，并由郑振铎介绍参加了"文学研究会"，在"为人生而艺术"的主张下，走上探索人生和参加革命的路[②]。王任叔在走上文学创作道路的过程中，鲁迅就对他产生了深刻的影响。1938 年纪念鲁迅逝世两周年之际，王任叔写了《我与鲁迅的关涉》一文，叙述了近二十年中自己对鲁迅的理解和交往的过程：他第一次读《狂人日记》，"首先给我的是一种深重的压力和清新的气息"，"鲁迅"这个名字深深印入青年王任叔的脑际，"从此我的生命仿佛不能和这两个字分离了"。之后，他看到了北京《晨报》上的《阿 Q 正传》，接着，读了《语丝》上登载的鲁迅杂文，更加佩服先生学问的赅博与精深。1926 年他去广东时，较完整地读了《呐喊》、《坟》等著作；到了广州，有机会听了鲁迅的演讲，看到了鲁迅作为伟大思想家的一面。他写了《鲁迅的〈彷徨〉》这篇鲁迅小说研究的早期论文，1930 年被李何林收入《论鲁迅》一书，至今还是鲁迅研究史的一篇重要文献。

在后来参加追求进步的革命斗争中，他看到人民大众的不幸和苦痛。当革命处于低潮的时候，他"从革命的潜流浮了上来，又想搞文艺了"。"在我的认识上，那怕还是不自觉的吧，总以为，革命工作是为人民大众的，而革命文学却是为自己发发牢骚和不满的，名义上说是为大

---

① 陈梦熊：《"左联"十年时期的王任叔》，《西北师大学报》，1987 年第 3 期；杨幼生：《〈文学读本〉——巴人的一部文艺理论力作》，《社会科学》，1980 年第 4 期；南志刚：《论巴人五十年代的文艺批评》，《宁波大学学报》，2001 年第 3 期。

② 巴人：《遵命集·后记》，北京：北京出版社，1967 年。

众,实际上却是为自己——想做个革命文学家。"①这段话可以概括王任叔在 1927 年时的思想。1928 年关于"革命文学"的论争,他开始纠正了文艺理论上强调自我的偏颇。在文学倾向上,他同情于太阳社,但在作品的鉴赏上,却继续信从受太阳社和创造社攻击的鲁迅。他认为,想象的虚构若不从真实的基础出发,那所留下的只是空的倾向。当时他写了《革命文学的我见》一文,尽管还不成熟,但已经显示了他无产阶级的革命文艺观。他写道:"我们要认定革命文学并不是仅仅表现一种激昂慷慨的精神的作品,而尤其不是仅仅呼唤几句'爱国爱国'的狭义的国家主义的,与只高喊手枪炸弹杀杀杀的作品——固然,革命文学也不必一定要避手枪、炸弹的叙述。"针对李初梨提出的"一切的文学,都是宣传"的观点,王任叔认为:"我们应该认清文学的宣传,不是一般的宣传。它是一种'思想的传染',而且深刻地、比任何文字的力量来的大。所以,我总以为革命文学不是'狂暴的煽动',而是'深刻的传染';前者,是激动读者的感情的,后者,是锻炼读者的感情的。"因此,"革命文学是使读者于认识生活中去决定或理解生活之创造"②。这些观点既阐明了文艺与革命的关系,又深刻地说明了文艺的特殊功能,与鲁迅的观点一致。因此,王任叔从 20 世纪 20 年代五四新文学运动走上文学道路开始,就深刻地受到了鲁迅先生的影响。正是在鲁迅的深刻影响下,他形成了比较科学的文艺观念,后来在革命斗争实践的影响下又接受了革命文学观念,同时又因鲁迅先生的影响而没有走向极端片面,最终进一步形成了自己比较成熟的马克思主义文艺理论观念。

1928 年的革命文学论争使王任叔意识到了自己在文艺理论基础方面的不足,因对创造性的朋友们在革命文艺理论方面的娴熟非常欣赏,1929 年 1 月他也去日本留学,研究普罗文学和社会科学。他在日本时间不长,约十个月,可是收获不小。起初他住在东京郊外的一个小镇上,请了一个日本人教日语。他学习很刻苦,几个月后,就能读日文版的《毁灭》了。后来进早稻田大学学习,同时参加留日中国学生中共

---

① 巴人:《遵命集·后记》,北京:北京出版社,1967 年。
② 赵冷(王任叔):《革命文学的我见》,见《革命文学论文集》,上海:生路社,1928 年。

组织的社会研究会,读了许多马列主义理论著作。在此期间,他还从日文转译了苏联作家克理各理衣夫的《苏联女教师日记》,翻译了日本左翼作家岩藤雪夫的中篇小说《铁》。此外,他还创作了短篇小说《一个陌生人》、《出版家》和以东留革命知识分子生活为题材的《这样的一个晚上》等等。在日本的学习和创作对王任叔的文艺观念影响很大。马列主义基础理论的学习、日本和苏联进步文学作品的深刻影响,使王任叔所接受的鲁迅文艺观念进一步走向了中国马克思主义文艺理论的发展方向。1930 年日本留学归来后,王任叔的马列主义理论学习和研究一直未断。1935 年他在南京参加世界语小组和读书会,还在读书会上给进步同志们主讲苏联李昂诺夫的《政治经济学教程》。①

　　1935 年以后,王任叔在创作小说的同时,经常为《申报·自由谈》、《申报·文艺周刊》和《时事新报·青光》等报纸撰写文艺短论。1936 年,他选了 14 篇,取名《常识以下》由上海多样社出版。初印 1500 册,很快售罄。出版者无力再版,只得将纸版交给作者,算作报酬。这部文艺短论集虽然是本薄薄的小册子,但它是王任叔开始运用马克思主义革命原理解释文艺现象和文艺创作的一次成功的尝试。唐弢先生的评价非常准确:"这些正是他后来撰写上下册《文学读本》——以及终于修改成为《文学论稿》的思想的碎金。文章固然采用随笔式短小形式,谈的却是正面的文艺创作问题,在内容上,有点近于'论',而不是'感'了。"②综观全书,笔者认为有以下几点值得我们注意:

1. 关于作品与作家的关系问题

　　王任叔常常说:无以为人,何以为文。在《人,作品与批评》一文中,他一开始就指出:作品"没有不渗透作者底人格的。作者底人格在作品里越渗透得越深切,那作品便也越使人感动。同时,那作者底人格底社会性越大,那么,被其人格所渗透的作品底价值也越高"。这说明了文艺工作者改造主观世界的重要性。针对当时文坛上"忠实于主观"与

---

① 戴光中:《巴人传略》,《新文学史料》,2001 年第 3 期,第 54 页。
② 巴人:《点滴集·序》,杭州:浙江人民出版社,1982 年。

"忠实于客观"两种对立文艺观的反映,王任叔又在《作家与世界观》里分别批评了前一种观点的错误和后一种观点的偏颇之处,指出:"作品底创作实践,是应在现实主义下将方法与世界观统一起来的。"这就从思想上划清了唯物主义能动论与唯心主义以及机械唯物论之间的界限。文艺工作者应该反对"定命论"——历史唯心主义,抱有正确的宇宙观,可以成为"时代的先知"(《论文学作品中之定命论思想》)。

2. 关于艺术与社会的复杂关系问题

日本理论界曾经有过一场关于艺术价值问题的论争。一方认为文学艺术有绝对的永久的价值,另一方认为艺术只有社会或政治的价值。这场争论在中国左翼文坛也有所反应。王任叔通过"为什么古典的作品,现在的人还那么欢喜传诵的问题的论述,说出了艺术价值和社会价值的辩证统一的关系。他说:艺术的价值无所谓永久的,那艺术的价值,是要看它发生的社会,与后来社会底适应程度如何,而且随时随地随人在变易的。但又统一于相应的社会里的"。"迷信艺术文学有绝对的永久性","或根本否认它那适应某一特定社会的本身价值",都是错误的(《从怀古谈起》)。

3. 关于文学典型问题

什么是典型?作者认为,一方面是现实社会里常见的,另一方面又确实具有他自己所属社会层的一切特性。他列举鲁迅笔下的阿Q、果戈理小说里的人物加以说明。他在《典型的写出》中写道:"典型人物底写出,却还是有赖于个性之社会学的发见。……个性之社会化,和从普遍性中抽象出来的特殊性底映出。"这种观点在当时是很有见地的,也是坚持了马克思主义创作论和文艺观的。

王任叔的这本文艺短论篇幅不多,印数也少,但书中涉及的问题却不少,并且有自己独特的见解,在20世纪30年代产生过一定的影响。

二　苏联文艺理论影响下的《文学读本》及其续编

抗日战争中,王任叔在上海租界坚持文艺斗争,在文学批评和文学理论方面都取得了很大成绩,这是值得我们认真总结和重新评价的。孤岛时期,王任叔在文学批评与文学理论方面走向了成熟,这与他此前经过左联的锻炼,在政治上已趋成熟有关。特别是他接受毛泽东同志的新民主主义革命理论,用以指导自己的文艺批评和文艺理论研究,这是其文学观念走向成熟的重要原因。毛泽东同志自1938年党的六届六中全会后至1942年《讲话》以前发表的政治论著,如《五四运动》(1939年5月)、《青年运动的方向》(1939年5月)、《中国革命和中国共产党》(1939年12月)、《新民主主义论》(1940年1月)等,给了王任叔结合文艺运动实际进行文艺批评和理论研究的思想钥匙。他此时关于"大众文学"、"民族形式"、"遗产的批判继承"的认识,在总体上是正确的,对我国马克思主义文艺理论体系的建构、发展和完善有一定的思想贡献。

除毛泽东同志的新民主主义革命理论的影响之外,苏联文艺理论的深刻影响也是王任叔能够在文学批评和文艺理论研究方面取得重要成就的重要原因。孤岛时期,王任叔出版的重要论著主要有以下几部:《文艺短论》,1939年由上海珠林书店出版;《论鲁迅的杂文》,1940年由上海远东书店出版;《文学读本》和《文学读本续编》,分别于1940年5月和11月由上海珠林书店出版。其中《文艺短论》是他1936年出版的《常识以下》的再版,《论鲁迅的杂文》属于文学批评著作,只有《文学读本》及其续编作为专门的理论著作,是王任叔文艺观念的集中展示,也是他此时最重要的理论著作。而这两部理论著作的写作又受到了苏联文学理论的深刻影响。王任叔在《文学初步续编》后记中曾有过这样的表白:"全书的纲要,大致取之于苏联维诺格拉多的《新文学教程》。因为在他提出的各项问题,确是最基本的问题。然而我或者把它扩大,或者把它缩小,而充实以'中国的'内容。"这说明王任叔在基本的理论框架上接受了苏联文艺理论的影响。

应该特别指出,《文学读本》及其续编是我国第一部用历史唯物主义和辩证唯物主义观点写的、比较系统地研究和阐述文学问题的理论专著,在我国马克思主义文艺理论发展史上应该有其重要的位置。虽然他受到苏联文艺理论的重要影响,但我们仍应该承认王任叔在接受苏联文艺理论时的创造性劳动,即对苏联马克思主义文艺理论进行的"中国化"改造。

具体到书中的具体内容来看,通读全部著作,不仅满眼是这样的章节:"中国文学观念史的发展";"鲁迅是怎样描写人物的";"中国文学的流派";"中国文学的种类";"民族形式的检讨";"新文学的诸问题";"抗战文艺理论的清算";"新民主主义文学的特质",而且在一些文学基本问题的章节里,也以中国文学论点和中国文学作品为主要例证。这确是一部显示作者努力把马克思主义文学理论融会贯通到中国文学里来的有分量有质量的文学理论著作。特别因为它写成和出版于上海"孤岛"时期那么一种艰苦的环境中,更使我们对作者这种大无畏的坚持真理的精神发出由衷的钦敬。

认真阅读《文学读本》及其续编,可以发现它在我国马克思主义文艺理论体系的建构中,有如下一些理论努力应该给以关注。

1. 鲜明的马克思主义观点

作者在《后记》里说:"写这一书时,我就有一个企图:既要比较广泛的涉及于文学上的诸问题;又要把我认为比较正确的文艺理论,组织在中国文学的作品分析与叙述上,而归结于中国气派中国作风文学创造的提示。"这里所谓"比较正确的文艺理论",是在当时条件下对马克思主义文艺理论的比较隐晦的提法。通观全书,我们的确看到作者在这一方面的一以贯之的努力。他不仅大量引证了鲁迅、高尔基、茅盾、郭沫若、A·托尔斯泰、法捷耶夫、普列汉诺夫、米丁、藏原惟人等人的有关论述,而且有的地方直接引证马克思的《〈政治经济学批判〉导言》、《序言》,以及恩格斯的关于典型人物和典型环境的论述。特别难能可贵的是,1940 年 1 月毛泽东同志发表了著名的《新民主主义论》,他"从领导同志中首先看到其断片的收录"(1949 年《再版后记》)以后,立刻在《读本续编》里大量加以引用和阐述。在第五篇第一节阐述新民主主义的现实主义的风格问题时,引述了新民主主义革命"切实地否定了向资本主义发展的道路,不得不走上向社会主义道路"的科学论断。在第七篇第一节《新文学的产生的原因》里,大段地引用关于中国民主革命划分为旧民主主义和新民主主义革命两个阶段的论述。在同篇第三节《抗战文艺理论的清算》里,阐述了中国革命分新民主主义革命和社会主义革命两步走的理论。在第四节《新民主主义文学的特质》里,则又引述了关于中国革命政权形式的论述。从这些方面,我们可以清楚地看出,王任叔在苏联文学理论的影响下,综合中外马克思主义文艺观念,建构我国马克思文艺理论体系的努力。在具体分析论述上,王任叔也是积极贯彻马克思主义的基本理论观点,有些看法虽然可以看出明显的时代局限,但那种理论研究的勇气和开拓精神是让人敬仰的。

比如,马克思主义的阶级分析观点。在这篇著作中,我们处处可以看到作者运用此观点进行文艺研究的努力。他不仅始终把我国文学的发展同阶级社会的发展联系起来观察,而且对引证的每一个文学作品、每一个文艺论点,都试图从阶级意识方面加以分析,哪个属于资产阶级的思想,哪个属于小资产阶级的思想,哪个属于封建阶级的思想,哪个属于"农民的自然发生的现实主义文学",都一一加以标出。典型的例子如在第五篇第一节《文学的风格》里,他引用了《诗经·国风》里的《将仲子》一首诗:"将仲子兮,无逾我里,无折我树杞。岂敢爱之,畏我父母。仲可怀也,父母之言,亦可畏也。书仲子兮,无逾我墙,无折我树桑。岂敢爱之,畏我诸兄。仲可怀也,诸兄之言,亦可畏也。将仲子兮,无逾我园,无折我树檀。岂敢爱之,畏人之多言。仲可怀也,人之多言,亦可畏也。"作者在分析这首诗所刻画的少女虽然贪恋情人,但又畏人言的矛盾心情后指出:这是"由于封建社会的建立,男女的原始性的恋爱已被禁止了。礼教男女的防范渐渐确立起来了"。这种分析虽然不免机械生硬,比较简单,也不尽恰切,但任何初创的东西都不会是十全十美的,可贵的是这种披荆斩棘的开创精神。

马克思主义的另一重要观点是历史的发展的观点,王任叔在本书里也坚持了这个观点。例如在考察中国文学民族的形式时,他把它分为四个阶段:A、初期封建社会的文学形式(西周—春秋、战国);B、专制封建政治的确立与衰落时期的文学形式(秦汉—两晋、南北朝);C、地主阶级经济复兴期及衰落时期的文学形式(唐—元);D、专制封建制崩溃时期的文学形式(明—清)。又如在考察新文学的发展阶段时,他大胆地把它划分成这样三个阶段:

第一阶段——五四新文化的特质是"民主"与"科学"……

第二阶段——1927年大革命以后的文化的特质是"阶级论"和"唯物论"……

第三阶段——自"一二·九"而来……它完成了将要完成第一阶段的否定之否定之任务,它保留第一阶段"民主的"特质,然而否定了它资产阶级专政的性质,以阶级论贯彻它,成为"大众的"民主——社会主义民主的一部分。它又否定第二阶段,那种无产阶级专政的阶级论性质。它保留了第一阶段的科学的特质,然而它否定了科学之形式逻辑之思维法则,和科学生产技术的资产阶级专有的意义,而充实以唯物辩证法的思维法则和科学生产技术之国家管理形式,而造成民族之大众的幸福的社会基础。但它又否定了第二阶段唯物论之非中国化的适用,那种生吞活剥的搬运方式。

这里我们看到的,既是原则上依据毛泽东同志的《新民主主义论》的论述,又大量加入了他自己的考察观点。之所以会出现这种现象,我们估计客观上是当时历史条件的限制,很可能王任叔还没有正式看到《新民主主义论》的全文,正如他后来自己说的:仅仅"从领导同志中首先看到其断片的收录";主观上也反映了当时的党员学者在研究问题上是毫无思想顾虑的,敢于根据客观历史事实,独立大胆地做出自己认为是科学的结论。作者在《后记》里说:"这书如其有可取的地方:那就是我的立论,是大胆的。不管自己意见成熟不成熟,拿出去供别人讨论,也还有益的吧。"对这种治学态度,可能见仁见智,有人未必同意。然而,从上面的引证中,我们也可看到:王任叔的"大胆"并非信口开河,哗众取宠，不过是把他学到的毛泽东思想，努力融会到他体会到的客观现实中去，这样的治学态度不能认为不是严谨的；而在学术空气上，则是一派朝气，生机勃勃。

2. 实事求是的分析和启发式的论辩

王任叔是有丰富创作经验和阅读、批评经验的文学理论家，他的《文学读本》和续编中处处迸发着独到的见解，不落窠臼。原因就在于他不是先拿马克思主义理论的具体观点来生套客观现实，削客观现实之足，适马克思主义理论教导的履，而是首先从总结客观现实着手，由此验证出马克思主义理论观点的正确，从而尽可能地丰富它，发展它。在《怎样写一个人物》的章节里，他把描写人物性格归纳为五种方式；又把描写人的形象归纳为"间接的形容"——"中国旧小说多用这种方法"和"直接的形容"两种，而在直接形容里，又分为"静态的写法"和"动态的写法"两种。对创作和描写上的"类型化"（即今天所讲的"公式化概念化"），他指出问题所在是："人物不是生活的人物，而仅是某一种道德的象征，抽象概念的堆积。'他'仅具有某一社会群的一般的东西，而没有特征的东西。或者是'他'仅作为一个'他'存在，而'他'不活在他所居住的社会里似的。"在《文字的风格》一节里，他分析常见戏剧性的各种表现，有四种样式："一种是'化妆演讲'的样式……一种是'双簧'的样式，表现和说唱者是分离的。……一种是'舞蹈'的样式。……一种是戏剧本身。"在《中国文学的流派》的章节里，他把中国古典文学总结为五种派别。在《民族形式的探讨》一节里，他又把中国文学民族形式的发展总结为五个特点。……类此种种，都表现了作者是把客观存在的历史现实放在第一位，努力从客观历史现实中总结出规律性的理论的东西。这种精神无疑是科学客观的研究精神。即使在今天，这种科学的文艺理论研究精神都是应该继续肯定和提倡的。

正确的东西总是在和错误的东西不断地作对照、作斗争的过程中被确认和发展的。这部著作的另一特色就是：作者在把每一个自认为是正确的论点交给读者之前，并不回避提出不正确的论点，相反是先把形形色色的不同观点都提出来，启发读者自己去思考。这种先进的对话意识也是应该肯定的。这方面的例子在书中举不胜举,几乎每一章节都用的是这样的方式。比如第二篇第二节,《艺术是起源于游戏吗》,他首先引用了"游戏"说的朱光潜的观点,又引了相同观点的席勒的论述,然后引用了不同意这一观点的普列汉诺夫的论点⋯⋯然后在对照和分析不同观点的进程中,引出必然的同时也是作者自己的观点。再如第二篇第一节,关于什么是文学的定义,他也首先把古今中外关于文学的不同界说统统摊开来,问:"在这样众多的界说中,我们将何去何从呢?"当读者开始思索的时候,他便一个个地分析产生这种不同的关于文学的界说的历史背景和阶级根源⋯⋯真正做到了循循善诱,以理服人。

著作中还有一个特色,即:针对论点,不针对人;对一个人的许多论点,也不是"褒则全褒,贬则全贬"。第六篇第一节,在谈到诗的特征的时候,他举了两个相反的例子,第一个是朱维基的诗《我们不要忍耐》,肯定了诗人的抒写和悲愤之情,但同时指出,这首诗"作为诗的表现上,是超过了作为诗的语言的几何学限度",因为朗诵者是无论如何没有办法一口气诵出五十几个字的一句诗句来的。第二个是徐志摩的诗《一条金色的光痕》,指出这诗"充满了虚伪的人道主义的精神",但同时又说,这诗"捉住了语言之自然音律,全都适如语言之几何学限度,而诗的篇幅的长短,也适如其情绪的起落",内容虽然不好,艺术可以借鉴。在不因人害意的问题上,著作在个别地方甚至引用了周作人和胡适五四时期的某些论点,指出"值得我们注意"。此书编写时,周作人的"落水"已明,胡适则老早在蒋家王朝里"高升"了,王任叔如此引用,在极"左"的人的眼里,一定是"与敌人勾结"的"反革命"行动无疑了。然而这里正可看出他科学的实事求是的研究态度。

3. 尽可能做到了通俗

王任叔在《后记》里曾有这么一段话:"写作时,有一个别扭,闹得凶:想尽量写得通俗一点,但有时简直无法通俗。于是写下又改,改下又写;把句子倒装、顺装,简直在练习作文了。"的确,一本理论性的著作,特别是我国马克思主义文艺理论初创时期的理论著作,要写得通俗是极不容易的——外来的理论和异质的文学现实要做到恰切的结合比较困难。

但从《文学读本》和续编中，我们感到了尽最大限度的通俗。在第一篇第一节的《谁唱出第一个的歌》里，他首先拿鲁迅写的阿Q的精神胜利法引出"'第一个'总是可敬的"，于是引出"这世界是谁第一个创造的"的问题，把读者引向主动要求研究的轨道。在第二篇第一节《文学与定义》里，他从"瞎子摸象"的故事谈到"定义不容易下"，再引出古今中外曾给文学下过的种种不同的定义。在第四篇第七节《故事与结构》里，他从一句俗话"世界如舞台，而人生如戏剧"引向"有些理论家说，艺术家是个谎言大家"，由此引出关于戏剧和生活现实的关系的申述，都起到了启发和引导读者的作用。在第三篇第三节《典型性》里，在谈到恩格斯对典型人物和典型性格的论述的时候，他用了讲故事的形式来开头："从前英国有个女作家赫克奈斯，写了一册小说，叫做《城市姑娘》，寄给昂格斯(恩格斯)去看，请他批评。"但特别多的是他在说清一个概念或论点的时候，引用大量的人们所熟悉的作家作品，又解说，又分析，务求读者真正能学懂学通。文学理论著作写作时的通俗化问题，至今都是比较重要的问题，王任叔对这个问题的处理给我们树立了很好的榜样。

《文学读本》及其续编问世以后，在文学界和读者中，特别在青年读者中引起了颇为强烈的反响。从上述分析可以看出，这些反响绝不是偶然的。作为我国马克思主义文艺理论的早期著作，王任叔积极接受苏联文艺理论的影响，进行马克思主义文艺理论的"中国化"尝试，这在那个特殊的时代有其特殊的价值。

1941年3月，《文学读本续编》出版不久，王任叔离开"孤岛"去了南洋。1947年10月，他从苏门答腊回到香港，海燕书店向他建议把这本书再版。1950年1月，经作者小作修改，改名《文学初步》，由海燕书店在北京先后出了三版；1951年7月至1952年6月，又由新文艺出版社先后出了三版。然后，经作者作了一次大幅度的修改，再改名《文学论稿》继续出版，直到1954年6月，又出了修订本版。至此，王任叔的这部著作才完成了他的理论使命。但《文学读本》在开创我国马克思主义文学理论基地上的功绩是不会磨灭的,我们应该承认它的开拓之功,并总结其接受外来马克思主义文学理论进行"中国化"转化的早期经验。

三　经典马克思主义文艺理论的突出影响

王任叔有丰富的创作、批评经验,又深受鲁迅文学创作的影响,因此,他虽然也接受了马克思主义哲学基本理论的影响,但这些理论影响大多应该是经过了自己的体验过滤和情感融铸的,其马克思主义文学观念主要是自己在革命斗争实践中总结自己的文学活动经验形成的。所以,新中国成立后,他的文学观念虽然也要受到社会时代巨变的影响,但这与已被瞬息万变的政治斗争战车绑架了的"马克思主义文艺理论"相比,仍有一定的"滞后性"。因而,王任叔 20 世纪 50 年代文艺批评的价值更多地体现在与当时文艺政策、主流文艺观念的一些不合拍,甚至是冲突上。概括地说,这就是,王任叔作为"深解文艺"的文学批评家与文学理论研究者,更多地坚持了文艺相对于政治的独特性。他思考文艺创作的概念化问题,要求文艺表现人性、人情等等,其观点大都如此,而其必然采取的理论解决方法,只能是向经典马克思主义文艺理论求助。这样一来,曾深刻影响了马、恩的西方批判现实主义文艺创作以及马、恩的文艺论述对王任叔的影响显得特别突出。总起来看,王任叔这时受经典马克思主义文艺理论影响的文学批评,可以看做是他对当时我国"马克思主义文艺理论"的完善化和对真正的马克思主义文艺理论的探索和坚守。

1. 文学语境与批评的出发点

新中国成立以后,由于对文学和社会生活尤其是对文学和政治生活的关系认识有偏差,更由于社会生活性质的急剧变化,一些作家观察生活的视角、文学创作的习惯一时扭转不过来,而急剧变化的社会生活又要求作家必须改变,于是便产生了当时"历史发展的必然要求和这个要求实际上不可能实现"之间的冲突,这种冲突直接造成文学创作的"悲剧",其主要表现就是文学创作出现了公式化、概念化。

王任叔的文学批评首先针对的是文学创作的公式化、概念化。就此问题,他集中写了几篇批评文章,提出了文学创作者的精神资源问题、如何认识生活问题、如何表现生活问题、文学创作者如何面对文学批评等重要问题,这些问题既具有重要的理论价值,又具有直接的现实针对性。

王任叔首先提出文学创作者要有丰富的精神资源,特别是要有历史知识,"我们的作家怕还须多丰富些知识,特别是历史知识"[①]。从文学创作的角度来说,他举了杜甫的"读书破万卷,下笔如有神"来劝告作家多读书,尤其多读历史知识,"你从书本上得来的中国工人阶级斗争的知识将会在你熟悉当前工人生活中增加更多的感受"[②];从文学阅读的角度来说,作家也要学习历史知识,"如果去读一读《辛亥革命与袁世凯》这本小书,那就更容易理解产生阿 Q 典型人物的历史背景"[③]。同时,他还要求作家学习科学知识,强调作家的知识修养特别是历史知识修养,不仅对当时的文学创作具有重要的意义,而且对于直到 80 年代中期的文学创作,也具有很强的现实意义,新时期文学界对"学者型作家"的呼唤,钱钟书、沈从文等学者型作家作品重新受到人们的热情欢迎等现象,都在某种程度上印证了王任叔"作家应有丰富的知识"这一观点的正确与远见。

文学创作的公式化、概念化是怎样产生的? 王任叔认为,这涉及如何认识生活、如何表现生活的问题。在这里,他并没有简单地强调"深入生活",而是从文学的性质入手,用简明扼要又通俗易懂的话,说明作家如何去认识生活,如何去表现生活。王任叔首先辨明文学创作的性质:"作家的本领不在于记录现实,而在于概括事实,创造典型。作品不是现实的翻版,而是'第二现实'的创造。"由此出发,他反对"把个别生

---

① 王任叔:《作家应有丰富的知识》,见《巴人文艺短论选》,广州:花城出版社,1988 年,第 181 页。

② 同①,第 182 页。

③ 同①,第 183 页。

活局部化、孤立化,或者离开生活的实际内容,只看到事件的过程形式"①的公式化方法,因为这种公式化的认识"只知道直接地单线条地或者说,单刀直入地来描写事情对象本身"②。"如果这样,那就不可避免地会把人物形象写成抽象的属性的总和,写成为某种时代精神的传声筒,也就是说,写成为概念化的人物了。"③

那么,如何去改变文学创作的公式化概念化的倾向呢? 王任叔指出,文学创作者首先要改变认识生活的方法,要树立"文艺作品是通过人的描写来反映生活现象的",要看到"每一个活的人的精神世界的丰富性和复杂性",看到"生活本身有它自己的规律,但这个规律是在他全部复杂性中进行的"。他特别举赵树理的《三里湾》为例,来说明"共同的生活现象对每个人的反应是并不相同的,通过每一个人对生活的不同反应的描写,就能揭示共同生活现象的无限丰富的内容"。同时,他通过对《李尔王》的分析和引证马克思关于人的本质的论述,说明"作家的本领就在于从一切社会关系中来描写人、描写人的典型性格,而不是从孤立的个别的人的个体去抽取他的思想品质来描写"④。

在这里,王任叔从认识生活的方法和艺术表现两个层面进行了论述。在认识生活的方法上,他主张用联系的、全面的、发展的观点认识生活,把每一个生活事件放在全部生活中,要从整个生活的全部复杂性中观照一个个生活事件,也就是说要从整体上去把握生活;在艺术表现上,他主张要像赵树理和莎士比亚那样,通过对典型形象的塑造,来揭示生活的丰富性和复杂性。尤其令人注意的是:在 50 年代的社会生活中的确出现了某些简单化、公式化的情况,但他准确地指出,这不能成为文学创作公式化、概念化的理由。他坚定地认为:"作为一个作家就不应该把自己创作的公式化,归因于生活本身的公式化。正因为生活

---

① 王任叔:《作家应有丰富的知识》,见《巴人文艺短论选》,广州:花城出版社,1988 年,第 185 页。

② 同①,第 189 页。

③ 同①,第 186 页。

④ 同①,第 189 页。

某些部分有公式化，作家就得大胆地拿起笔来，校正它。"①这些观点放到当时的社会"语境"中看，我们就不得不佩服王任叔的勇气，更不得不佩服他的敏锐和对文学事业的忠诚。

　　王任叔 50 年代文学批评的另一个社会"语境"是当时的文艺作品"缺乏人情味"。这种现象和文学创作的公式化、概念化是有联系的，但他对此问题的思考并未局限于此，"他实际上把握住了文学的一个根本特点，从而也就击中了公式化、概念化弊病的要害，找出了克服它的途径"。② 面对当时文艺作品"机械地理解了文艺的阶级论的原理"的现状，他以一个优秀文学理论家和文学批评家的勇气和敏锐，发现了问题的症结所在："我想如果说，我们当前文艺作品中缺乏人情味，那就是说，缺乏人人所能共同感应的东西，即缺乏出于人类本性的人道主义。"③因此，王任叔大声疾呼："魂兮归来，我们文艺作品中的人情呵！"④在当时的文化语境中，这样的声音怎能不招致批评、甚至批判呢？

　　关于王任叔 50 年代文学批评的理论出发点，部分学者认为他的文学批评尤其《论人情》是站在"人"或"人情"的理论上的。"文学的直接对象是人，文学的目的是人，因而人也始终应该是创作的中心。""巴人并不反对解释社会本质，但他认为文学并不是直接去揭示社会本质的，而是通过写人来实现的，它直接面对的是人，目的是为了'提高人的精神世界'，并且提高人的精神世界从而改造和推动社会现实，反过来也仍是为了使之更'适合于'人生。这就是巴人关于文学要写人情的观点的出发点。"⑤

　　诚然，在王任叔 50 年代的文学批评中，人、人情是一个重要的内容，但不能说是他文学批评的理论出发点，我们不禁要问：到底是什么

---

　　①　王任叔：《作家应有丰富的知识》，见《巴人文艺短论选》，广州：花城出版社，1988 年，第 193 页。
　　②　王铁仙：《论巴人的〈论人情〉》，见《巴人研究》，上海：上海书店，1992 年，第 97 页。
　　③　同①，第 218 页。
　　④　同①，第 220 页。
　　⑤　同②，第 97 页。

美学原则促使他去考虑文艺作品中的人情问题呢？如果我们读一读他的《遵命集》《点滴集》，很快就能得到答案，这就是现实主义美学原则。像王任叔这样成熟的文学批评家，其文学批评的理论原则是相对稳定的，也是贯穿始终的，现实主义美学原则在他的文学批评活动中占有绝对的重要位置，《论人情》等文正是他现实主义美学原则的体现。王任叔从走上文学道路的第一天起，就踏上了现实主义文学之路，"作为一个文艺理论家，巴人的可贵之处，是始终在探索一条深入反映人生和积极改造人生的文学道路。这是现实主义的文学道路"[①]。到了50年代，王任叔不仅在《文学论稿》中推崇现实主义，而且在文学批评中，向大家推荐的几乎全是现实主义文学大师，如杜甫、鲁迅、赵树理、莎士比亚等，在他看来，当时文艺作品的问题恰恰是违背了现实主义的创作原则，把现实主义当成了客观主义。什么是客观主义？就是"把文艺作品反映现实，理解为照抄现实，把文艺作品的创造者，看做是现实的'文抄公'——还说不上是照相师呢"[②]。以这种客观主义"写出来的作品，既缺乏思想的迫人力，也没有艺术的感染力。而艺术的感染力则是以作家的思想的迫人力为基础的"[③]。在这里，王任叔实际上提出了现实主义文学创作如何反映社会生活的问题，也就是我们后来所说的"物的反映"和"人的反映"的问题，就是"被动的反映"和"能动的反映"的问题，这是现实主义美学的基本原则问题。1956年王任叔在《文艺报》发表的《典型问题随感》一文，也正是从马克思和恩格斯关于现实主义的基本论述出发，针对当时的文艺实际讨论典型问题的。

综上所述，我们可以看出，王任叔50年代的文学批评的理论出发点是现实主义美学原则，《论人情》等文是从他一贯的文艺思想出发的，是他现实主义文艺思想的一个方面。因此，我们不能说王任叔的文学批评是从"人"、"人情"甚至"人性"出发的。事实上，根据他一贯的文艺思想，在当时的情况下，他也不可能以"人"、"人情"作为文学批评的出

① 吴中杰：《论巴人的文艺思想》，《宁波师院学报》，1986年第3期，第26页。
② 王任叔：《王任叔杂文集》，北京：三联书店出版社，1997年，第340页。
③ 同①，第341页。

发点。他只是在坚持现实主义美学原则的时候，敏锐地发现了当时文艺作品的问题，因而及时地提出了文艺作品要写人情，要反映人的普遍性，这正是他作为一个现实主义文学批评家的可贵之处。

2. 王任叔文艺批评家的身份和基本态度

王任叔的文学活动是多方面的，其文学身份也是多重的：作家、文学理论家、杰出的文学编辑，最后，他还是一个具有独特眼光的文艺批评家。王任叔文学身份的多重性在一定程度上决定了他的文学批评风格。徐季子先生认为："形成巴人文艺批评风格的有三个特点：第一是他的博识和明智。第二是文艺评论和'杂感'的结合。第三是评论的散文化。"①王任叔文学批评风格的形成无疑和他的多重文学身份相联系。他具有文学批评家所需要的多方面的修养和个性品质，并造就了他文艺批评的个性特征，而其中最突出的特点是：强调生活体验和艺术体验的统一，以作家的身份参与文学批评。王任叔的文艺批评没有长篇大论，没有故作高深，没有从理论到理论的抽象批评，而是平实地道出自己的生活体验、艺术体验，以杂感的形式，敏锐地抓住文艺作品的关键问题，以对话交流的态度，针对现象而不针对具体的人和作品之方式，进行文艺批评。

一般来说，任何一个从事文学批评的人，至少具有两种身份，一种是文学读者，一种是文学批评者。但是，作为优秀的文艺批评家，在文学批评活动中，仅有这两种身份是远远不够的，王任叔不仅把多重的文学身份带入文艺批评，而且特别突出作家的身份，把作家式的生活体验和艺术体验融入文艺批评。因此，他的文艺批评显得平易近人，情理结合，既有说服力，又有感染力；理论与实践结合，使他能够一针见血地指出问题的关键所在，文字少短，却穿透力强。

"论人情"系列文章中，王任叔就紧密结合自己的生活体验和艺术体验，讨论文艺问题。在《论人情》中，他首先介绍了他自己生活中的间接体验——他有一些青年朋友"在土地改革时期和三反、五反运动时

---

① 徐季子：《巴人文艺评论的风格》，《宁波师院学报》，1986 年第 3 期，第 27—31 页。

期,他们为了同地主和资本家的父亲或兄长划清思想界限几乎采取了统一的'战略战术':断绝家庭的来往。不管父亲或兄长怎么写信来'诉苦',一样置之不理,表示自己立场坚定。就是运动过去了,父亲和兄长也接受改造了,还是不理;甚至于他们生活有困难,也不愿意给半个钱。但他们的内心,并不是这样'坚定'的,有时也会想起父亲和兄长对他们的爱抚,而至于偷偷下泪"①。看到这种情况,王任叔的心震颤了,他主张要把"达理"和"通情"结合起来,"能'通情',才能'达理'。通的是'人情',达的是'无产阶级的道理'"②。这种间接经验使王任叔看到了生活中缺乏人情、文艺作品中缺乏人情的缺憾,这是他在生活经验中得到的启发。

王任叔不仅结合间接的生活体验,而且把自己直接的生活体验引入文学批评中:这就是儿子克宁的死。"有一天,克宁临走时感到身体不适,天又下着倾盆大雨,他很想留在爸爸身边过夜,可巴人认为军人必须遵守纪律,坚持要他回部队去。结果,克宁一回营地就发高烧,几天后大吐血,抢救无效,遽然去世,年仅 18 岁。"③这件事对巴人的打击很大,也促使他进行了深刻的反省:"我深深地感到自己对他不但缺乏父亲的爱,而且表现为没有丝毫人情:这就不能不使我对《一个人的遭遇》中的主人公的精神感到惭愧和流泪了……怎的,我说到哪里去了。"④透过字里行间,我们不难体会他写作此文的心情。像这种把自己内心的深层生活体验直接表现出来的写法在文艺创作中是经常见到的,而在文艺批评中确实是很少见的。

为了说明人情在文艺作品中的重要性,王任叔还向我们展示了阅读《一个人的遭遇》时的艺术体验:"我对那篇小说主人公在对德国法西斯作战中和以后被俘时所表现的一种非常曲折的,但基本上是坚贞不屈的精神感到兴奋,但看到他战后妻死子亡,收留下一个孤儿作为自己的爱子的那段描写,我流泪了。在他那亲子之爱的追求中,正表现了他

---

① 王任叔:《王任叔杂文集》,北京:三联书店出版社,1997 年,第 398 页。
② 同①,第 399 页。
③ 戴光中:《巴人之路》,上海:华东师范大学出版社,1996 年,第 127 页。
④ 同①,第 409 页。

那伟大的人类的爱。"①

在王任叔的文学批评中,像这样展示自己生活体验和艺术体验的地方很多,这与他作为一个作家、诗人的文学身份是分不开的。他这样写文艺批评,不仅从批评态度上体现出了平等对话、真诚交谈的意愿,而且在效果上,既能"达理",也能"通情",真正做到晓之以理、通之以情。文学批评界呼唤平等对话、真诚交流的批评的声音至今不绝于耳,而王任叔已经在 20 世纪 50 年代为我们做了示范。

3. 文学批评的美学追求

王任叔 20 世纪 50 年代的文学批评,虽然以文艺短论为多,但是在这些短论中,仍然体现出他执著而集中的美学追求。通过《遵命集》和《点滴集》,我们可以明显看出他对现实主义美学原则的追求。关于这一点,学者在讨论中多有涉及,此不赘述,只想补充两点:一是他对文学艺术要表现人类普遍经验的追求;二是他对文学形象完整性和丰富性的追求。

王任叔主张文学艺术要写"人情","人情"是什么呢? 他回答得很坚定,也很清楚:"人情是人与人之间共同相通的东西。饮食男女,这是人所共同要求的。花香、鸟语,这是人所共同喜爱的。一要生存,二要温饱,三要发展,这是普通人的共同的希望。如果,这社会有人阻止或妨害这些普通人的要求、喜爱和希望,那就会有人起来反抗和斗争。这些要求、喜爱和希望可说是出乎人类本性的,而阶级社会则总是抑压人类本性的,这就有阶级斗争。"②很明显,他的"人情"并不是阶级社会中具体的人之情,并不是个体的、集体的人之情,而是整个人类的共同的要求、喜爱和希望,是"出乎人类本性的"情,"生存、温饱、发展"都是人类共同的生命欲望,一句话,也就是整个人类的普遍要求和普遍经验。因此,写人情,就是要求文艺作品传达人类的普遍意识和普遍经验,就是要求文艺作品展示人类的生存和生命的欲望和要求,就是要求文艺

① 王任叔:《王任叔杂文集》,北京:三联书店出版社,1997 年,第 408 页。
② 同①,第 399 页。

作品追求最广泛的普遍性,这一要求绝不是对文艺作品的一般要求,而是带有终极意义的要求,它既是历史的,也是美学的。

在王任叔看来,文艺作品首先要"通情","能'通情'才能'达理'。通的是'人情',达的是'无产阶级的道理'"。在这里,他把人类的普遍要求和普遍经验与无产阶级的阶级性有机地结合起来,这不仅在当时,就是在 80 年代,也是极富启发意义的。有学者对王任叔的"通情达理"之说持有异议,认为"这种感情作为一种共同人情,在政治和道德范畴之外的日常生活中产生,很少社会倾向性。文学作品很难通过这种感情的抒写而传达出无产阶级的思想观念"。① 实际上,这是由于时代的原因,对王任叔的观点理解不够准确的表现。

作为深受鲁迅影响的马克思主义文学理论家,以及经过现代文学多次论争洗礼的文学批评家,王任叔是充分认识到文学阶级性的重要性的,在他的《文学论稿》、文学论文和文艺杂感中,我们都能明显地看到他对文艺阶级性的重视。但王任叔对文艺阶级性的理解,并不是仅仅看到无产阶级文艺的"斗争性"、"战斗性",他更看到了无产阶级文艺和整个人类发展的"同一性",他根据马克思主义的社会理想和人的全面发展的思想,满怀信心地憧憬阶级性和人类普遍情感的统一。在他看来,无产阶级的阶级性正是为了人性的彻底解放:"无产阶级主张的阶级斗争也是为解放全人类的。所以阶级斗争也就是人性解放的斗争。"他认为:"本来所谓阶级性,那是人类本性的'自我异化'。而我们要使文艺服务于阶级斗争,正是要使人在阶级消灭后'自我回化'——即回复到人类本性,并且发展这人类本性而日趋丰富。"从这一点来说,写人情不仅与阶级性不矛盾,而且,写人情成为无产阶级文艺阶级性的根本要求,也是文学艺术的基本内容,由此,他在理论上找到了阶级性和人类普遍要求的终极统一。王任叔的意见很明确,文艺必须为阶级斗争服务,只是过渡,是暂时的,"其终极目的则是为解放全人类,解放人类本性"②。因此,文艺要为阶级服务,就必须与解放人的本性结合

---

① 王铁仙:《论巴人的〈论人情〉》,见《巴人研究》,上海:上海书店,1992 年,第 102 页。

② 王任叔:《王任叔杂文集》,北京:三联书店出版社,1997 年,第 399-400 页。

起来,要"达理",必须先"通情","无产阶级用阶级斗争的武器来解放全人类,解放人类本性,而且使之日趋于丰富,这种远大的目的性,文艺家是应该放在心里的"①。

王任叔的写人情,从表面上看是对当时文艺作品内容的要求,但从理论上看,是对文艺根本性质和终极目的的辨正,要求文艺表现整个人类的普遍经验和普遍要求,不仅找到了文艺的历史归宿,也找到了文艺的美学归宿。

王任叔20世纪50年代的文艺批评中,以现实主义文艺理论为基础,特别强调人物性格的丰富性和完整性。这个问题和他对当时文艺作品的认识是密切相关的。要克服公式化、概念化,就要重视人物的丰富性,要写人,要展示整个人类的普遍经验,就要揭示人的精神的丰富性和完整性。在他看来,人的性格绝不是单一的,不是简单的,如果简单化地处理人物形象,就会使文学形象失去生命。"写一个革命的战士,如果在写他战场上杀敌的勇敢以外,也写写他日常生活中见到一个人的死亡或受难而伤心流泪,那战士的形象也就更完整了,更有生命了。这看来是矛盾现象、实际上是辩证统一的。"②

在这里,王任叔要求把革命战士的阶级性和普通人的"人情"结合起来:写战士勇敢杀敌,这是阶级性、革命性,但仅仅写出这一点是远远不够的,因为战士首先是人,它应该具有人类的共性,如果文艺作品只能写出人物的阶级性,而忽略了人物的"类"的普遍性内容,人物形象就不能完整,势必导致类型化人物,就会"把人物变成时代精神的单纯的传声筒"。因此,他要求在写出人物革命性时,还要揭示人物身上所蕴含的人类的普遍精神。

其次,王任叔对人物形象的要求是"更完整、更有生命":要完整,就是要写出人物性格的无限丰富性;要有生命,就是要揭示人物的生命意识和生命意义。既要揭示其"典型"的、具有代表性的一面,还要揭示其"个性"的一面。一句话,就是要写出"人的性格的复杂性和丰富性",同

---

① 王任叔:《王任叔杂文集》,北京:三联书店出版社,1997年,第404页。
② 同①,第408页。

时人物性格的丰富性和生命意识,还要像"伟大的古典现实主义作家作品"那样,"在情节的无限丰富性和生动性中来表现人的性格"①。

最后,王任叔要求的人物形象是"辩证统一的":这种辩证统一,在他看来,就是要揭示人物性格的矛盾性,并且要注意挖掘人物矛盾性格之间的统一性,只有这样,才能写出人物性格的复杂性和丰富性。"勇敢杀敌"和"伤心流泪"看似矛盾,实际上是统一的,它们是战士完整性格的不同侧面、不同层次,把这些不同侧面、不同层次的性格内容揭示出来,并把它们统一起来,是文艺家、文艺作品的必要工作,这种统一也就是把人物性格的复杂性、丰富性和完整性结合起来。实际上,在生活中,每一个人的性格都是复杂的矛盾统一体,被称为"20 世纪人类梦想家"的人本主义学者埃利希·弗洛姆,把人的性格分为"生产性性格"和"非生产性性格",每一种性格内容都有两种取向,每个人的性格都是矛盾的统一体②。由此可见,王任叔对人物性格矛盾统一体在文艺作品中的要求,暗合了现代心理学、美学的研究成果,由此我们也不难见出他的远见。

我们知道,关于人物性格的丰富性和完整性是黑格尔对文艺的基本要求,马克思和恩格斯在关于文艺的论述中,更加强调人物性格的丰富性和完整性,王任叔正是继承了这一传统,坚持了这一传统。20 世纪 80 年代关于"人物性格二重组合论"的讨论,使我们更加确信了王任叔的深刻和勇敢,早在 50 年代,他已经深刻地洞察到人物性格的多层次、多侧面的矛盾统一对于当代文艺作品的重要性,这不能不令人惊叹。

总之,新中国成立以来,王任叔坚持自己的马克思主义文艺理论观点来认识当时的文艺作品、文艺现象等等时,与当时正统的"马克思主义文艺理论"观点时有龃龉,这种认识上的不同恰恰说明了王任叔马克思主义文艺理论观点的科学性。而为了说明自己观点的科学性,王任

---

① 王任叔:《王任叔杂文集》,北京:三联书店出版社,1997 年,第 302 页。
② 南志刚:《弗洛姆:新精神分析美学》,朱立元:《法兰克福学派美学思想论稿》,上海:复旦大学出版社,1997 年,第 287—292 页。

叔需要不断地借助马克思、恩格斯等马克思主义文艺理论导师的观点，这使曾经深刻地影响了马、恩等的西方现实主义创作和理论在王任叔那里具有了更为重要的意义和价值。认真阅读王任叔的相关著述，莎士比亚、巴尔扎克等等的作品和观点不时被提及，这清楚地说明了西方现实主义创作和理论对王任叔的深刻影响。

第五章　冯雪峰:从苏俄文论译介起步的革命现实主义文艺理论家

冯雪峰(1903－1976),原名冯福春,雪峰是其笔名。1903 年,冯雪峰出生于浙江义乌,1976 年因病在京逝世。他是浙东大地上成长起来的著名现实主义文学理论家和诗人。1922 年,冯雪峰与应修人、潘漠华、汪静之以"湖畔诗社"的名义共同出版诗集《湖畔》,获得了比较大的反响,以诗人身份走上文坛。

作为湖畔诗人时的冯雪峰已向往革命。1923 年他在给同是湖畔诗社成员的应修人的信中写到:"我们耻以文人相尚,应诗人兼革命家。"①这说明,他此时已经有较强的革命意识。1925 年上海爆发的"五卅运动"以及 1926 年北京的"三·一八惨案"等血的事实使他在震惊之余更加关注祖国的命运与前途。同时,冯雪峰也深受当时的革命先行者的影响,如李大钊的一些宣传马克思主义理论的著作以及他的种种革命事迹就打动、感染了冯雪峰,使其发出了"做这样的人才是我们青年的道路"的感慨,并"就开始读一些社会科学的书"。当时苏联的社会主义道路强烈吸引着几乎所有关注国家民族命运的进步知识青年的目光,冯雪峰自然也不例外。

在"走俄国人的路"的思想导向下,冯雪峰放下了最初所从事的译介日本短篇小说的工作,转而译介俄苏文艺作品和文艺理论。在译介的过程中,思想、情感上的认同自然地发生了。冯雪峰说:"革命文学的最彻底现象,想表现革命和生活新组织,所给予的新体验的倾向,或想艺术地再现这历史瞬间的冀求,及为了这些,诗人的继续着必死的奋斗,以求表现新的形式的努力——这些都和他们的最初尝试一起能够

---

① 　上海鲁迅纪念馆:《纪念与研究(8 辑)》,上海:上海鲁迅纪念馆,1986 年,第 215 页。

容易地在这期的文学窥见的。"①这些对革命文学的溢美之词清楚地说明了他在译介初期对俄苏文艺的崇尚之情。

1927 年加入中共后，冯雪峰在思想上对接受马克思主义理论的意愿更为迫切，因此在从事革命活动之余，广泛地搜集、翻译马克思主义文艺理论著作就成了他比较重要的文学活动内容。特别是我国此时逐步展开的无产阶级革命文学活动，加深了他对译介马克思主义文艺理论的兴趣。由此，他在译介过程中也因思想、情感上的认同而开始形成自己的革命文学观念，并以之为思想基础展开文学批评和理论研究。冯雪峰就这样开始走上了革命现实主义理论探索的道路。此后，他虽然仍有大量的文学作品发表，如诗歌、小说、杂文和寓言作品等等，但文学批评和文学理论研究是其更为主要的工作内容，他的诸多文学批评和理论研究文章也都给人们留下了更为深刻的印象。

一　冯雪峰的革命现实主义理论

就把握冯雪峰先生的革命现实主义理论来看，如果我们不想被几乎长达 30 年(从 20 世纪 20 年代后期到 50 年代后期)，并包含着极为复杂的变化细节的历史迷雾所迷惑，不妨探讨一下他是如何确定文学在社会生活中的位置，是如何认识文学的社会作用的。我们提出这一看法，一方面是因为历史唯物主义和辩证唯物主义的马克思主义哲学方法的思想指引；另一方面更是因为他的革命现实主义理论也大体上是在社会存在与社会意识的关系这一传统马克思主义理论的基本视阈内来展开对文学的把握的。

在这一问题上，冯雪峰在 20 世纪 30 年代初就形成了比较明确的看法。在 1932 年《关于"第三种文学"的倾向与理论》一文中，他指出，艺术的社会地位主要"看它帮助了那当时的为现在同时也为未来的政治行动多少，把当时的客观的现实反映了多少，客观的真理把握住了多

---

①　冯雪峰：《雪峰文集(第 2 卷)》，北京：人民文学出版社，1983 年，第 754 页。

少"。强调文学对客观现实的反映、对客观真理的揭示,并将之与文学的政治功能紧密相连,这一基本的文学观念是冯雪峰革命现实主义理论的核心,也是现当代文学史上革命现实主义文学理论最经典的文学理论命题。

在这一基本理论命题下,冯雪峰还有一系列极为重要的分论点:(1)在文学的内容方面,他强调文学的真实性。冯雪峰要求文学真实地反映客观现实,要求文学揭示社会历史发展的真理。在冯雪峰的全部批评和理论著作中,"真实"无疑是最核心的范畴。(2)在文学作品方面,他强调作品形象的典型性。文学的真实性应该由文学形象来保证,而这一文学形象不是文学象征,不是文学意境,而是文学典型。典型是个别性与一般性的统一,它保证了形象内涵的丰富与科学,保证了文学的生动感人。冯雪峰比较重要的文学论文,如《论典型的创造》、《论形象》等等都是讨论作品形象的典型性的。(3)在文学创作方面,强调文学创作的理性特点,即把文学创作的根本性质看成是科学认识性的。冯雪峰说:"创作的主要意义,就是概括,就是综合。而概括或综合,就是思想,就是全面与深入的感觉与思想。"[1]很明显,冯雪峰所说的思想不同于海德格尔的"思",不以情感体验为主,而是以理性思考为关键。虽然冯雪峰并不排除思想与感觉的结合,但这一"感觉"的作用无疑并不关键。我们认为,这一"感觉"将其放大到最大程度,也不会超过理性直觉。(4)在文学欣赏方面,强调文学接受是认识求知。冯雪峰说得很清楚:"文艺的任务当然是描写生活,来帮助读者认识生活和改造生活。"[2]这里冯雪峰虽然提到了文学要帮助读者改造生活,但这里的改造生活不过是认识生活的自然延伸,在冯雪峰的思想里,文学欣赏的认知功能仍是中心性的。

以上四个分论点,应该说,除了文学的发展是因为作家对生活的认识随社会生活的变化而变化外,基本上都涵盖了。他的革命现实主义理论思想体系基本完整,是比较典型的"认识论文艺理论"。这种理论

---

① 冯雪峰:《创作随感》,见《雪峰文集(第2卷)》,北京:人民文学出版社,1983年。

② 冯雪峰:《关于人物及其他》,见《雪峰文集(第2卷)》,北京:人民文学出版社,1983年。

强调文学在根本性质上是对生活的科学认识活动，除了适当地强调一下文学在形象性方面不同于科学外，几乎要把文学与科学等同起来。

冯雪峰的这一"认识论"的革命现实主义理论必然最为重视文学的真实性。他始终真诚、积极地坚持文学的真实性，这在 20 世纪 50 年代的文学发展中还曾起过重要的理论纠偏作用，对当时的文学发展起过一定的促进作用，这主要是相对于当时存在的概念化创作路线来说的。

具体地说，首先，冯雪峰反对在现实主义的创作中向作家灌输所谓"正确的世界观"的说法，并认为这种说法是一种"机械论的老调"。冯雪峰承认"正确的世界观"对于作家的创作是十分重要的，但又认为这种世界观并不是仅靠书本就行的，更不是具备了这种世界观后才能进入创作过程。他指出："作家和一个人一样，读社会科学书固然是重要的辅助，但主要应当在他的生活上，在他对历史的和当时事象的分析上，在对于例如莎士比亚或巴尔扎克的作品（两人生前都不及读马、恩二人的著作）的研究上，在他对题材的摄取上，在他写作过程上去获得'正确的世界观'。"很显然，冯雪峰是十分重视创作实践的，"正确的世界观"不是花一个铜子买来的，而是在实践中获得的。"离开了实践，理论就是停止了的，死了的，灰色的东西"[1]。对作家的创作实践的重要性的强调，明显比较契合文学活动的感性性质，这在一定程度上能够纠正"认识论文学理论"的偏颇，而这对当时的概念化创作路线来说，更是非常必要的理论纠正。

其次，在文艺与政治的关系上，冯雪峰反对把"政治性"与"艺术性"分裂开来的主张。他认为，这种"代数式"的说法是经不起"一连反问三次"的，他主张政治与艺术的统一说。所谓统一，"就是对于作品不仅不要将艺术的价值和它的社会的政治意义分开，并且更不能从艺术的体现之外去求社会的政治的价值"[2]。冯雪峰不反对文学作品的政治意义，相反，他认为伟大的作品无不具有深远的社会意义。但这种"政治

---

① 冯雪峰：《关于抗日统一战线和文学运动》，见《冯雪峰论文集（上）》，北京：人民文学出版社，1981 年，第 117 页。

② 冯雪峰：《题外的话》，见《冯雪峰论文集（中）》，北京：人民文学出版社，1981 年，第 106 页。

性"不是与"艺术性"并列存在于文学作品之中,"它是必须从艺术产生的,必须借艺术的方法、的机能、的力量所带来的"。"这就是说,文艺上到达了多少,就带来多少社会的或政治的价值;因为文艺上到达多少,在这里就是说从文艺上到达政治多少"。冯雪峰的这一观点明显是"政治与艺术一元论"的看法。而这一观点思想明显极其深刻,它实际上揭示了文学活动中艺术形式与内容的完美统一,只不过冯雪峰不是从作品的角度来展开论述的,但其基本思想可以作如是理解。这样来看,冯雪峰的看法与西方现代马克思主义文学理论的内容与形式一元论是相通的。

冯雪峰不仅在这一问题上认识极为深刻,他还基于这一点,极力反对让作家"写政策"、"赶任务"的做法。他指责道:"要作家解释政策,而且不是基本的政策,卫生运动中,下面规定配合打老鼠之类的任务,责任主要不在下面。上面大政策,下面小政策,这种创作路线不是指导作家去认识生活,在这基础上去发挥创造性。……政策如果不是人从生活中去认识,而是什么人告诉他的条文,创作性从何而来呢?"①冯雪峰敏锐地感觉到了这种错误的创作路线有多么严重的危害,认为在这种创作路线的影响下,甚至连老舍这样的文学大家也不能幸免。他毫不客气地指出,老舍的《春华秋实》是一个失败之作,是一个缺乏艺术构思的东西。老舍的失败从另一个方面否定了这条反现实主义的创作路线。

再次,冯雪峰尤为强调生活积累对于作家创作的重要性。他认为,应该熟悉生活、理解生活、尊重生活,以生活积累为基础的真实性才是克服主观主义、教条主义倾向,避免概念化、公式化作品出现的有效方法。新中国成立之后,尤其是在第二次文代会以后,冯雪峰对现状的批评多于褒扬。他在很多文章和讲话中,不厌其烦地指责文艺创作中的概念化和公式化倾向。不但如此,冯雪峰还认识到克服这种倾向的艰难性。他认为根治这种弊病没有灵丹妙药,唯一有效的途径还是"体验

---

① 冯雪峰:《关于目前文学创作问题》,见《冯雪峰论文集(下)》,北京:人民文学出版社,1981年,第27页。

和熟悉生活——这就是说,要有丰富的生活经验,要熟悉社会多方面的情况,熟悉人民群众的物质和精神生活,熟悉他们的要求、斗争和思想感情,并且加以研究和分析,以便深刻而全面地了解生活"[①]。他指出,只有在此基础上,熟练掌握艺术描写的能力,只有这样才能摆脱教条主义的束缚,创造出"充分的"现实主义作品。应该说,生活积累,特别是深刻的认识与强烈的体验相统一的生活积累,对突破"认识论文学理论"的局限具有重大的作用。无论人们在理论上如何强调文学与科学的类似,但只要文学家的创作需要是来自于活生生的生活体验,他的创作没有受到文学之外政治等的意外干扰,那么在文学创作上应该就不会有多大的严重危害,至多文学家的创作深度达不到黑格尔、马克思等所强调的抵达把握人类发展变化规律的深度。

冯雪峰在这一问题上的看法与当时很多理论家的主张是有根本区别的。当时也有不少的文学理论研究者和批评家意识到了作家们生活积累的重要性,但他们所谓的生活积累仍是受到了文学之外其他因素干扰的,所以他们的"生活积累"是加了引号的。冯雪峰不然,他的独特之处在于,他不是一般地强调作家体验生活,他认为作家在体验生活的过程中,必须根据作家的意志去进行。而当时的实际情况并不是这样:"很多作家是奉命去体验生活,我们的做法是太狭窄了。作家不能根据自己的意志去体验,在体验的名义下,把观察、研究间接经验都否定了。……要作家拿着概念去体验生活,给作家马粪纸的船,他们怎么敢下到波涛汹涌的扬子江去呢?"[②]冯雪峰还深刻地指出,即使不是带着现成的观念去体验生活,作家们自己思想上所存在的问题,也会阻碍对生活真正深入的体会。他说:"我们自己(作家)几乎每个人在思想上都多多少少有主观主义和教条主义的毛病。这种对于我们是很大的妨碍,它使我们不去深入地、全面地看生活,也使我们不去深入地、认真地学习马克思主义和社会主义现实主义。这种思想方法上的毛病,常常使我

---

①　冯雪峰:《关于创作中的概念化问题》,见《冯雪峰论文集(下)》,北京:人民文学出版社,1981年,第286页。

②　冯雪峰:《关于目前文学创作问题》,见《冯雪峰论文集(下)》,北京:人民文学出版社,1981年,第28页。

们脱离了生活。"①由此可见,冯雪峰所主张的深入生活,与胡风所谓的"肉搏生活"是极为接近的,达到了相当高的思想高度。

再次,冯雪峰十分重视创作主体的主观能动性。他在反对"主观教条主义"的同时,也反对对生活采取冷漠态度的所谓"客观主义"的倾向。他指出:"这深藏的公式主义,在现在不仅依然和主观主义(主观教条主义)联结在一起,同时还由于情势的不同,从它发展出所谓'客观主义'的倾向……根据那些作品和理论见解来说,则这一般的或冷静的客观主义,使作为公式主义的一种发展,作为创作于人生的一种态度,成为甚至比公式主义或主观主义更有害的反现实主义的倾向,因为它将概念换成了'形象',将'主观'换成了'客观',仿佛更近于现实主义了;然而那'形象'是所谓'灰白'的,'虚假'的,那客观也并不是人民在沥血的现实;在作品里,我们看不到批判力,思想力,没有深刻猛烈的憎与爱,也没有作者用命换来的也来自人民斗争的那种战斗力。"②

很明显,冯雪峰是把"客观主义"当作"主观教条主义的翻版"来加以批判的。事实上,文学要做到绝对客观地反映现实是不可能的。因此,所谓"客观主义",实际上却是作家主观大于形象的客观,它同样是反现实主义的。为了克服"客观主义",他提出了"主观力"、"战斗力"等问题,照我们的理解,这些概念指的就是作家主观的内在的感情和热力,也是主体意识在创作过程中的显示。然而,在这一点上,冯雪峰没有把它发展到胡风的"主观战斗精神"的程度,因此,我们仍把他的"主观力"和"战斗力"概括为作家的主观能动性。一个真正的现实主义者是不会对现实无动于衷的。"因为现实主义要求我们深入客观,忠实于现实,是要求我们能够对现实有全面的睁视,也能够有所取舍,能够深入,也能概括;尤其要求我们能否定和肯定。现实主义并不要求我们成为空虚的理想主义者,然而现实主义一刻也离不开现实的理想和理想力,这理想是我们越深入现实就越明白它在人民的力量和斗争上,比任

---

① 冯雪峰:《关于创作中的概念化问题》,见《冯雪峰论文集(下)》,北京:人民文学出版社,1981年,第284页。

② 冯雪峰:《论艺术力及其它》,见《冯雪峰论文集(上)》,北京:人民文学出版社,1981年,第354—355页。

何都有力迫着人们去为它奋斗的,因此,它要求作者在概括的能力上,在对黑暗的无畏的睁视上,在作者自己的否定力和追求力上表现出来。"①应该说,冯雪峰对创作主体的主观能动性的重视,使他一定程度上超出了"认识论文学理论"在文学创作过程的认识中对理性的重视,超越了认为文学创作过程与科学认识类似的看法,特别是他强调作家那"用命换来的也来自人民斗争的战斗力"这一看法,使他对文学创作的认识突破了"认识论文学理论",达到了相当高的思想水平。

最后,关于民族形式的问题,冯雪峰反对依赖旧形式的利用,认为那是一种"迎合小市民"的"市侩主义"的表现。冯雪峰认为,民族形式的"原则和方向"是它的大众性,而这大众性的形式特点是内容和形式的统一。应该承认,冯雪峰关于"民族形式"的论述上,目光是开阔的。第一,他指出民族形式应该是一种创新而不是仅仅利用旧形式。"这就是说,我们是在扬弃着中国的民族文化,而创造着新的中国民族的文化的,正犹如我们在毁灭旧中国,却创造着新中国一样。"②但我们的文艺发展的实际情况却不是这样,原因就在于我们对于"现存的和旧的形式的追求和袭用,远远超过我们对于它们的改造和对于自己的创新的精神,在我们这里,新的形式的萌芽多未被发展,而旧形式就能残留着,虽然也已显出它们的破碎和'灰白'"③。第二,民族形式的最终指向是国际性。他说当今世界,"各民族的文化形式首先就已跟着内容,跟着新的社会生活而起着变化了;这时又是人类有世界的结合的必要的时候,各民族的文化就发生着交互的关系,而互相影响,起着变化,并且在形成着国际的文化。在这样的时候,'民族性'才开始作为问题,但'民族性'本身却已经在被扬弃着。由于民族内部社会关系的变化和多民族交互影响而来的国际文化的形成的过程;从形式和内容的关系来说,就

---

①　冯雪峰:《论艺术力及其它》,见《冯雪峰论文集(上)》,北京:人民文学出版社,1981年,第356页。

②　冯雪峰:《民族性和民族形式》,见《冯雪峰论文集(上)》,北京:人民文学出版社,1981年,第163页。

③　同②,第161页。

是形式跟着内容的发展的过程。归结便是所谓民族的国际化"①。整个民族文化的国际走向自然也就决定"民族形式必然而且必须在世界化着,国际化了"。民族形式的国际化是不是一种必然,当然是值得商榷的,因为它只能决定于人类社会历史发展的水平,目前我们还不能看到它的未来,但冯雪峰的观点同样逻辑清晰地达到了"认识论文学理论"相当高的思想高度。仅就目前来看,冯雪峰对狭隘的民族形式论的批判,是值得充分肯定的。

从以上的论述中,我们可以看出,冯雪峰的文艺思想在很多方面与胡风比较接近。但实质上,他们二人还是有很大不同的。在重视创作主体的方面,冯雪峰没有胡风走得那么远。如果认真地审视周扬、冯雪峰和胡风这革命现实主义的"三驾马车",我们感觉,冯雪峰似乎是在胡风与周扬之间而独立存在的。他也使用过诸如"战斗精神"、"战斗态度"、"主观力"、"战斗力"之类的术语,这与胡风的"主观战斗精神"十分相似,但又不同于胡风。冯雪峰的现实主义理论与周扬可以说是同一个"轴心",但在对很多问题的看法上,尤其是对文艺与政治关系的理解上,他与周扬又有明显的区别,他的看法更符合现实主义理论的思维逻辑,具有更大的合理性。我们认为,也许是冯雪峰同时是文学家和理论家,这一身二任的"合力",使他在进行文学理论思考时,能比较恰当地注意到文学自身的特质,从而能在文艺与政治的关系问题上,看法激烈而合乎学术理性,其思想高度稍高周扬一些。而同时是文学家和理论家的冯雪峰,又在学术上,特别是在坚守马克思主义文艺理论的学术研究上十分认真,从而使他的看法比胡风更为审慎。总之,我们感觉在革命现实主义的"三驾马车"中,冯雪峰跑得更快一些。

---

① 冯雪峰:《民族性和民族形式》,见《冯雪峰论文集(上)》,北京:人民文学出版社,1981年,第162页。

二　20世纪20年代后期与30年代
左联时期的译介工作概况

就作为文学理论家和文学批评家的冯雪峰来说，20世纪20年代后期的革命文学论争以及30年代的左翼文学运动是他成长的极其重要的阶段。他的革命现实主义文学理论的核心思想形成于这个时期。而就是在这个时期，冯雪峰文学活动的主要精力都放在了马克思主义文艺理论，特别是俄苏马克思主义文论的翻译上了。所以，我们认为冯雪峰应该是从俄苏文论的译介起步的革命现实主义理论家。就把握冯雪峰的文艺理论来说，细致地考察左联以及左联之前的一段时期俄苏马克思主义文论对他的影响是非常必要的。

这一时期，就冯雪峰的翻译情况来说，他所取得的成绩是非常可观的。据统计，他这一时期出版的译著有12本，加上刊物发表的译文，共约70万字。其中仅在1929年这一年里，他出版的译著就有6种，翻译论文7篇。可以说，单就数量来看，从五四以来到30年代初，还没有哪一个译者可以同他相比。

我们可以以他1929年主编的"科学的艺术论丛书"来感性地了解一下他的译介情况。这一套丛书于1929、1930两年由上海水沫书店和光华书局陆续出版了以下译著：

1. 普列汉诺夫：《艺术论》，鲁迅译，光华书局，1930年版；

2. 普列汉诺夫：《艺术与社会生活》，冯雪峰译，水沫书店，1929年版；

3. 波格丹诺夫：《新艺术论》，苏汶译，水沫书店，1929年版；

4. 卢纳察尔斯基：《艺术之社会的基础》，冯雪峰译，水沫书店，1929年版；

5. 卢纳察尔斯基：《文艺与批评》，鲁迅译，水沫书店，

1929 年版;

　　6. 梅林:《文学评论》,冯雪峰译,水沫书店,1929 年版;

　　7. 弗里契:《艺术社会学》,天行(刘呐鸥)译,水沫书店,
1930 年版;

　　8. 沃罗夫斯基:《社会的作家论》,画室(冯雪峰)译,光华
书局,1930 年版;

　　9. 藏原惟人、外村史郎辑译:《文艺政策》,鲁迅重译,水
沫书店,1930 年版。①

　　冯雪峰的翻译介绍不仅数量多,而且影响也很大。就对我国现代
文学理论的发展来说,有着以下方面的直接的现实影响:

1. 为中国文坛传递信息

　　苏俄的文艺创作及马克思主义文艺理论,对于当时的中国读者来
说,可以算是"新鲜时尚"的东西,虽然从它们最早进入中国的时间来看
也不算短了,因为此时翻译介绍的规模要大,从而引起的反响也大。玛
察、弗里契、普列汉诺夫、沃罗夫斯基、卢纳察尔斯基、梅林等等虽然并
不都是一流马克思主义文艺家,但他们的身份决定了当时他们是学界
关注的焦点。施蛰存的评价可以说明一些问题。"冯雪峰是系统地介
绍苏联文艺的功臣",而"他的工作对我们起了相当的影响,使我们开始
注意苏联文学"。可见,冯雪峰的译著在当时确实产生了实际的影响。

2. 冯雪峰与众多同道者的努力一起促进了文学批评的繁荣

　　他所译的那些所谓的"马克思主义文艺理论",虽然谈不上是纯正
的马克思主义,弗里契、玛察的著作含有不少机械唯物论的成分,可谓
鱼龙混杂、良莠不齐;但他的努力,对中国文坛理解诸如"革命文学"、
"普罗文学"(即"无产阶级文学")、"左翼文学"、"社会主义现实主义"等
概念都很有帮助。借由这批译介作品的帮助,当时有不少作家或评论

---

　　①　汪介之:《回望与深思——俄苏文论在 20 世纪中国文坛》,北京:北京大学出版社,
2005 年,第 57 页。

家,以马克思主义文艺理论为准绳,或者用以解决无产阶级革命文学运动实践中遇到的一系列理论问题;或者当作与各种文艺思想、文艺思潮论争的武器;或者成了他们分析解剖文学文本的有效理论工具。

3. 新俄的"文艺政策"成了中国文坛的"新术"

新俄的革命走在中国前面,它的"文艺政策"也走在中国的前面,它在实施过程中的成败利弊早在 20 世纪 30 年代就已经开始显现。新俄的"政策"理所当然地可以作为学术研究的对象,成功的加以吸收,失败的加以纠正。冯雪峰等人的译介为文坛输送了新的学术资源。

总之,冯雪峰对俄苏文论的译介使我国文坛与世界无产阶级文学运动联系在了一起,他本人也成了中国与外国文坛之间的连接纽带中的重要环节。对冯雪峰译介苏俄文论的意义应有充分的估价。

冯雪峰这一时期的大量翻译受 1928 年无产阶级革命文学论争的影响很大。1928 年的"革命文学"论争提出并涉及了一系列重大的具有划时代意义的无产阶级文学理论课题,同时在论争中也暴露出了许多问题,这使得许多革命作家认识到了马克思主义文艺理论的重要性,并深感自己在这方面存在的不足,正像鲁迅所认识到的革命文学"缺乏能操马克思主义批评的枪法的人"。冯雪峰也是如此,在阅读了革命文学论争双方的大量文章后,深切地感受到了倡导者在理论修养方面的欠缺,他像鲁迅一样深感理论建设的重要性,懂得了要解释复杂的文学现象必须"用马克思主义的 X 光线去照澈现存文学的一切。经了这种透视,才能使批评不成为谩骂,却是峻烈的批评"[①]。另外,1930 年在中国左翼作家联盟的成立大会上正式通过了"成立马克思文艺理论研究会"的提案,这就使研究介绍国外无产阶级艺术成果,建设中国的艺术理论等工作走向了新局面。此时冯雪峰是"左联"的重要领导人之一,他对译介俄苏文论的热情是可以想见的。

冯雪峰对俄苏文论的译介工作有急迫的历史使命感,加之当时人们普遍的认识水平的限制,使其译介工作形成了态度严谨和内容庞杂

---

① 冯雪峰:《雪峰文集(第 2 卷)》,北京:人民文学出版社,1983 年,第 781 页。

的特点。具体地说:

其一,冯雪峰具有严谨务实的译介态度。他的译著大都是从日文转译过来的,由于要在两次语言背景下进行翻译转换,为了不影响其准确性,冯雪峰尽可能地找到原文,依照字典对原文逐字地进行校译,不甚明了的就去请教鲁迅等人,以提高译文的质量。正像他在《现代欧洲的艺术·订正版译者序记》中所言:"我所根据的是藏原惟人和杉本良吉的日译本。据我的判断,这日译确是对原文逐文逐句译的很严格的可靠的译本;因为当时,我也曾从日译者那里借来了俄文译本,藉以改正日译本印错的字和补上打 X 的字句,并且日译中我有不明了或疑惑之处,也曾对句查出,问人或查俄文字典来决定。"①据此,我们看出冯雪峰在翻译时的负责和认真的态度。如他在《艺术与社会生活·改译本序》所言:"我的译本曾经再版,但近来重读一过,觉得译文有生涩不妥之处。现即改译数处即更动字句颇多,重排出版以谢读者。"②

其二,冯雪峰的译介内容庞杂,具有很强的现实性。冯雪峰深感俄苏文艺理论对当时文艺建设的重要性,又目睹文艺理论译介的缺乏,故此,其译介内容较广,同时尽可能地注意了译介对中国现实的借鉴意义。冯雪峰译介范围之广、数量之大,超过了五四以来到 30 年代初的任何一个译者。但由于自身认识水平的限制,虽然他尽可能地注意去译介经典作家的作品。比如他注重译介马克思、列宁等人的原著,他的一些俄苏文论译著是马克思主义革命导师们的著作在我国最早的译本。如 1930 年译介的《艺术形成之社会的前提条件》是马克思以辩证唯物主义和历史唯物主义观点论述物质生产和艺术生产发展不平衡规律的重要文献;他翻译的《论出版底自由与检阅》也是我国的最早译本之一,鉴于这篇著作的现实意义和重要性,其译介意义也是不容忽视的。

同时在如此多译著中,我们也明显地看到冯雪峰侧重于对普列汉诺夫和卢纳察尔斯基的著作的译介。这些译著倾注了冯雪峰对马克思

---

① 　冯雪峰:《雪峰文集(第 2 卷)》,北京:人民文学出版社,1983 年,第 777 页。
② 　同①,第 195 页。

主义文艺理论的极大热情和向往,也奠定了他作为我国最早译介俄苏文论并做出卓越贡献的翻译家的不可替代的地位。而且在译介过程中,冯雪峰注意紧密联系现实和关注现实,他对文艺论著的译介主要是针对革命现实发展的需要而进行的,其目的是能够指引当时的革命文艺沿着正确的方向发展,这也扩大了他的译著的现实影响。

自然,译介工作的实用主义态度,以及当时人们普遍的水平有限的现实,使我们可以明显地看到冯雪峰的译介内容既是十分庞杂,也是有些片面的。虽然从范围上看,几乎凡是在国际无产阶级文学运动中有过较大影响的各派学说,都被他译介进来了,而其中能称得上是真正的马克思主义经典文艺论著的却不多。普列汉诺夫和卢纳察尔斯基虽在马克思主义文艺理论方面提出了一些精辟的见解,但其中一些观点存在片面性。自命为普列汉诺夫学生的弗里契,又片面地理解并发展了他理论中的弱点和缺点,形成了庸俗社会学理论。"拉普"的"唯物辩证法的创作方法"也被冯雪峰所译介和称赞。这种内容的庞杂性、片面性其主要原因是在冯雪峰所进行译介工作的整个时期,马克思主义美学遗产还尚未被充分挖掘和引起重视。这种状况"决定了二十年代中国有志于马克思主义文学批评的人们不可能从马克思主义创始人本意出发接受这一新的艺术理论,决定了他们走向马克思主义的曲折性与复杂性"①。而冯雪峰对俄苏文论的接受便鲜明地体现了这一点。

三 俄苏文论积极与消极的双重影响

应该说,早期俄苏文论的译介形成了冯雪峰革命现实主义文学理论的基本观念,对作为文学理论家和文学批评家的冯雪峰来说有重要的意义,是我们认识其思想时不得不面对的。但应该指出的是,冯雪峰是在译介中学习,同时一边学习一边选择运用的,再加之俄苏和我国后来的社会形势复杂多变,这使其对俄苏文论的接受异常复杂,要准确地

---

① 艾晓明:《左翼文艺思潮探源》,长沙:湖南文艺出版社,1991年,第167页。

把握有比较大的难度。

比如就冯雪峰对托洛茨基的"同路人"思想的接受来看,柳传堆先生的论文《论冯雪峰与托洛茨基"同路人"文艺观之关联》①对这一问题的探讨,清楚地揭示了这一问题的高度复杂性。概括地说,以下两个方面的困难是可以想到的:

一方面是译介对象本身的复杂性,即"影响源"本身并不单纯。就托洛茨基的"同路人"思想对冯雪峰的影响来看,这一思想在冯雪峰翻译的《新俄的文艺政策》中是如何体现出来的?因为书中的内容之一《关于对文艺的党的政策》部分的副标题是"关于文艺政策的评议会的议事速记录"。而这是俄共(布)中央委员会于 1924 年 5 月 9 日由当时的中央委员会出版部长雅各武莱夫出面就文学艺术领域的政策问题召开了一次专门会议的会议记录。这次会议本身就是调解各方意见的会议,所以它最终形成的会议结论是多方博弈的结果。要想清楚、准确地从中看出托洛茨基的思想来,难度很大。

另一方面是接受过程的复杂性,即接受者的接受活动本身复杂。就冯雪峰来说,他接受托洛茨基的"同路人"观点在 30 年代初时就几经反复。"尤其是在译介《新俄的文艺政策》中,间接地或潜在地接受了托洛茨基的'同路人'理论,并以之为武器,撰写过《革命与知识阶级》,用以回答中国'革命文学'论争中必须解决的革命文学是否需要同盟者、谁是同盟者的问题。可是由于复杂的原因,冯对'同路人'理论的接受,经历了一个颇为曲折起伏的过程。在与'自由人'的论争中,他开始偏离了'同路人'理论,以更激进的'革命'姿态审视对方。如以洛扬为笔名的《致文艺新闻的一封信》(原题为《'阿狗文艺'论者的丑脸谱》),就彻底否定了第三种文学(即'同路人'理论中承认的中间状态或过渡状态)存在的可能性。不仅批评普列汉诺夫文艺理论存在着'机械唯物论'、'机会主义'、'机械论'的错误,而且判定胡秋原的'自由人'观点是'反动的''托洛茨基派和社会民主主义派'。等到论争快结束时,由于

---

① 柳传堆:《论冯雪峰与托洛茨基"同路人"文艺观之关联》,《鲁迅研究月刊》,2006 年第 9 期。

张闻天发表了《文艺上的关门主义》，他随即推出《并非浪费的论争》一文修正了自己的观点，'左翼一向以来的态度，是并非不承认自己的错误，也并非要包办文学，它只要领导一切左翼的以及爱光明的人的文学去和一切黑暗的势力和文学斗争；他比任何人都最欢迎一切爱光明的人同路走；在清算自己的错误的时候，也决不肯忽视真正的朋友的意见。'尽管后来在政治观上是个彻底的反托洛茨基主义者，但是，'同路人'理论作为一种思维方式——承认事物的中间状态、过渡状态——他还是终身都坚守着，无论对敌对友，他的批评都较少简单化的论断。"我们之所以要引述上面一大段，是为了说明此问题的复杂性。但这一复杂性还不仅如此，因为后来由于托洛茨基的特殊命运，他在我国也成了不能提及的人物，因而冯雪峰在谈及自己对他的思想接受时，也有了可以想象的顾虑，这就更增加了讨论的难度。其实如果深入追究下去，牵涉到的问题还会更多。比如冯雪峰最早接受"同路人"的思想，与他彼时和施蛰存、戴望舒、苏汶等人的私人友谊有无关系？提及这一问题十分必要，因为冯雪峰就是从实际出发来译介、学习俄苏的文艺理论的。诸如此类问题，更增加了问题的难度。

这里，我们限于学养还无法进行如此复杂的讨论，只想以冯雪峰对俄苏文论中部分内容的接受，简单地提及俄苏文论对其影响的正反两个方面。

比如冯雪峰对普列汉诺夫的接受。普列汉诺夫(1856－1918)是俄国最早的马克思主义者、无产阶级政党创始人之一，也是俄苏第一个将马克思主义观点运用于美学和文艺理论领域的人，有很高的马克思主义文学理论水平，一生写下了众多相当富有影响力的文艺理论著作。但其理论也存在一定的局限性，如在理论上，普列汉诺夫主张从社会意义和美学特点两方面来评价作品，但是在实践中，他常常只强调了文艺作品的社会意义方面，而不能给作品应有的审美和艺术的评价。这种实际上的理论与实际的脱钩，导致了他过分地强调批评中的审美趣味的阶级性和阶级斗争的作用。

对于普列汉诺夫本人，冯雪峰有很高的评价："我们不妨说，现在俄国及世界的许多马克思主义文艺理论家,差不多都是从他那儿出来的。"①可见,冯雪峰对普列汉诺夫及其理论著作是非常欣赏和推崇的。具体到影响内容来看,首先,普列汉诺夫影响了冯雪峰革命文艺功利观的形成。普列汉诺夫的文艺思想强调文学艺术思想内容的重要性,高度重视艺术的社会功能。比如在《艺术与社会生活》一文中,普列汉诺夫以大量事实说明,"文艺的功利性是普遍恒久地存在着的,任何一个政权,只要注意到艺术,自然就总是偏重于采取功利主义的艺术观"②。在普列汉诺夫看来,阶级社会里"没有一种文学艺术不是出于它的社会的某个阶级或阶层的自觉表现",超阶级社会的艺术"在任何时候,任何地方都不曾有过"③。而这种文艺观深深影响着冯雪峰,给其具体的文艺批评提供了思想来源和基础。在《关于"第三种文学"的倾向与理论》这篇文章中,冯雪峰就是以普列汉诺夫在《文艺与生活》中的相关理论对苏汶的"文艺自由论"来进行批驳,从而也树立了自己坚定的革命功利观的。冯雪峰认为:"一般所说的'一切的文艺都不是超阶级同时都不是超利害的,都是直接间接地做阶级的武器'的理论,是文艺的历史所证明了的。……然而就是作者们主观上要超利害的,反对利害观点的如艺术至上派的文学——例如骂人生派为流俗、为愚人、为患癙病病的法兰西的戈谛野一派,实际上也依然一则并不能超阶级的,二则仍是利害的、功利的党派的。"④从中我们明显可以看出,这些话就是普列汉诺夫在《艺术与社会生活》中曾拿来批驳"纯艺术者",证明文艺的功利性是普遍恒久存在的相关的观点和论证。

其次,在现实主义的真实观上,普列汉诺夫强调文艺应该真实地反映生活,但真实又不是现实主义的同义语,不能仅停留在"现象外壳的真实",真实必须深入到"现象外壳"内部。也就是说,要通过对现实关系的真实描写,深刻地描写思想内容和社会意义,从而反映生活的本质,并指出,"当虚伪荒谬的思想成为艺术作品的基础的时候,它就给这

---

① 蔡清富:《冯雪峰文艺思想论稿》,北京:文津出版社,1991年,第14页。
② 普列汉诺夫:《普列汉诺夫美学论文集》,北京:人民出版社,1983年,第830页。
③ 同②,第839页。
④ 冯雪峰:《雪峰文集(第2卷)》,北京:人民文学出版社,1983年,第50页。

部作品带来内的矛盾,因而必然使作品的美学价值受到损害"①。对普列汉诺夫的这种见解,冯雪峰也是给予了充分肯定,如他在《论形象》这篇文章中所说的那样,"普列汉诺夫以为虚伪的思想是和艺术的形象不相宜,这一点是非常正确的,因为艺术所追求的正是现实的客观的真实"②。正是这种主观上的认同才使得他的现实主义理论类似于普列汉诺夫的现实主义理论,即偏重于对现实生活的关注和对真实的强调,重视文学的阶级性,重视其革命实践功能。也正是基于这种生活真实观,冯雪峰针砭了当时革命现实主义创作上的主观主义和教条主义,也使自己的文艺思想有别于当时以及新中国成立后的"左倾"机械论,为自己与概念化创作的理论斗争打下了最初的思想桩基。

自然,普列汉诺夫的文艺理论中过于强调文艺与生产力、经济的密切联系,过于重视文艺的阶级性质,也具有一定的机械唯物主义思想,这些都对冯雪峰有一定的消极影响。特别是因为还有苏俄的其他机械唯物主义文艺理论家也共同影响着冯雪峰,这就更使冯雪峰的文艺理论和文学批评不可避免地也具有了机械唯物论等的消极因素。

总之,以普列汉诺夫为例,我们可以清楚地看到,俄苏文论对冯雪峰的影响是双重的:从正面、积极意义来讲,普列汉诺夫的文艺功利观,提高了冯雪峰的马列文艺理论水平和对文艺现象的正确评价能力,提供了对敌的有力武器。但同时我们也可以明显地看到一些俄苏文论对其的消极、负面影响。

对这些内容,我们不准备详细去讨论具体的历史细节。只想进一步从宏观上提出一点:普列汉诺夫对冯雪峰的影响是根本性的,它制约了冯雪峰一生的革命现实主义文艺理论最终能够达到的思想高度。普列汉诺夫的马克思主义文学理论有其根本性的不足,这就是普氏没有完整地去把握马克思主义革命导师的思想。具体地说就是,在马克思那里,文艺的阶级性质、革命功能不是只由文艺的真实性来决定的。在马克思的思想导师黑格尔那里,艺术创造是天才的活动,天才是借由对

---

① 普列汉诺夫:《普列汉诺夫美学论文集》,北京:人民出版社,1983年,第852页。
② 冯雪峰:《雪峰文集(第2卷)》,北京:人民文学出版社,1983年,第431页。

世界本体发展规律的理性直觉才把握到了美的。在马克思这里,最终扬弃私有制的革命活动,也不是只形成于无产阶级对自己的被剥削受压迫现实的清醒自觉和反抗要求,而是形成于无产阶级对整个人类历史的发展就是一个不断地扬弃私有制的总过程的"理性直觉"。因而,文艺的阶级性和真实性并不只受制于对当下社会现实特别是经济现实、人的阶级现实的真实反映,而是形成于对整个人类历史发展规律的"理性直觉"。普列汉诺夫受制于当时对马、恩思想的认识水平,俄苏受制于其十月革命的成功源于偶然,并不源于对人类整个历史发展规律的理性直觉,这使俄苏的文学理论在根本上达不到马、恩的思想高度。这些也根本上决定了受俄苏文论深刻影响的冯雪峰的以及我国现代以来的革命现实主义文学理论的最终高度。

第六章　梁实秋:白璧德人文主义影响下的新人文主义文学批评家

梁实秋(1903—1987),原名治华,字实秋。原籍浙江杭县(今杭州余杭),1903年出生于北京,1987年逝世于台湾。他是著名散文家、文学批评家、学者和翻译家。作为散文家、文学批评家的梁实秋形成了自己的文学思想体系,其最突出的特点就是表现出了新人文主义文学思想的特征,因而梁先生被认为是中国新人文主义群体除学衡派之外最重要的代表。毋庸讳言,除了曾借籍杭州外,梁实秋的文学活动、文学观念与浙江地域文化的事实联系很难发现,但他特立独行地执著于自己的文学主张,以及其文学见解中的理性审慎等,又展现出了明显与浙江地域文化精神相似的特征。

一　对梁实秋文学理论观点的初步评价

梁实秋的文学理论观点,以及中国其他的新人文主义群体成员的思想是比较难以评价的。这主要是因为,一方面如果把他们的思想观点放到20世纪20—40年代的社会现实中审视,明显可以发现其有些扞格不入:当国家民族处于战争漩涡、社会动荡之中,甚至面临着亡国灭种的危难之时,梁实秋等人所主张的仍是文艺、审美相对于社会现实的独立性;另一方面他们的看法从学理上看又是有道理的,即如果取消了文学的直接功利性与超功利性之间的理性张力,文学本身不就被取消了吗?更为重要的是,随着改革开放以来,我国市场经济迅猛发展,推动了社会现代化的发展进程,这带来了经济理性和科技理性严重戕害人的精神灵性的社会文化问题,而这使人们对梁实秋等人所主张的新人文主义观念有了更多的共鸣。特别是随着我国国力的增强,我国在世界上的地位在迅速提升,这使中国文化的影响力获得了极大的扩展,这就又放大了我国的新人文主义思潮要求理性地、同情地对待传统文化的主张所具有的价值。

我们认为,对我国的新人文主义思潮,特别是梁实秋的文学理论,在进行客观评价时,以上两个方面的得失都不可偏废,即既不能忽视梁实秋文学观点的失误,也不能放大它的价值,认为它没有一点问题。我们的看法不是简单的客观理性、“中庸调和”,而是认为:文学见解、思想观点可以适当多元,但时代现实所提出的问题应当在多元的理论见解中有所反应;学术评价应当关注人们的理论见解对时代现实的反应方式与效果,然后在此基础上评估其观点的意义和局限。

在认识和评价梁实秋的文学理论时,我们觉得将之与梁启超后期的文学观点进行一下比较是非常有意义的。这一方面是因为,两人的基本理论主张有明显的相似之处。就梁实秋来说,他认为文学与人性、人生是统一的。梁实秋主张“文学的本体是永恒的人性”是众所周知的观点,即他要求文学“发于人性,基于人性,亦止于人性”①。而人性在梁实秋看来,又不是抽象的,而是在人生中表现出来的,是人多样的生活形式和内容中永恒不变的东西。他说:“人的生活形式,各地各时各有不同,所呈现的问题亦各有不同,但是基本的人性则随时到处皆是一样的。”②因而,梁实秋在要求文学表现永恒人性的同时,又强调文学与人生的统一性。他说:“艺术与人生是不可分离的。……我们将要在文学里认识人生,领悟人生。”从文学对人性、人生的表现出发,梁实秋指出,文学活动有其严肃性,“文学不是给人解闷的,文学家不是给人开心的”③。但是,梁实秋强调文学与人性、人生的密切联系,并不认为文学因服务于人生、人性而低于它们;他又提出文艺活动中“文艺本身就是目的”④的看法。也即在梁实秋的观念中,文学、人性和人生是“三位一

---

① 梁实秋:《文学的纪律》,《新月》,1928年第1期。
② 梁实秋:《文学讲话》,见《梁实秋批评文集》,珠海:珠海出版社,1998年。
③ 梁实秋:《文学的严重性》,《新月》,1930年第4期。
④ 梁实秋:《论思想统一》,《新月》,1929年第2期。

体"的存在,三者是统一的。

就梁启超来说,他后期的文学观念也是强调文学与人生活动的统一性。在谈及诗歌创作与人生的关系时,梁启超曾说:"我们应该为做诗而做诗呀,抑或应该为人生中某项目的而做诗? 这两种主张,各有极强的理由,我们不能作极端的左右袒,也不愿作极端的左右袒。"①在"为诗歌而诗歌"与"为具体的人生活动而诗歌"之间,梁启超认为自己不能,不愿"作极端的左右袒",清楚地说明他也是主张诗歌与人生的统一的。

进一步看,梁启超的文学观点是不是只是在"理论话语"上与梁实秋的相一致呢? 我们认为,两人文学观的具体内涵也是比较接近的。先就梁实秋的人性概念来看。梁实秋所说的人性,"就质而言,是'理性'、'较高的情感'和'较严肃的道德观念';就量而言,它是人所'共有的,无分古今,无间中外,长久的普遍的没有变动'的"②。概括地说,梁实秋的人性是指人所特有的情理统一、具有永恒性的特点。而梁启超在后期的人生观是趣味人生观——他提倡人应该愉快地承担人生责任,积极进取,即他要求人是自由意志主体。梁启超说:"我承认人类所以贵于万物者在有自由意志,又承认人类社会所以日进,全靠他们的自由意志。"而"自由意志之所以可贵,全在其能选择于善不善之间而自己做主以决从违。所以自由意志是要与理智相辅的"③。梁启超把人的自由意志看成是善与理智的统一,这清楚地说明,他后期的人生观中所包含的"人性"观念与梁实秋的人性观念是相似的。因而,两人主张文学与人生相统一的文学观,在内涵上也是接近的。总之,梁启超虽然并不属于我国新人文主义群体的成员,但他的文学观与梁实秋这位我国新人文主义群体的重要代表人物的文学观非常接近,这是我们尝试把梁启超与梁实秋进行比较的原因之一。

另一方面,我们主张对梁实秋和梁启超进行比较研究,还有更重要

---

① 梁启超:《梁启超经典文存》,上海:上海大学出版社,2003 年,第 122 页。
② 陈伟:《中国现代美学思想史纲》,上海:上海人民出版社,1993 年,第 231 页。
③ 梁启超:《梁启超全集》(第 7 册),北京:北京出版社,1999 年,第 4169 页。

的原因:梁实秋在现代文学史上主要的论争对象是革命功利主义者,而论争双方的文学观念在梁启超自己一个人的身上都出现过。梁启超前期的三界革命论所坚持的是文学功利论,而后期的趣味主义人生美学坚持的是与梁实秋类似的文学观。而梁启超的文学观念之所以有前后期的变化,与西方文化的影响以及他自己文化立场的变化是密切相关的。准确地把握梁启超后期文学观念的变化,对我们客观地认识梁实秋的文学观念应该有所启发。

　　具体地说,梁启超在 19 世纪后期中西文化的碰撞交流形势下,早在 1902 年《论中国学术思想变迁之大势》中就明确提出了自己主张中西文化融合汇通的中西文化结婚论。他说:"盖大地今日只有两文明。一泰西文明,欧美是也。二泰东文明,中华是也。20 世纪,则两文明结婚之时代也。吾欲我同胞张灯置酒,迓轮俟门,三揖三让,以行亲迎之大典。彼西方美人,必能为我家育宁馨儿以亢我宗也。"①这一生动形象的中西文化结婚论清楚地说明,梁启超在中西文化交流中所选择的是以"我"为主,中西结合创新的立场。这一文化立场在梁启超论及诸多涉及中西文化交流的问题时,是一以贯之的,比如在谈到我国的学术发展、文学革命、新民人格的培养等等问题时,他所持的都是引入西方资源,以实现自我传统更新的观点。

　　但应该指出的是,梁启超早期的中西文化结婚论其实是有思想前提的,这就是西方文化是科学的、先进的,而中国的文化传统则需要变革,所以梁启超此时的中西文化结婚论偏重的是"娶西方美人",引入西方的科学文化。而梁启超的中西文化交流观念在后期有了一定的发展变化。这主要是因为梁启超等知识分子长期以来一直把西方发达的科学、物质文化当成解决民族危亡问题的救世良方,但欧洲一战所带来的巨大破坏,使梁启超信奉科学、物质文化的思想被触动了,他更加意识到了我国传统文化的价值,因此他又提出了中西文化结合论。梁启超的中西文化结合论,虽然表面看起来中西并重,但其实他阐述问题时的

---

　　① 梁启超:《论中国学术思想变迁之大势》,见《饮冰室合集》(第 1 册),北京:中华书局,1989 年。

重心放到了我国本有文化传统的淬厉更新与发扬上来了。梁启超在《欧游心影录》论及中西化合论时，说："我们的国家有个绝大的责任横在前途。什么责任呢？是拿西洋文明来扩充我的文明，又拿我的文明去补助西洋文明，叫他化合起来成一种新的文明。"①这里的"拿我的文明去补助西洋文明"，是过去所没有的。这一变化是梁启超的学术立足点发生了变化——他要做"世界人"的反映，同时也是其中西文化交流观念变化的表现。

当梁启超的中西文化结合论更多地强调我国传统文化的淬厉更新时，他注意到了我国的人生哲学传统。梁启超在《治国学的两条大路》中比较中西哲思的差别时，认为"盖欧人讲学，始终未以人生为出发点。至于中国先哲则不然，无论何时代何宗派之著述，凤皆归纳于人生这一途。而于西方哲人精神萃集处之宇宙原理、物质公例等等，倒都不视为首要"②。梁启超后期所坚持的与梁实秋的类似的文学观，就形成于他对我国人生哲学传统的淬厉更新，它应该是梁启超的中西文化结合论在美学领域结出的硕果。

梁启超后期文学观的形成如上所述，那么应该如何评价它呢？这是个非常复杂但极其重要的问题，因为它与对梁实秋文学观的评价紧密相关，这也正是我们不厌行文枝蔓，特别论及梁实秋的文学观与梁启超后期文学观的比较的主要原因。概括地说，我们认为不能对其进行不客观的拔高，虽然梁启超后期文化研究的立意高远，即他主张在吸收西方文明的有益成分，以发展我国文明的同时，"又拿我的文明去补助西洋文明"。就事实来说，我们非常清楚，在中西社会文化发展存在明显差距的现实条件下，要拿我们发展了的文明去补助西方文明的想法，即使完全不考虑发展我们文化的艰难性，也只能是个美好的愿望。而如果只从理论上说，也不能因为梁启超后期的文学观念非常重视个人自由，比较契合社会文化现代发展的要求就抬高它的价值。对梁启超

---

① 梁启超：《欧游心影录》，见《饮冰室合集》（第7册），北京：中华书局，1989年。
② 梁启超：《治国学的两条大路》，见《饮冰室合集》（第5册），北京：中华书局，1989年。

的自由美学观念,笔者曾著文进行过探讨。[①] 我们认为,梁启超在自由观上非常重视个体自由与团体自由的统一,他前期比较重视团体自由,后期更为强调个体自由的价值,这只是因为国际形势的严峻和个人文化立场的调整造成的,其基本的自由理念并无根本的变化,因此他前后期的自由美学观念也没有价值高低的区别。

对梁启超后期文学观的大致评价,可以作为我们把握梁实秋文学理论观点的基本线索。为了形成更为客观准确的评价,还是让我们从对他文学观点的具体认识逐步展开。而限于这一问题的复杂性和我们的认识水平,可能我们在这里只能在学界现有研究成果的基础上,做一些基础性的工作,更为深入的探讨还要期待方家的如椽巨笔。幸运的是,正如朱寿桐先生所指出的,"学术界对于中国新人文主义文人群体较为集中的学衡派和新月派特别是梁实秋的研究已经有了相当的积累"[②],这为我们的思考提供了有利的条件。

二 梁实秋的新人文主义文学观

把梁实秋的文学理论观点概括成新人文主义文学观主要是从其理论观点的形成来说的。梁实秋是著名的文学批评家和学者,要概括他的文学理论观点有一定难度。因为他的文学思想不是通过概念明确、论点鲜明、逻辑严谨和体系完整的文学理论专著来阐明的,而是散见于各篇文学批评文章和学术论文中。而这些单篇的批评文章,受研究对象、研究角度等的制约,讨论问题的层次不一,因而其具体观点虽然深刻但异常复杂,只是具有了一个潜在的文学理论体系,支撑着梁实秋具体的文学批评实践,要对其进行把握需要研究者进一步的理论加工。

总的来看,梁实秋的文学观极力彰显了理性的规约精神和坚持了

---

① 郑玉明:《审美与人生自由的统一——论梁启超的趣味主义美学体系》,《学术月刊》,2008 年第 7 期。

② 朱寿桐:《新人文主义的中国影迹》,北京:中国社会科学出版社,2009 年,第 20 页。

精英化诉求。他认为文学的基本原则是理性的节制,重视文学表现中以人性为依据的理性选择和文学风格的纯正、和谐与适当。这表明,他在新文学创立初期标举的是与当时文坛盛行的、以非理性为内在精神根据的浪漫主义文学思潮大异其趣的理性主义文学观。概括地说,这主要表现为,梁实秋的文学观充满了形上之思,具有较为深层的哲学关怀和超越性追求。具体来说,这种哲学关怀与超越性追求主要表现为:推崇文学应表现人的本质的形上维度,强调文学的伦理取向与精神提升,重视文学的纯粹性、坚守文学活动的精英化品格等等。

1. 表现永恒人性的形而上诉求

梁实秋作为一个有真正理论追求的学者,他在建构自己的文学观之初,首先对文学的本质有深度的求索和沉思。他认为文学所追求的应是对人性的永久表现和关怀,也就是说表现人性是梁实秋最本真的文学理想和文学追求。他曾多次对自己的这种文学理想进行表述。在《文学的纪律》中他明确提出:"文学的目的是在借宇宙自然人生之种种的现象来表示出普遍固定之人性,而此人性并不是存在什么高山深谷里面,所以我们正不必像探险者一般的东求西搜。这人生的精髓就在我们的心里,纯正的人性在理性的生活里就可以实现。"①他认为:"文学家处在森罗万象的宇宙中间,并不因获得一鳞半爪的材料便沾沾自喜,他要沉静的体会那普遍的固定的人性。"②文学创作要紧紧围绕一个中心,即唯人性的马首是瞻,"文学发于人性,基于人性,亦止于人性"③。总之,在梁实秋看来,表现人性应是文学的本质追求,文学的魅力和价值就在于对人性的表现。"文学的精髓在其对于人性之描写……文学的任务即在于表现人性,使读者能以深刻的了解人生之意义。文学作品以一时间一地点之特殊生活为对象者,其感动人之力量便有时间地点之限制,文学作品以基本的普遍的人性为对象者,其感动人的

---

① 梁实秋:《文学的纪律》,北京:人民文学出版社,1988年,第116页。
② 同①,第157页。
③ 同①,第122页。

力里,便是永久普遍的。"①

　　需要指出的是,梁实秋并非只重文学对普遍的人性的表现,而反对表现文学的时代性与阶级性。仔细阅读梁实秋关于永恒人性问题与鲁迅等人的论争,可以发现,梁实秋并非绝对反对文学反映时代性与阶级性,而是强调文学不应在注重反映时代性与阶级性的时候而忘记了文学表现人性的根本追求。正如他在《诗与诗人》中指出的那样:"诗人的作品,除了它的时代性,还有永久性。"②对于文学与阶级性的关系,梁实秋亦不绝对排斥,只不过他反对将文学的阶级性特征夸大化和绝对化。他曾说:"文学不能摆脱掉它的环境的各种影响,这道理我们相当的承认。"但是他接着指出,单是阶级性并不能确定作品的全部价值,也不能当作衡量一部作品的主要标准,如果那样,"批评的范围是很狭隘的了"。同时他也认为没有任何作品没有时代色彩,但他不提倡文学紧跟时代,而是认为文学应能超越时代,应时常走在时代前面,成为"对现实的批评",真正成为一种文化先锋。总之,他认为,"阶级性只是表面现象。文学的精髓是人性描写。人性与阶级性可以同时并存的,但是我们要认清这轻重表面之别"③。因此,梁实秋对文学的时代性与阶级性的表述清晰而不乏合理之处,至少是在理论话语方面他的看法是比较辩证的。以往对梁实秋的批评中不可否认地存在着取向的偏颇和观点的偏至之处。

　　尽管对于何为人性,梁实秋并未作过专门而细致的论析阐述,只是行文中偶尔谈及。总的来看,他非常注重人兽之别,强调人性的理性内涵。他说:"所谓人性,究何所指? 圆颅方趾皆谓之人,人人皆有人性。……人虽然有若干的兽性,还有不同于兽性者。高贵的野蛮人其实不见得怎样高贵,在纯自然境界中的人比禽兽高贵不了多少。人在超自然境界的时候,运用理智与毅力控制他的本能与情感,这才显露人性

---

　　① 梁实秋:《现代文学论》,见《梁实秋文集》(第1卷),厦门:鹭江出版社,2002年,第401页。

　　② 梁实秋:《诗与诗人》,见《梁实秋自选集》,台湾:台湾黎明文化事业股份有限公司,1981年,第154页。

　　③ 梁实秋:《文学与革命》,见《鲁迅梁实秋论战实录》,北京:华龄出版社,1997年,第452—453页。

的光辉。"①梁启超强调人的理性力量，说明他重视的是人性的超越性特点——人之所以为人，正在于人已从纯自然界分化出来，人有情感与理智，能够超越于受本能控制的蒙昧状态，能够思想和反思，能够创造和超越，这种超越不仅针对外界，同时还包括人类自我。人应该是理智和道德的存在物，这正是"人性的光辉"和本质规定性所在。应该说，梁氏的人性表述是富有哲理深度的。另外，综合梁实秋有关人性的其他论述，也可以看出他强调人性的常态性，特别是强调人性的永恒性，也明显表现出对人的理性超越能力的关注。总之，他所强调文学对于人性普遍性的追求，对文学的本质有形上之思，这一点使他的文学观亦具有了一种超越性的意义指向。尽管他的文艺观在产生之初以至后来很长一段时期都无法成为主流，不被接受，甚至被视为反动的，但即使在他那个时代，他要求重视民族文化遗产，主张从传统中吸取有价值的文化资源发展文化，试图借助文学的力量，弥合动荡社会中的裂痕，建构人间和谐社会的理想，都有一定的思想价值，值得重视。

2. 强调文学的伦理维度，重视其精神提升功能

梁实秋的人性论文学观，给予伦理即善以极大的关注。在梁实秋看来，伦理即善的维度在文学中占有重要甚至可以说是首要位置。他说："如果以真美善为艺术的最高境界，文学当是最注重'善'。"②通过把对善的表现看成是艺术、文学的最高境界，梁实秋的人性论文学重视人的理性得到了具体的落实。值得关注的是，梁实秋将善这一范畴表述为"伦理"或"道德"两个词语。但从其早年文论中，梁实秋更看重的是"伦理"而不是"道德"，从其具体行文看，有时尽管也使用"道德"一词，却也强调的是其伦理之意义。他对伦理与道德两个概念曾作了具体区分。在《王尔德的唯美主义》一文中，梁实秋指出王尔德在其艺术评论里将伦理与道德两种事物混为一谈。他认为："伦理的标准与道德的教训是两件事。……文学究竟应不应该纯粹是为享乐，抑是应有伦

---

① 梁实秋：《雅舍谈书》，济南：山东画报出版社，2006年，第230页。
② 梁实秋：《文学讲话》，见《梁实秋批评文集》，珠海：珠海出版社，1998年。

理的价值,这是一件事。文学应不应含有一种道德的教训,这是另一个问题。"①

梁实秋之所以看重伦理维度之于文学的重要性,主要是因为,他认为"伦理的乃是人性的本质"②,"伦理学亦即是人生的哲学",而"应该"两个字,是"伦理学的中心问题"③。梁实秋所界定的文学中的伦理指的就是文学描写者的态度,创作者对所写物象所取的态度和价值判断。在他看来,如果说文学的本质追求应是对人生、人性的表现,那么伦理亦即是作者对人生价值与意义的建构和追求。因此,梁实秋所说的文学的伦理之维并非通常所说的善的范畴和伦理的涵义,这里的伦理不仅包括对人生、人性的客观认识,即与他所谓的理性一词有一种意义上的融贯性,正如他在对人性一词概括时将理性、情感、伦理道德观念等尽收笔底那样,"人有理性,人有较高尚的情感,人有较严肃的道德观念,这便全是我所谓的人性"④。同时梁实秋的伦理之维亦包容着对文学的精神性内涵的注重与强调。他主张:"文学里不只表现情感,也要表现一点思想的。"正因为如此,他非常认同他所尊崇的西方思想家托马斯·卡莱尔(梁实秋译为喀赖尔)的见解:"诗人不是耽溺于耳目声色的美感,而是负有一种极大的精神使命。诗便是真理的写照。"⑤为此,他才有这样的断言:"粗糙的字句包含着有力量的思想,比绮丽的字句而没有重要意义,还要好些……有思想做中心的作品,才是有骨头的有筋络的作品,才能动人。"⑥梁实秋认为,使文学具有"固定的永久的价值"正在于文学的思想性和精神性。

总之,可以说,梁实秋所标举的文学的伦理维度并不仅止于人们通常所理解的善的层面,他更注重的是通过文学的启迪来达到阅读后心灵的净化,通过文学作品所昭示的对人性、人生富有深度的探索和表

---

① 梁实秋:《文学的纪律》,北京:人民文学出版社,1988年,第146页。
② 同①,第135页。
③ 梁实秋:《浪漫的与古典的》,北京:人民文学出版社,1988年,第104页。
④ 梁实秋:《偏见集》,上海:上海书店出版社,1988年,第232页。
⑤ 同③,第54页。
⑥ 梁实秋:《文学的严重性》,见《鲁迅梁实秋论战实录》,北京:华龄出版社,1997年,第321页。

现,以及对思想和意义的追求来达到精神的提升,这正是文学所负有的"精神使命"。因此,梁实秋对文学的伦理性价值的强调并未止于传统的讽喻劝世;由于受到西方文化精神的影响,他更注重的是伦理之维的精神性的追求和超越性的指向,这种语义之下的伦理不仅超越了中西方对伦理即善的传统阐释,而且也对伦理尤其是文学的伦理意蕴形成了一种纵深延展,也为文学的伦理性问题敞开一种新的意义路径,开拓了新的内涵空间,其创新意义不容忽视,只可惜这个问题以往的研究并未给予重视。

梁实秋对文学的伦理意蕴的新颖表述不仅在当时具有创新性,使文学的伦理性一词从陈腐的语境中脱颖而出,而且对探索文学与伦理道德的关系,伦理道德之于文学的意义亦有借鉴和启示。我们无法否认,人不仅是情感与欲望的存在物,还是伦理的存在物。"文学是人学",因此文学的伦理道德维度任何时候都无法抹杀或从文学中完全剥离。文学可以成为反对陈旧腐化的伦理道德的先锋,但不能因此而走向伦理道德的虚无。梁实秋将文学伦理性与理性、节制等古典精神交融整合从而生成他对文学本质的超越性追求,对于当下的文学研究亦有重要的警示意义。

3. 人生与文学的统一

梁实秋认为,文学是对人性的表现。但人性又不是抽象的,而是在现实人生琐碎芜杂的日常实践中表现中出来的永恒存在物。所以他的人性论文学观,又包含着强调文学与人生相统一的内容。具体地说,梁实秋的人生论文学观重视文学相对于实用功利,特别是政治、革命功利的独立性、超越性,重视其特有的认识人生、把握人性的严肃意义。梁实秋对以文学为革命的工具、为政治的宣传极表反感,他认为这样就丧失了文学的立场。他说:"我们不反对任谁利用文学作工具,但是我们不愿任谁武断地说只有如此方是文学。"他强调:"文学的精髓在其对于人性之描写……文学的任务即在于表现人性,使读者能以深刻的了解人生之意义。"①可见,梁实秋主张文艺为人生有一个前提,那就是强调文学的独立性、超越性,认为只有在此基础上才能发挥它有益于人生——表现人性、改造人性的作用。

其次,梁实秋的人生论文学观,对文学关注现实持有限的肯定。实际上,梁实秋更关心文学的永恒价值,但他同时并不否认文学应当关注现实。在他这一主张中间其实是有内在的思想矛盾的。事实上,他也是轻视反映当下现实的作品的,如说"文学不能救国,更不能御侮"②。救国与御侮是时代的主题,不能救国、御侮,又如何体现其与现实的联系? 所以,梁实秋实际上只是有限度地肯定了文学对现实的关注。应该说,只是因为人的永恒人性、理性需要在人生现实中表现出来,他才不得不肯定了文学对现实的关注。自然,我们不能完全否定梁实秋的这一看法,他所指出的文学表现人性,对人的现实人生也不是全无价值的。

最后,梁实秋认定文学活动是属于少数人的活动。梁实秋先生终其一生都怀有作为知识者的优越感,他接受的是文化传统中的精英思想,轻视乃至罔顾大众的审美需要,这反映在文学观念上就是他的精英主义文学观。梁先生认为,只有少数文化精英才能深刻地认识人生,意识到永恒的人性,而文学的目的和意义,在他看来就是要认识人生、人性的。他指出,文学从来"不是大多数的","伟大的文学者,必先不为群众的胃口所囿,超出时代的喧嚣,然后才能产生冷静的审慎的严重的作品"③。梁实秋先生不仅在文学创作上持精英甚至是天才观念,在文学批评方面也是如此。他说:"真正能鉴赏文学,也是一种很稀有的幸福。"④他推崇卡莱尔的观点,即认为"真理不是人人能得随便窥探的","只有文学批评家的批评才是批评的正宗,批评家的意见无论其与民众

---

① 梁实秋:《现代文学论》,见《梁实秋文集》(第1卷),厦门:鹭江出版社,2002年,第401页。
② 同①,第400页。
③ 梁实秋:《文学的纪律》,北京:人民文学出版社,1988年,第115页。
④ 梁实秋:《文学与革命》,见《鲁迅梁实秋论战实录》,北京:华龄出版社,1997年,第162页。

的品味是相合或相反,总是那一时代的最精到的见解"①。梁实秋对文
学事业的精英性诉求虽有排斥甚至贬低民众的行止,但他所捍卫的是
文学的纯粹性和超越性的定位与追求。自然,这一观念也影响了对文
学与现实人生的联系的真正揭示。

　　总之,梁实秋作为大文学批评家,他在文学理论方面始终坚守着具
有超越性特质的文学观与文学批评观,始终没有放弃文学的经典化的
理想和追求。虽然他的理论和见解并非完美无缺,颠扑不破,但其中的
真知灼见不乏经典性意味,至今仍具有重要的启示性意义。自然,在肯
定梁实秋文学观的超越性追求所具有的深度意义的同时,我们也应看
到,像所有的理性主义者那样,他也没有挣脱、超越理性主义思维模式
的深层而致命的局限,即二元对立或二元论模式。他的文艺观在诸如
浪漫与古典、美与丑、悲剧与喜剧、个性与普遍性、民众与天才等范畴与
对象上,显现出保守与刻板的思维理路,以致常常在所论之事上留下硬
性切割的痕迹,阻碍了对人与事物的丰富性和复杂性的更细致深入的
辨析与探索。

三　白璧德新人文主义的深刻影响

　　梁实秋的新人文主义文学理论观点最早形成于对白璧德人文主义
文学批评理论的接受,并非像梁启超的后期文学理论那样形成于自觉
的文化立场选择。关于梁实秋如何在文学理论中接受白璧德的影响这
一问题,当前人们的研究已经非常深入,这一问题很长时间以来就是国
内梁实秋研究中的难点、热点问题。

　　特别是段怀清教授在《白璧德与中国文化》一书中,非常仔细地梳理
了梁实秋对白璧德思想的接受过程、借鉴的内容等等,并尽可能地进行
了客观准确的评价。段先生的研究深入细致,所得出的结论准确恰当,
让人信服。具体地说,段先生在《白璧德与中国文化》一书中,先是从分

---

① 梁实秋:《浪漫的与古典的》,北京:人民文学出版社,1988年,第105页。

析梁实秋对自己与白璧德之间的关系的几次说明入手,引出了白璧德对梁实秋的文学思想究竟有多大影响的问题。进而,他通过细致辨析梁实秋在接触白璧德前后的创作与文学批评的变化,清楚地证明了梁氏与白璧德之间的思想师承关系的存在。他说:"最能够标示并记录梁实秋的文学思想观念从最初的浪漫倾向向古典训练和人文主义标准转化的,是他的《拜伦与浪漫主义》和《王尔德的唯美主义》这两篇论文。前者是他对于浪漫主义文学观最集中的认识和批评实践,后者则是他在初步接触到白璧德的人文思想和西方古典主义文学观之后,对于自己原来所持的浪漫思想和'为艺术而艺术'的文艺主张的初步清算。而将这两篇文章放在一起比对,恰好反映出梁实秋从对浪漫派文学的赞扬到对'唯美派'的纯艺术主张的清算告别的思想转变过程。"①

在证明了梁实秋与白璧德之间存在思想上的师承关系后,段先生展开了对这种师承关系的发展变化及其具体内涵的敏锐而细腻的分析。特别是就白璧德影响梁实秋文学批评的内容,段先生主要谈到了这样几个方面:白璧德帮助梁实秋实现了对重视情感的五四新文学运动的反思以及自我反思,使梁实秋重新认识到了西方古典主义文学理论的价值,并激活了梁实秋的中国人文思想传统的记忆,白璧德的这些影响集中反映在了梁实秋所坚持的人性论文学观上等等。

具体就梁实秋的人性论文学观所受到的白璧德的影响来看,梁实秋文艺思想的核心范畴和基本观点"人性论",是从白璧德那儿借鉴而来的。不妨先看白璧德的"人性论"的具体内容。白璧德认为,一战后出现的社会危机和精神危机根源在于传统道德观念信仰的沦丧,因而他主张回到传统中去寻找济世良方,希望通过复活古代人文主义精神、重塑人性来解救社会危机。这样他就把全部社会、政治、精神的问题都归结到人性问题,归结到人性善恶斗争这一伦理学问题,据此,他提出人的生活方式有"自然的"、"超自然的"和"人文的"三种。他认为,人文的生活方式是最好的。他的文学批评也正是以这种人文主义的人性论为基础,始终围绕着文学与人生的关系问题,折射出显而易见的伦理色

---

① 段怀清:《白璧德与中国文化》,北京:首都师范大学出版社,2006年,第218页。

彩。譬如在广为人知的著作《卢梭与浪漫主义》(1919年)中,白璧德批评了想象的过度放纵及道德上的不负责任,视其为文明之大敌,西方近、现代文明的滥觞。梁实秋不仅继承了白璧德的人性论,且将之与我国古代人文传统进行思想融合,建立起一套以"人性论"为核心的古典主义文学观。他是如何阐释人性的呢? 正如前文曾引述过的,"人在超自然境界的时候,运用理智与毅力控制他的本能与情感,这才显露人性的光辉"。梁实秋的这段文字,是他将白璧德的人性观与中国古代人文思想进行"融合贯通"的最完整的体现,反映了其人性论的实质:理性与理性控制。他追求的是人性的和谐与均衡,而这种追求又是与提倡中庸,强调"以理制欲"的中国传统儒家伦理道德相通的。

白璧德人文主义对梁实秋文学批评和研究的具体影响还表现在,促使他立足于古典主义文学观,对五四新文学进行了全面反思与批判,同时也包括对自己的浪漫主义文学观的审视和检讨。在《现代中国文学之浪漫的趋势》一文中,梁实秋"审查"新文学的创作,指出了新文学的诸多缺失。首先,梁实秋直接借用了白璧德的"古典主义"文化观,反思了进化论的文学史观。白璧德把文化、文学分为"古典的"和"浪漫的"两类——"文学里有两个主要的类别,一是古典的,一是浪漫的","古典"的是健康均衡、受理性制约的,"浪漫"是病态偏畸、逾越常轨的。梁实秋借用了白璧德的这一文化、文学分类观来审视文学史,认为西方思想文化史,包括文学史,就是两类思想文化以及文学的此消彼长。

即与主流性文学史观念相反,梁实秋并不以为"一时代有一时代之文学",而是只承认有"现代文学"(即当代文学),不认为有"旧文学"或"新文学"的区分。他的一个大胆论点是:"文学并无新旧可分,只有中外可辨。"换句话说,梁实秋认为,文学并不能依时势转移而决定其"进步"与否,新的并不一定比旧的好,现代的也不见得比古代的强。这里,他实际上是要打破进化论的线性思维,力图对文学作古今并置的共时性考察。具体来说,就是先确定一个符合纯正"人性"的"至善至美的中心",然后来评判各时代文学距离"中心"的远近:中心的是最高的,凡距离较远者便是二三流的文学,最下乘的是和中心背道而驰的。因此,他提出,文学研究的任务方法不再是叙述文学一代代"进步的历程",而在品味确定各时代不同的文学距离纯正"人性"中心的远近程度。

这里,白璧德对文化、文学的"古典的"和"浪漫的"二分,以及崇尚古典文化、文学,被梁实秋借用来作为了观察新文学的准绳。梁氏把新文学定性为"浪漫"趋向的文学,视为一场"浪漫的混乱",进而认为,受外国文学影响的五四新文学,其主要资源不仅是"外国的",而且又是偏重于西方近、现代的浪漫的思想文化,这一资源既不完整,也不健康。在批评五四新文学是"浪漫的混乱"时,梁实秋主要依据的就是西方古典主义文学的观念,包括比如文学应该表现"普遍的"、"常态的"人性,文学表现的态度应是"冷静清晰的"、"有纪律的"等创作原则。梁实秋的这些看法中,白璧德的深刻影响显而易见。

总之,正是在白璧德的影响下,梁实秋跳出了自己曾置身其中的五四新文学浪漫主义传统,并实现了对它的重新审视和思想超越。在这一过程中,梁实秋也接受白璧德的西方思想文化史观念,建构起了自己认识、评价西方文学传统的思想框架,并对我国古代人文传统有了新的体认。后来,他进一步融汇中西,使白璧德人文主义的文学批评观念转化成了自己的思想血肉,以之进行文学批评和文学研究,从而奠定了自己在现代文学发展史的独特地位。

也就是说,根据段怀清教授的分析,在梁实秋的新人文主义文学理论中,白璧德人文主义的影响是决定性的。这不仅是指白璧德的影响促成了梁实秋文学思想的变化,而且指梁实秋即使在深入地掌握了白璧德人文主义的思想精神,并娴熟地运用它进行文学批评实践后,白璧德的人性观、古典主义文学观念等思想理念仍是梁实秋文学理论观念中的核心思想要素。所以,梁实秋的文学批评中体现出来的中国古代人文传统的影响,很难给以很高的评价,虽然梁实秋后来从自己的独立思考出发,有时有意或者无意地淡化白璧德的影响,夸大中国古代人文传统的作用,这总不太让人信服。

四　在白璧德人文主义影响下的
广泛吸取、融合汇通

梁实秋在接受了白璧德人文主义的基本理念后，就以之为思想基础，通过自己的独立思考，展开了广泛的思想吸收，并以之来支撑、深化自己的新人文主义文学观念。认真分析，他所接受和融合的中西方文化思想理念，大多也都是偏于理性的、古典的内容，这些都没有在根本上逸出白璧德人文主义思想的范围。根据学术界的研究，梁实秋后来重点关注过的中西文化思想理念，西方主要有亚里士多德的古典主义文学理论和古罗马皇帝兼哲学家马可·奥勒留的哲思等；我国古代的有佛禅和儒家思想等。

1. 西方古代的人文思想传统

(1)亚里士多德的古典主义文学理论

从梁实秋早年论文如《戏剧艺术辨正》、《亚里士多德的〈诗学〉》、《"艺术就是选择"说》、《论剧》等篇章中，能够清楚地看到他对亚氏学说的重视及所受的影响。梁实秋的文学观尤其是其主张文学应表现普遍人性的观点，除了受到白璧德直接而重要的影响外，还得到了亚氏模仿论的启示。

正如上文提到的，在梁实秋的人性观念中，理性的重要性是极为突出的。他认为，人与兽类的不同，即人的人性，就在于人能够运用理智和伦理实现对本能和情欲的控制，也即真和善是梁实秋人性概念的重要构成要素。而梁实秋的这一接受自白璧德的思想，又构成了梁实秋审视西方古代人文主义传统的理论"前见"。亚氏的模仿说引发了梁实秋的关注，应该与此密切相关。自然，这里我们也不能排除白璧德对亚里士多德本来就非常关注所产生的对梁实秋的影响。

具体地说，亚氏的模仿说主要在两个方面深刻地影响了梁实秋：一方面是,亚里士多德的模仿说强调文学摹仿的客观认识性,影响了梁实秋对文学表现内容的超越性的认识。另一方面是,亚里士多德强调悲剧的伦理净化功能,一定程度上深化了梁实秋对文学的伦理超越功能的理解。

就前者而言,梁实秋要求文学表现永恒的人性,而不是琐碎芜杂的生活现实,这与亚里士多德的模仿说主张文学模仿人生、自然背后的"必然律"和"可能律"有一定的相似之处。亚氏认为,文学是模仿,但它应该模仿人生中具有普遍性、永久性的东西,而不是偶然的事件和细节。亚氏曾提出"诗比历史更真实",是因为历史中充满了生活中的偶然,诗可以超越偶然去表现生活中的必然和可能。亚里士多德的这一思想,按梁实秋的理解,变成了"诗人所模仿的也就是这普遍的永久的真的理想的人生与自然","艺术的模仿乃超于现象界的羁绊而直接为最后的真实之写照"[①]。梁实秋的这一理解明显并不非常准确,因为亚氏的模仿说强调的是文学的认识性特点,即文学揭示事物的真理,而这并不是要模仿理想的人生和自然,但梁实秋从白璧德人文主义的理论"前见"来认识亚氏的模仿说时,又必然会造成这一阐释的"创造性"。梁实秋在阐释亚氏模仿说时曾有这样的总结与概括:"所谓文学之模仿者,其对象乃普遍的永久的自然与人生,乃超于现象之真实。……因其所模仿者乃理想而非现实,乃普遍之真理而非特殊之事迹。一方面复不同于浪漫主义,因其想象乃重理智的而非情感的,乃有结束的而非扩展的。故模仿论者,实古典主义之中心,希腊主义之精髓。"[②]梁实秋把亚里士多德的模仿说白璧德化的倾向是极其明显的。

就后一方面来说,在亚里士多德的诗学理论中梁实秋对净化说最为推崇。他在《亚里士多德的〈诗学〉》一文中,将亚氏悲剧理论中的净化说译为"排泄涤净"说。他在介绍后世对净化说的两种不同解释(即伦理的解释和艺术的解释)时认为,净化说即关于"悲剧的效用,实在是含有伦理的与艺术的元素。这不独亚里士多德是如此,希腊精神便是

---

① 梁实秋:《浪漫的与古典的》,北京:人民文学出版社,1988年,第62页。
② 同①,第64页。

如此"。他还进一步强调,仅对净化说作伦理的解释,"显然是过于偏狭",但"专从艺术享乐方面解释亚里士多德,那便错了,因为'排泄涤净'乃超于艺术的享乐,而实含有伦理的意义"①。从上述对两种解释所下的定性语"偏狭"与"错误"两个词大概不难看出梁实秋的倾向和取向,显然,悲剧这一文学样式的伦理效用在他看来具有前提性与必要性的地位,正如他在文中对此所作的结论式评语:"总而言之,亚里士多德的真义乃谓悲剧之任务在于使人愉快,但其愉快必有伦理的判裁"。由此可以看出梁实秋对文学的伦理之维度的推崇与看重,这也是他从白璧德人文主义的理论前见来理解亚氏净化说的必然看法。

(2)对奥勒留思想的接受

奥勒留的《沉思录》是一部感情真挚深沉,思想深厚有力的著作,它具有一种甜美、忧郁、高贵、不可思议的魅力。正是这样一部专诚反省的著作引发了梁实秋心灵的共鸣。梁实秋在散文《玛克斯·奥瑞利阿斯》一文中指出,他大约在 1948 年时偶然在一本《读者文摘》上看到一段补白:"每日清晨对你自己说:我将要遇到好管闲事的人,忘恩负义的人,狂妄无礼的人,欺骗的人,嫉妒的人,骄傲的人。他们所以如此,乃是因为他们不能分辨善与恶。"②这几句出自奥勒留《沉思录》中的话使梁实秋大受感动,他从中感到了一股精神的契合与喜悦。在《影响我的几本书》一文里梁实秋提及此书时说:"《沉思录》没有明显的提示一个哲学体系,作者写这本书是在做反省的功夫,流露出无比的热诚。我很向往他这样的近于宗教的哲学。他不信轮回不信往生,与佛说异,但是他对于生死这一大事因缘却同样的不住的叮咛开导。"③后来在《怒》、《了生死》、《养成好习惯》等多篇散文里,梁实秋也一再提到奥勒留;梁实秋赞叹奥勒留的伦理观是很崇高的理想,认为它需要极度坚忍的修持功夫才能亲身体验。出于对《沉思录》的喜爱,梁实秋 1959 年将此书

---

① 梁实秋:《浪漫的与古典的》,北京:人民文学出版社,1988 年,第 65 页。
② 梁实秋:《梁实秋文集》(第 3 卷),厦门:鹭江出版社,2002 年,第 115 页。
③ 梁实秋:《梁实秋文集》(第 5 卷),厦门:鹭江出版社,2002 年,第 206-207 页。

迻译一遍,并将之评价为平生受益最多之书。

奥勒留在哲学上持唯物主义加上泛神论的宇宙观。他认为,只有物质的事物才是真实的存在,但是在物质的宇宙之中普遍存在着一股精神力量,此力量以不同形式而出现,如火,如气,如精神,如灵魂,如理性,如主宰一切的法则。奥勒留的哲学思想非常朴素,具有神秘色彩——它认为宇宙是神,人的灵魂也是从神那里放射出来的,而且早晚还要回到那里去。奥勒留这一套粗浅而古老的形而上学理论并没有在梁实秋的内心取得共鸣,他深深着迷的是奥勒留作为严肃的苦修派哲学家所拥有的完善的伦理思想。梁实秋用四种主要美德概括奥勒留的伦理观:一是智慧,所以辨善恶;二是公道,以应付人事离合分际;三是勇敢,借以终止苦痛;四是节制,不为物欲所役。

奥勒留伦理观中最核心的观点是认为,最完美的人生是按照宇宙自然之道去生活。在奥勒留的眼里,宇宙是一个井然有序的宇宙,在整个宇宙中存在着有序的理性,人作为宇宙体系的一部分,他的本性是与万有的本性同一的。所以,人的目标应该同宇宙的目的相协调,人应该在宇宙神圣的目的中实现自己的目的,以求达到最大限度的完善。奥勒留认为,在这个世界上,一切事物都其合理的位置,一切都要合乎宇宙的本性,甚至是人的死也一样;人活着要努力做人,做人的道理在于遵循理性和道德的原则。

奥勒留在《沉思录》里表现出极高的道德热忱。他自始至终强调做一个好人是自己的义务,认为人生最有价值的"就是真诚和正直地度过你的一生,正直地思想,友善地行动,诚实无欺并陶冶一种性情,即快乐地把所有发生的事情作为必然的、正常的、来自宇宙同一个原则和根源的事物来接受"[①]。他指出,外界之事物,如健康与疾病,财富与贫穷,快乐与苦痛,全是无关轻重之事,全是供人发挥美德的场合,人在可能范围之内要克制自己,实践美德的要求。总之,奥勒留要人听从内心正确的理性,以最善的方式生活。

梁实秋对奥勒留伦理思想的欣赏,与他受到了白璧德人文主义思

---

① 奥勒留:《马上沉思录》,何怀宏译,西安:陕西师范大学出版社,2003年,第55页。

想的影响是有联系的。其实,白璧德的人文主义思想与奥勒留的伦理思想也是相通的,因为伦理理性同样也是白璧德人文主义思想的核心。如果进一步从白璧德人文主义思想的起源来看,白璧德远宗希腊哲学家亚里士多德,而奥勒留也深受古希腊思想影响。因此可以说,作为白璧德弟子的梁实秋其精神血脉里流淌着与奥勒留相似的血液。梁实秋偏爱用"人本主义"指称他的思想,而"人本主义者,一方面注重现实生活,不涉玄渺神奇的境界;一方面又注重人性的修养,推崇理性与'伦理的想象'"①。从梁实秋对自己的"人本主义"思想的描述,我们不难找到与奥勒留伦理观的相合之处。认真细读梁实秋的散文名作《雅舍小品》,我们也能明显体验到梁实秋笔下与奥勒留相似的思想和情感:人生的幸福就在于充分了解自己,以一个较高的道德目标,过一种理性、正当、睿智的生活。

总之,奥勒留重实践的伦理观要求人生在追求符合普遍、恒久的宇宙理性的同时,坚韧克己地承受万古永恒的宇宙独为他设计的人生命运,遵循理性,坚持智慧、公义、节制、勇敢、谦虚、温和、宽容、内省等美德,真诚正直地度过自己的一生。奥勒留的这些思想与梁实秋崇尚永恒的人性,重视理性道德有思想的一致性,这是梁实秋先生欣赏奥勒留,翻译其著作并接受其思想的重要原因。

2. 我国古代的人文思想传统

上文已经提及,不能过于夸大我国古代的人文思想传统对梁实秋的影响。虽然,梁实秋在与革命文学进行论战时,就已经开始尝试为文学批评寻找中国思想资源。如在1934年写的《现代文学论》中,梁实秋先梳理中国文学发展的线索,认为中国文学有儒家和道家两个传统,并且提出了限制道家文学传统在第二位,提高儒家文学传统的地位,扩大其影响的意见。虽然,他对白璧德人性论的理解也运用了中国古代人文思想传统中丰富异常的人性论思想观点,但总的来看,梁实秋对我国

①　梁实秋:《现代文学论》,见《梁实秋文集》(第1卷),厦门:鹭江出版社,2002年,第272页。

古代人文思想传统并未进行专门的深入研究,而只是凭知识印象,自然地从我国古代人文思想传统中汲取了思想营养。梁实秋对我国古代人文思想传统的这种处理方式,说明他在文化立场选择上,并未像梁启超在后期建构自己的趣味主义人生美学时那么自觉。但我国古代人文思想传统对梁实秋的影响毕竟是不能抹杀的。这里,我们只在学界研究的基础上,简单提及佛禅对梁实秋的影响,由此来具体地观察梁实秋对中国古代文化思想的接受的得失。

就梁实秋认同佛禅的事实来说,他对佛禅的最早认识大概可以追溯到他小时候祖父在家自设的佛堂。后来,梁实秋在赴美留学前,曾特意带了一具顶上有一铜狮形状瑰丽的景泰蓝香炉、一些檀香木和粉。带这些宗教用品出国,并不是因为信仰,而是他认为那是中国文化中最好的一项代表性的艺术品——"我一向向往'焚香默坐'的那种境界"①,"欲知白日飞升法,尽在焚香听雨中",那是东方人特有的一种妙趣。再后来,梁实秋1924—1925年在哈佛大学读书,师从白璧德教授学习《十六世纪以后之文学批评》,白璧德对佛学素有研习。"哈佛大学的白璧德教授……精通梵典与儒家经籍,融合中西思潮而成为新人文主义,使我衷心赞仰。"②佛教最讲因缘,梁实秋来到美国,还能遇上对佛学有研究的名教授,梁实秋与佛教也算是有缘了。白璧德对佛极为认同。他认为,佛的信仰是建立在一种实验性的、批判性的基础之上的精神实证主义,这种精神实证主义"用一句最简单的话说,就是一种欲望心理学"。具体地说,白璧德认为,佛教的产生源于这样一种心理现实:人外在的世界处于永恒的流动和变化状态之中,人身上也有一种永恒流动和变化的因素,即人的扩张性欲望;而当两者相遇时,必然导致强烈的虚无感和悲哀感,人如果渴望摆脱流动和变化因素,渴望摆脱悲哀,就必须"以高贵的渴望代替低俗的渴望",竭力追求自身永恒的或道德的因素。因而,白璧德认为,佛实际上就是一种对扩张性欲望的不同寻常的限制力量:佛最重视的就是将生命冲动置于生命控制之中。按

---

① 梁实秋:《梁实秋文集》(第3卷),厦门:鹭江出版社,2002年,第44页。
② 梁实秋:《梁实秋文集》(第5卷),厦门:鹭江出版社,2002年,第528页。

白璧德的看法，佛把"懒惰地一味追逐着欲望之流"看成"是一切罪恶中最严重的犯罪——即精神或道德的懒惰"①，相反，一个人若能约束或控制自己的扩张欲望，就能表现出最高的美德。在白璧德所理解的佛教信仰中，扩张欲望的消失就是涅槃的真正意义。白璧德的佛教观把佛的信仰直接上升到了生命的最高层次来进行认识。白璧德对佛的独特认识应该对梁实秋有一定的影响，最起码梁实秋本来就有的佛学知识应该因白璧德而有了新的认知。

梁实秋与佛禅继续结缘是在 20 世纪 30 年代以后。1935 年秋，梁实秋与闻一多、吴景超夫妇等人游云冈石窟寺。抗战时期，梁实秋偶然在北碚缙云山缙云古寺太虚法师领导的汉藏理学院，看到一群和尚在翻译佛经，那里庄严肃穆、谨慎而神圣的气氛使他"肃然起敬"。抗战八年，梁实秋背井离乡，颠沛流离，与妻子儿女分离长达六年之久，促使他开始转向老庄之道和佛禅之学，以求"解脱"。1949 年执教于广州中山大学，梁实秋从好友"一位狂热的密宗信徒"林文铮那里借到《六祖坛经》，展卷细读，从中获得不少喜悦，并引起超然遐思，"在丧乱中开始思索生死这一大事因缘"②。后来在六榕寺，梁实秋还瞻仰了六祖的塑像，对于慧能不识字而能顿悟佛理产生了无限的敬仰。适时，法舫和尚送给梁实秋一本《〈金刚经〉讲话》（附《〈心经〉讲话》），妻子程季淑开始每日持诵《心经》，笃信佛学，这无形中也影响了梁实秋；翻阅佛禅典籍也成为梁实秋人生的一部分："我看佛家学说大部分有道理。我心里烦恼时，看看佛书，如服清凉散。"③

佛教传入中国，以解脱论为基本立场，融摄老庄玄学与儒家的心性学说，便形成中国的禅宗。禅宗持解脱论，要求人彻底地节制欲望，回到本心，认为人只要有了禅悟解脱，自心便拥有一切安定、自足与智慧，就可达到"外息诸缘，内心无喘"的境界。千百年来，佛禅以其独特的人生态度、价值观念、审美情趣和思维方式，对中国的传统士大夫阶层曾

---

① 欧文·白璧德：《卢梭与浪漫主义》，石家庄：河北教育出版社，2003 年，第 91 页。
② 梁实秋：《梁实秋文集》（第 5 卷），厦门：鹭江出版社，2002 年，第 203 页。
③ 梁文蔷：《我的父亲母亲——梁实秋与程季淑》，天津：百花文艺出版社，2005 年，第 151 页。

产生了极为深广的影响。梁实秋之转向佛禅,实际上也是与传统士大夫一样,完善了自身的传统文化的构成。"一个道地的中国人大概就是儒道释三教合流的产品"①,梁实秋先生的接受佛禅,使自己真正成为一个道地的中国人"产品"。

梁实秋接受佛禅思想的影响,与人生阅历、自身思想和社会形势也密切相关,有一定的必然性。他在政治观念上有自由主义倾向,而20世纪三四十年代的社会政治现实无疑是让人绝望的,对政治的失望苦闷以及战时的颠沛流离都在把梁实秋推向佛禅。梁实秋曾自述心曲:"对于政治,我有兴趣,喜欢议论。我向往民主,可是不喜欢群众暴行;我崇拜英雄,可是不喜欢专制独裁;我酷爱自由,可是不喜欢违法乱纪。……我虽不能忘情政治,也只是偶然写写文章,撰写社论而已。迨抗战军兴,须要举国一致外御其侮,谁还有心情批评政事?好不容易抗战结束,大乱又起,避地海曲,万念俱灰。无补大局,宁愿三缄其口。"②确实,从梁实秋的现实经历来看,自北平沦陷、全民抗战开始之后,他颠沛流离于北平、天津、青岛、济南、南京等地,最后经长途跋涉,到达四川北碚。彼时,梁实秋始终怀着一种国难当头、报效国家的期待之情,但无奈报国无门,加之又目睹了政治的黑暗、战乱的无常,以及体验着个人生活的苦闷。"前线吃紧,后线紧吃",贪官污吏囤积居奇发国难财;北碚对岸黄桷树空难,复旦大学文学院长孙寒冰被飞起的巨石砸死;"与抗战无关论"引起轩然大波,各方面的责难纷至沓来;自己抛家别妻、贫病交加的生活……这种种的机缘使梁实秋自然而然地对佛禅产生了兴趣,并视佛禅为精神的清凉散。人在现实生活的困顿中很容易沉思冥想,因而看破尘劳世网,触及佛禅;梁实秋也是如此,人生现实中的困顿是他接受佛禅的机缘,佛禅最终因此成了他人生和艺术的有机构成部分。

就梁实秋接受佛禅影响的程度来说,他虽受影响,但最终没有接受信仰。在佛教信仰问题上,人们常说"天机利者得其深,天机钝者得其

---

① 梁实秋:《梁实秋文集》(第5卷),厦门:鹭江出版社,2002年,第544页。
② 同①,第552页。

浅",从这一角度来看,梁实秋应该不属于天机利者。他与佛禅颇有夙缘,但始终不曾遁入宗教境界。在广州中山大学时,林文铮要为他"开顶",梁实秋也"敬谢不敏",换言之,他只贪禅悦,不近佛门。他对佛禅的敬仰仅止于持戒、禅定、静心、顿悟的道德和智慧的修持,对佛教轮回观念、斩断爱根等宗教举动他心存置疑。在《了生死》一文中,他说:"佛书记载轮回的故事,大抵荒诞不经,可供谈助,兼资劝世,是否真有其事殆不可考。……所谓了生死之说也只是可望不可即的一个理想了。""非斩断爱根无以了生死,这一番道理便比较的难以实证了。此生此世持戒,此生此世受福,死后如何,来世如何,便渺茫难言了。"①总之,梁实秋对佛禅信仰的看法是有保留的。

梁实秋最终没有走向佛教信仰,无疑有多方面的原因。他的性格、人生兴趣和家庭生活等等都有影响,但更为主要的是他的人生、人性观念。在这里,白璧德人文主义思想的深刻影响无疑是比较关键的。梁实秋崇尚白璧德的人文主义理想。用他自己的概念,他坚持的做人理想是"人本主义":人本主义者一方面注重现实生活,不涉玄渺神奇的境界;一方面又注重人性的修养,推崇理性与"伦理的想象",反对过度的"自然主义"。所以说,在梁实秋的传统士大夫人格理想中,人性境界而非宗教境界才是他始终不懈追求的层面。

梁实秋对佛禅的接受深刻地受到了白璧德人文主义思想的影响,这也可以作为上文提及的不能夸大中国古代人文传统对梁实秋文学理论观点的影响的证据之一。而在白璧德思想的制约下,佛禅思想的哪些内容影响了梁实秋呢,或者说,梁实秋又从佛教中吸取了哪些思想内容呢?

梁实秋对佛禅的接受主要是从白璧德所谓人生的"人性生活境界"出发的。也就是说,他所理解的佛教是不信奉神的宗教。他说:"人人皆可成佛,实际是无神论,而且颇接近西洋 Stoic 派的主张。"②也就是

①　梁实秋:《梁实秋文集》(第 2 卷),厦门:鹭江出版社,2002 年,第 479—480 页。
②　梁文蔷:《我的父亲母亲——梁实秋与程季淑》,天津:百花文艺出版社,2005 年,第 152 页。

说，梁实秋的佛禅信仰实际上不是作为宗教的佛教，而是接近于斯多亚派哲学的"完善的伦理道德"这一人生理想，即梁实秋是在他的新人文主义思想的基础上来接受佛禅的。从白璧德人文主义思想出发，对中西古代人文思想传统进行融会贯通的思想出发点，决定了梁实秋视野中的佛禅不是弃世的，而是人文主义的。梁实秋对奥勒留《沉思录》中一段话的评价颇值得我们玩味："他(奥瑞利阿斯)又说：'过一种独居自返的生活。理性的特征便是面对自己的正当行为及其所产生的宁静和平而怡然自得。'这就是'明心见性'之谓。"①理性的生活就是"明心见性"，梁实秋的看法与真正的佛教信仰相去不可以道里计，但他的如此认识又是必然的，有一定的合理之处——佛禅的人生解脱思想与理性的人生超越不也有一定的思想相似性吗？梁实秋就是从这一思想的相似出发，吸收了佛禅的人生解脱思想的营养。具体地说，梁实秋的理性豁达的生死观，淡泊超然的审美化人生态度，都有佛禅思想的影响在，这都反映在了他的散文创作中，并折射在了他的新人文主义文学理论观点中。自然，梁实秋文学批评和文学理论中的佛禅因素应该要到20世纪三四十年代以后的论著中去寻找。

如果越出比较诗学的角度，完整客观地把握佛禅对梁实秋文学理论观点的影响，应当谈到梁实秋在人生后期接受佛禅的影响对他一生的新人文主义文学观稍微有所突破，这表现在对文学欣赏中理智的作用的认识方面。梁实秋的新人文主义文学观因为重视理性的作用，所以在文学欣赏中也特别强调理智的作用。他曾结合自己的文学欣赏体验说："在大体上我一向是被拘囿在理智的范畴之内。浪漫派的作品我能欣赏，因为那里面的想象与情感无论是多么离奇古怪，那表现的方法还是相当平正简单的，使用的工具还是大家都能看懂的文字，其奥妙的所在还是通过正常的文字的。唯有到了浪漫主义的末流，十九世纪末那一段期间弥漫欧洲的各种新奇作风，我便不能了解，于是也就无法欣赏。有许多朋友们绝口称赞的鲍德莱尔、蓝波、里尔克、梵乐希等等的

---

① 梁实秋：《梁实秋文集》(第3卷)，厦门：鹭江出版社，2002年，第160—161页。

作品,我虽不敢说那是邪魔外道,至少我是无缘亲近。"①晚年的梁实秋思想发生了一定变化,促使他发生改变的原因就是佛禅直觉顿悟的思维方式。"因此我联想到艺术品,如果要加以欣赏,可能透过理智的了解,也可能不透过理智的了解,亦可能一部分透过理智的了解而另一部分不透过理智的了解。谢赫六法,首标'气韵生动',这似乎就不是言语所能形容的境界。犹之禅定,究竟是怎样的一种境界,实不可说,说即不中。"②佛禅突破理性的直接顿悟的思维方式使梁实秋偏于古典主义的文学观念也显露了变化的端倪。这是题外话。

---

① 梁实秋:《梁实秋文集》(第1卷),厦门:鹭江出版社,2002年,第612页。
② 同①,第613页。

第七章 王元骧:西方文艺理论与美学研究
影响下的中西综合创造

　　王元骧先生(1934—),原名麟祥(亦写作林祥),浙江玉环人,当代著名的马克思主义文艺理论、美学研究者。作为高校中的学者,王先生的文艺理论和美学研究除了为期刊的约稿和相关学术会议的既定命题而展开之外,主要是为了服务教学而进行的。然而,正如王先生自己也多次指出的,他的学术研究虽然有浓厚的学院气息,但大多是针对社会现实向理论提出的具体问题的,并非脱离社会现实的纯理论思辨。所以,既积极关注现实,又讲究学理的严谨就成了王先生文艺理论、美学研究的总体特色。

　　王元骧先生自20世纪60年代中期研究文学形象,特别是文学典型开始,踏上了自己的科研探索之路。对自己在60年代中期到80年代中期对文学形象相关问题的研究,他因"文革"的影响以及当时学养的欠缺,不是特别满意。但他在这一时期的学术研究成绩其实非常不错。童庆炳先生在谈到新时期三十年以来的文艺理论研究成绩时,曾批评"许多文学理论的基础性问题我们都是浅尝辄止,没有拿出像样的东西来",而对王先生的典型和典型化问题研究他给予了肯定。他说:"在我们的有限阅读中,只有一个典型和典型化问题这一论题,由于王元骧教授在80年代的《文学评论》上面发表了长文,把典型与典型化的来龙去脉梳理得比较清楚,可以说解决了一个问题。"①童先生对新时期三十年文艺理论研究的批评过于严厉了些,对自己的研究成果他都根本没有提及,这说明这一评价并不是完全客观的,其主要目的在于指出以往研究中的不足,但他对王先生的典型问题研究的肯定,清楚地彰

---

①　童庆炳:《反本质主义与当代文学理论建设》,《文艺争鸣》,2009年第7期,第11页。

显了王先生当时学术研究的成绩。

20 世纪 80 年代中期以后,是王元骧先生自己认可的学术开端期。在 20 世纪 90 年代初,他在评价自己的学术研究时曾说,80 年代中期以来自己发表的一些文章"才是真正具有我自己的个性和特色的东西,是我这些不成熟的东西中相对来说比较成熟的篇什"①。自那时迄今,在近三十年的学术研究生涯中,王元骧先生一直坚持着具有自己个性的学术研究道路,以极其严肃的学术虔诚面对文艺理论和美学研究,认真地思索时代现实向理论提出的各种问题。

自 20 世纪 80 年代中期以来,受社会现实的影响,文艺领域的急遽变化是有目共睹的。特别是"文革"结束以后改革开放以来,因为摆脱了极"左"政治的重负,文艺领域曾出现过短暂繁荣,不同的文艺观念同时并存,各类创作百花齐放、百家争鸣让人眼花缭乱。而随着改革开放的深入,市场经济迅速繁荣起来,这使拜金主义开始流行,人文精神走向沉沦,这在文艺领域产生了深刻的影响。这些都给文艺理论、美学研究提出了各种尖锐问题。王元骧先生以敏感的问题意识、可贵的探索精神、严谨的学术思考,直面时代现实,针对现实问题给出了自己深刻而富有价值的理论回答。

根据不同时期王先生关注的理论问题的不同,王先生至今的学术探索可以划分为审美反映论、文艺实践论和文艺本体论三个时期。自 20 世纪 80 年代中期至 90 年代初期,王先生主要对审美反映进行了充分研究,90 年代中期以后他更多地思考了文艺实践论问题,而 21 世纪以来他论述比较多的是文艺本体论。对这种研究重心的变化,有学者认为王先生的学术研究在转轨,但王先生不认为自己的学术研究发生了根本性变化。他说:"我是在沿着同一轨道推进的,以后的这些'论',其实都是从'审美反映论'中生发出来的,是'审美反映论'已经蕴含了的,或者说是由于对'审美反映论'认识的深化和发展所必然导致的理

---

① 王元骧:《审美反映与艺术创造》,杭州:杭州大学出版社,1998 年,第 534 页。

论指向。"①王先生的自我分析是准确的,从治学倾向来看,他确实是从社会现实所引发的问题意识出发,对自己的文艺理论、美学观点按原有的思想轨迹进行了自然的延伸,文艺实践论也好,文艺本体论也好,与王先生的审美反映论都有明确的思想联系,这些不同的"论"其实都是社会现实影响下,王先生自己思想逻辑的必然变化所致。

一　王元骧先生治学的总体特色

　　王元骧先生的文艺理论和美学研究,让人印象最深刻的就是他非常注重学理——这一特点的形成应该与王先生的理论研究属于"学院研究"密切相关。王先生的论著逻辑严谨、理性色彩鲜明,观点有很强的理论说服力。比如,就他的理论文章来说,即使是他自己不太满意的、早期对文学典型问题的研究,也因为他曾对西方文论中典型理论的发展变化有认真的历史梳理,所以他根据西方典型理论的历史变化趋势,结合自己对文艺的艺术特点的理解而提出的观点,论证严谨、认识深刻,让人无法轻易辩驳。再就王元骧先生文艺理论和美学研究的变化来说。应该说,20世纪80年代以来的文艺理论、美学研究,因为受西方理论的深刻影响与急剧变化的社会现实的制约,它们的变化是非常迅速的,王先生的文艺理论和美学研究也不例外。但与很多学者研究兴趣广泛、论点多变不同,王先生的文艺理论和美学研究在变化时,变中有不变,变而有理据——他不是随着学术热点的变更轻易地改变自己的认识,因而他的研究内容有时看似保守,但却"保守"中有新意,经常可以见到富有启发意义的新见提出。比如他早期的文学典型研究受认识论文艺观念影响,20世纪80年代中期以后文艺观念转向审美反映论,虽然从文艺观念的性质上看,这种转变是比较大的,但这种变化也有其内在的变化逻辑。我们注意到,王先生早期在研究阿Q这一

---

　　①　王元骧:《从"审美反映论"和"审美意识形态论"说开去》,《文艺争鸣》,2009年第1期,第27页。

典型人物以及文学典型的相关问题时,虽然在文艺观念上还深受认识论文艺观的束缚,但已经非常重视文学的审美、艺术特性。比如他非常重视文学典型的独特性:"我们在平时阅读文学作品时都会感到,一切优秀的艺术典型都是丰富多彩、不可重复的。"而且,他对典型形象的分析一方面着眼于典型形象的个别性:"文学是通过个别的、具体的感性形象,即车尔尼雪夫斯基所说的'生活本身的样式'来反映生活的";一方面又重视艺术家反映生活时的创造性,即关注典型形象与生活中的"原型"的不同。① 特别是在后一方面,王先生强调艺术家独特的感觉、思考和审美评价以及富有艺术个性的艺术创造和艺术表达的意义和价值,这说明他的艺术观念与后来的审美反映论,在重视文学的审美、艺术特性方面有一定的思想延续性。更进一步,如果说关注文艺形象(文学典型)意味着关注文艺活动中的想象问题,而研究文艺的情感反映特性,则意味着关注文艺活动中的情感问题。这种变化从文艺心理学研究的角度来看,只不过是研究重心从想象转移到了情感,这种研究变化的逻辑也就更容易理解了。

　　王元骧先生对学理的重视,从根本上说来自于他对学术研究的虔诚。以求真为学术研究的最高追求,淡泊名利、心无旁骛,这在根本上决定了他对理论研究的学理性的重视。另外,他对学理的重视也得益于他对理论研究方法的有意识关注。自然,他关注理论研究的方法问题与他重视理论研究的学理性是统一的,两方面是互相作用的。从研究方法的角度看,王先生的论著所具有的强烈逻辑理性色彩就形成于他在探讨具体问题时所具有科学的研究方法意识。总体上说,王先生对马克思主义的"辩证唯物主义"哲学有深刻的掌握,其理论研究对唯物辩证法这一科学的理论研究方法有娴熟的运用。就思维层次来说,他经常把一般、特殊和个别三个不同理论层次的认识有意识地辩证统一起来展开探讨,这就能够达到对研究对象的"思维具体"的深入把握。就研究角度来说,努力从不同的角度来综合性地把握对象,比如从科学性与人文性、静态与动态、时间性与空间性以及经验与超验等角度的统

---

① 　王元骧:《审美反映与艺术创造》,杭州:杭州大学出版社,1998年,第330—333页。

一中来综合性地把握对象,以达到对研究对象的全面深入认识,也是他习惯采用的研究方式。总之,唯物辩证法的深入掌握和熟练运用,是王先生的理论研究能够走向深刻、准确的重要原因,是他的理论研究具有深刻的学理性,研究结论具有强大的理论说服力的重要原因。

进一步说,研究方法不是抽象的,它并不是可以无限制地到处运用,适用于各类不同研究对象的万能方法;在理论研究中,所采用的研究方法应该适应研究对象的性质。王先生之所以对运用"唯物辩证法"进行文艺理论和美学研究青睐有加,这一方面是他具有深厚的马克思主义哲学修养的必然结果,另一方面也是因为王先生对文学和文艺理论、美学学科的性质有科学的把握。王先生认为,文学活动除了具有认识性内容外,情感、价值是其更为重要的构成要素,所以他主张研究者应该对文艺理论和美学的人文性有所意识,对作为审美意识形态的文学,要进行多角度的综合性探讨。这一认识在根本上决定了王先生的文艺理论和美学研究的科学性和深刻性。

关注社会现实是王元骧先生文艺理论和美学研究的另一突出特点。正如上文提到的,王先生的理论研究虽具有浓厚的学院气息,但并不脱离社会现实,而是始终针对社会现实向文艺理论和美学提出的问题的。比如在早期的文学典型研究中,王先生对文学创作概念化的理论批判就是显而易见的。文学创作的概念化和模式化从 20 世纪 30 年代以来直至 70 年代末一直是我国现当代文学领域中的顽疾。这主要是因为文艺活动因社会现实的影响,受到了政治活动强有力的束缚限制。王元骧先生早期的文学典型研究就是直接针对这一长期以来的现实问题的。王先生文艺理论和美学研究中的这种理论针对性,在他的许多论文中都有非常明显的表现,这可以清楚地看出他理论研究的现实感。具体地说,他 20 世纪 80 年代中期以来的审美反映论主要针对刘再复的主体性文论对文艺反映论的理论挑战,同时也回应了文学研究中"内部研究"和"外部研究"的论争。新时期以来,受改革开放要求人们解放思想的影响和西方文论各种新颖文艺观念的启发,人们多强调文艺活动相对于社会现实及历史的审美独立性,因而对长期以来强调文艺反映社会现实及其历史发展的文艺反映论提出了批判。特别是刘再复的主体性文论以及文学研究中的"内部研究"与"外部研究"的论争造成了文艺观念的极大混乱,文艺反映论中强调文艺与社会现实的密切联系的科学论断也在泼机械唯物主义的脏水时一块倒掉了。王先生从对文艺的情感特性的把握入手,在积极地探讨文艺作为审美意识形态的审美性质,从而与钱中文、童庆炳等先生共同推动审美论文艺观念确立的同时,又深入论证了文艺的情感反映特性,这就在吸收主体性文论和"内部研究"的科学观点的同时,捍卫、发展和完善了文艺反映论,提出了自己的情感反映论,在文艺理论和美学研究中做出了重大的理论贡献。王先生90年代中期以后的文艺实践性研究和文艺本体论研究,在理论上主要是针对我们的文艺理论和美学研究长期以来主要关注文艺的认识性质而忽视文艺的实践属性这一理论失误而展开的。而这一理论研究,同时也回答了在经济理性和科技理性统治一切的当今时代,文艺对人的生活有何价值意义的问题。总之,王元骧先生的文艺理论和美学研究密切联系社会现实,认真地回答了时代向文艺和审美提出的各种重大理论问题,具有重要的理论价值和现实启发意义,值得我们认真探讨。自然,王先生的理论研究对时代现实的关注是通过严谨的学理探讨来实现的,关注现实和讲究学理是他文艺理论和美学研究的两个不可分割的方面。

积极探索、综合创造也是王元骧先生文艺理论和美学研究的重要特点。在直面社会现实问题,严肃认真地展开文艺理论、美学研究时,王先生在治学思维上的突出特点就是进行"综合创造"。王先生曾有论文集以"探寻综合创造之路"为名,这就是被列入以集中展示新时期以来文艺理论研究成绩为目的的《新时期文艺建设丛书》中的《探寻综合创造之路》一书,此书的命名并不是偶然的。王先生说:"我一直认为文学是一个有机的整体,我们只有在多种关系和联系中才能认清它的面目,对它做出全面而准确的把握。""我觉得张岱年先生提出的'综合创造'的口号,不但对于哲学界,就是对于文艺理论界来说,都是很有现实意义的。回顾自己这20年对于文艺问题的研究和思考,似乎自觉不自觉地也正是在走着这一条道路,用我为自己所确立的目标来说,就是

'融合百家,独创一格'。"①所以,综合创造一直是王先生文艺理论、美学研究中自觉的学术追求。

王先生治学上的综合创造如果从研究方法上看,就是上文提到的,对马克思主义"唯物辩证法"的熟练运用——从不同的思维层次和不同的认识角度出发对文艺理论和美学问题进行综合探讨;而如果从理论研究的具体内容来看,这一"综合创造"指的是在探讨具体问题时对各种有价值的思想资源的综合运用。王先生在文艺理论和美学界一直被看做马克思主义文艺理论、美学研究者,但他的马克思主义"色彩"除了表现为不脱离现实的唯物主义思想倾向外,主要表现为思考问题时的辩证认识;而正是这种辩证认识使王先生的理论研究形成了视野开阔、思维严谨、论证充分的优点——为了充分、深入地展开理论研究,王先生努力从不同的角度和不同的思维层次来综合性地把握相关问题,在这一过程中各种有助于具体研究的中西古今思想资源都被积极地吸收借鉴,这极大地增强了王先生观点的理论说服力。概括地说,从接受西方文艺理论和美学思想的影响这一角度来看,王先生在早期的文学典型研究和20世纪80年代中期至90年代初的审美反映论研究中,受苏联文艺理论和美学研究的影响比较突出;自20世纪90年代中期始,他开始走出苏联认识论文艺理论和美学模式的影响,努力从西方文艺理论和美学的实践性思想中吸取理论营养,试图在认识与实践的统一这一大方向下进行理论综合。而21世纪以来,他对文艺本体论问题的关注,使其注意到了西方文艺理论和美学中"经验"和"超验"两大思想系统的不同,因此努力尝试"经验"研究与"超验"研究的综合成为其借鉴西方理论思想的主要方向。下文,我们将结合王先生文艺理论和美学研究的发展变化,主要对其接受外来文艺理论和美学思想的影响进行梳理总结。

---

① 王元骧:《探寻综合创造之路》,西安:陕西师范大学出版社,2000年,第344页。

二 苏联认识论文艺理论、美学思想影响下的审美反映论

王元骧先生在 20 世纪 80 年代中期至 90 年代初期主要从认识论的角度对审美反映论进行了深入探索。立足于马克思主义哲学反映论，他对作为生活的反映的文艺活动进行了切合其审美本性的理论解说，在新时期以来文艺审美本质观的理论建构中做出了大家公认的重要理论贡献。

就这一时期审美反映论的研究动机和经过，王先生曾有过清楚的回忆、说明。他说，他们这辈学者学习文艺理论开始都受到苏联文论的影响——苏联从 20 世纪 30 年代以来就形成了"艺术和科学都是对世界的认识，所不同的只是科学以概念，艺术以形象来反映生活"的文艺观念，即苏联的文艺理论界所认同的是形成于别林斯基，强调艺术与科学的相似性、重视艺术的形象性和认识性特点的文艺观念。受苏联文论的影响，王先生在"文革"前也长期坚持这种文艺观念，但"文革"期间他在练习小提琴时，因为意识到音乐艺术的认识性、形象性特点其实并不突出，因而对强调艺术的形象性和认识性的文艺观念产生了怀疑。由此，王先生进一步产生了对艺术的新认识，他认为艺术"是以艺术家的情感为中介反映生活的，比之于形象来，情感应该是艺术更为深层的本质"[1]。更进一步，王先生发现苏联 50 年代中期的"审美学派"的代表人物布罗夫重视艺术的情感本性的观点更具有合理性，从而展开了对文艺的情感本性的探讨，进而形成了自己的审美反映理论。

也就是说，王先生的审美反映论研究是从自己的艺术体验出发，在苏联"审美学派"美学思想的影响下展开的。自然，除了以上两点原因外，新时期以来的文艺理论和美学研究也对王先生当时的审美反映论

---

① 王元骧：《从"审美反映论"和"审美意识形态论"说开去》，《文艺争鸣》，2009 年第 1 期，第 25 页。

研究有重要的影响。深入反思新时期以来文艺理论和美学研究的总体发展可以发现,王先生的审美反映论研究与当时文艺理论、美学研究的总体发展趋势是一致的——当时的人们反思以往文艺与政治的不正常关系,对文艺相对于政治的审美独立性非常重视,特别是从文艺心理学的角度出发,研究者们非常重视文艺不同于认识活动的情感性特点。王先生的审美反映论研究同样也是由对文艺的情感性特点的深入把握启航的。而与部分学者因探讨文艺相对于政治的独立性,走向了取消文艺对生活的反映属性不同,王先生始终坚持文艺的反映性质,并着力于深入探讨文艺的审美反映机制,这清楚地彰显了他的文艺理论和美学研究的学理性特点。特别是80年代中期,刘再复提出了主体性理论以超越文艺反映论,产生了极大的影响,但其主体性理论忽视文艺的生活来源这一理论缺陷,反而使王先生意识到了坚持文艺的反映属性以及深入探讨文艺的审美反映机制的必要性。因此,王先生紧紧抓住文艺反映的情感、价值属性,广泛吸收各种理论资源进行综合创造,建构起了具有一定理论体系的审美反映论。从中西比较诗学的角度来看王先生的审美反映论,首先应该提到的自然是苏联文艺理论、美学思想对他的影响。

1. 苏联文艺理论、美学思想的影响

20世纪80年代中期以来,我国文艺理论、美学思想对艺术审美特性的充分认识,被看成是新时期以来文艺理论研究的重要收获。[①] 其中,王元骧先生的审美反映论与童庆炳的审美价值说、钱中文的审美意识形态论等等,共同为此做出了重要的理论贡献,王先生也由此成为新时期以来文艺审美特性论研究中的重要代表人物之一。

而正如上文提到的,王元骧先生开始审美反映理论研究与苏联50年代"审美学派"的影响是分不开的。"审美学派"的主要代表布罗夫对艺术活动中情绪、情感的重要性,对情绪、情感与认识的关系的揭示,使王先生坚定了自己对文艺的情感本性的认识,直到后来发展出自己比

---

① 童庆炳:《新时期文学审美特征论及其意义》,《文学评论》,2006年第1期,第68页。

较系统的审美反映论。布罗夫在《艺术的审美本质》中指出,在艺术中,认识的对象如果对它不发生情绪上的关系,它就不可能被认识,也不能对它进行加工,因此,诗意的激情才是艺术的内容。布罗夫的看法与王先生对文艺的情感本性的认识不谋而合,王先生对文艺不同于科学的审美特性的思考也由此发端。王先生对文艺的审美特性认识,重点就在于强调文艺的情感性,认为这是文艺不同于科学认识的关键,所以他的审美反映论事实上是"情感反映论"。由此来看,布罗夫对王先生的影响是不容忽视的。自然,除了布罗夫之外,卡冈、斯托洛维奇等人对苏联认识论文艺学传统模式的反思超越,直接或者间接地对王先生也有一定的影响,因为他们与王先生在理论研究的大方向上是一致的,都是要探讨使文艺从政治、科学认识中独立出来的审美特性。

王元骧先生的审美反映论从文艺的情感本性出发,系统、深入地探讨了文艺活动中情感反映的活动机制等等问题。他认为,情感从性质上看与认识一样,也是根源于对现实生活的反映,但情感反映与科学认识的事实反映在反映对象、目的和方式又有比较大的不同:情感反映主要是价值反映,它所反映的是主客体之间的关系;情感反映的目的是指向"应如何"的实践活动的,不同于科学认识对"是什么"的关注;情感反映的方式是态度、体验和意向等感性的形式,不是科学认识的概念、判断和推理等逻辑形式。不仅如此,王先生还着重研究了情感与认识的复杂关系,深入论证了文艺活动中情感反映的"反映性质"问题。在这一方面,王先生对苏联社会文化历史心理学派的相关思想的接受也是比较突出的。

王元骧先生的"审美反映论"不仅因为对文艺的情感本性的揭示而有重要的理论贡献,而且因为对文艺反映论的一贯坚守而在学界显得独树一帜。王先生在坚持马克思主义哲学反映论,深化文艺反映论的相关观点时,充分论证了情感的反映特性,而苏联的社会文化历史心理学派因为在心理学研究中坚持马克思主义哲学反映论,对心理活动的反映特性有深入的认识,所以苏联社会文化历史心理学派的相关观点就给王先生的情感反映论提供了重要的理论支持,成为他重要的思想来源之一。如鲁宾斯坦等人所揭示的,人完整的心理过程既是认识过程,同时又是"激情的"过程,情绪—意志的过程,人的心理活动不只表现关于现象的知识,而且也表现对现象的关系;它们不只反映现象本身,而且也反映它们的主体对于主体的生活和活动的意义①。这些对王先生有直接的思想启发意义,成为他论证情感的反映特性的论据。

总之,王先生的审美反映论在认识文艺的审美特性时,坚持历史唯物主义基本原理,在宏观上强调把文艺放到社会结构中去认识它的性质、作用和产生发展的规律,在微观上重视对文艺"情感反映"的全面深入认识,追求捍卫和完善马克思主义文艺学的科学体系。在理论探索中,苏联的文艺理论、美学思想,特别是马克思主义文艺理论、美学思想,成为王先生审美反映论研究中比较重要的外来思想来源。在此过程中,王先生并不限于对某一家、某一派思想的吸取,而是以理论求真为目的,广泛借鉴。比如甚至前俄国著名的早期马克思主义文艺理论家、美学家普列汉诺夫对社会结构五个层次划分的理论观点,也被王先生吸取过来以探讨文艺活动与社会心理的密切联系。因此,王先生为了深化、更新前期的文艺反映论,发展、完善马克思主义文艺理论、美学思想,可以说对苏联的文艺理论、美学研究,甚至是心理学、哲学研究等的科学成果,都采取了开放性的学习、借鉴态度,苏联的文艺理论、美学思想也因此对王先生产生了广泛而深刻的影响。

2. 西方文艺理论、美学思想的影响

西方文艺理论和美学观念对王先生的审美反映论研究也有重要的理论影响。具体来说,这种影响主要是通过"正、反影响"两种方式发挥作用的。首先看"反影响"的方式,即王先生是通过对西方一些文艺理论和美学观念的批判扬弃而实现了对审美反映理论的捍卫和发展的。在谈到自己的治学经历时,王先生对此有清楚的说明。他说:"1985 年后……文艺理论界掀起的一个又一个的热潮,首先是'方法热',然后是'观念热',接着又是'弗洛伊德热'、'尼采热'等等,使得我像乡下人逛'大世界'那样,简直被搞得眼花缭乱,六神无主。就这样,我又静静地

---

① 王元骧:《审美反映与艺术创造》,杭州:杭州大学出版社,1998 年,第 26 页。

观察和思考了两年,经过反复比较,我觉得这些'新方法'和'新观念'虽然也有一些给予我们启示,值得我们借鉴的东西,但若要以此来推倒和取代传统,统霸我国的文艺理论研究,那离它的成熟程度和完善程度都还相去甚远!"由此,王先生确定了自己的研究道路。他说:"我决心在这个'热'、那个'热'的夹缝中去探寻自己的路:在对传统的理论进行分析、鉴别的基础上,继承吸收其合理的成分,并尽量以新的科学成果来丰富它、充实它、完善它,力图使之在现有的基础上再向前推进一步。"①也就是说,王先生是因为80年代中后期以来引入我国的西方文艺理论、美学还远不够成熟和完善,所以才选择了继承、发展传统理论的学术道路。具体地说,就是要通过借鉴西方文艺理论、美学中的合理因素,来发展、完善文艺反映论,因此西方文艺理论、美学对王先生的审美反映论研究是有"反影响"作用的。

王元骧先生曾写作长篇论文《西方三大文学观念批判》,表明了自己吸取西方文艺理论的"反影响"来发展审美反映论的理论追求。在分析和评价了西方文学理论的三大派别,即"再现论"、"表现论"和"形式论"以后,王先生指出,我们文学理论研究的起点和思想内核应该是审美反映,而不是西方文学理论的三大派观点。他说:"虽然这三种观念在不同程度上都有它们各自合理的成分,但如同列宁所说的,即使是真理,'只要再多走一小步,仿佛是向同一方向迈的一小步,真理也会变成错误'。何况,它们都把这些合理的成分作了片面的发展,有的(如'形式论')甚至已走得很远! 这样一来,这些理论也就不再是科学、或十分科学的了。所以,我们既不能以'再现论'或'表现论',也不能以'形式论'作为建构我们今天文学理论的出发点,只有当我们在马克思主义思想的指导下,以审美反映作为理论的起点和内核,把三大观念合理的成分有机地加以融合,我们才有可能超越它们的局限而一展新姿。要是能够做到这一步,那么,我们的文学理论肯定会在现有的基础上,出现一个新的飞跃!"②王先生努力吸收西方文艺理论的"反影响"来发展、

---

①　王元骧:《审美反映与艺术创造》,杭州:杭州大学出版社,1998年,第533页。
②　同①,第422页。

完善审美反映论的研究取向是非常清楚的。

西方文艺理论、美学思想影响王元骧先生审美反映论的另一种方式是"正影响",即它们的合理成分促进了王先生相关思想的发展。其中,首先应该指出的是皮亚杰的发生认识论对王先生的影响。审美反映的心理机制是审美反映论研究的核心问题之一。皮亚杰的认知"图式"、"同化"和"顺应"等概念启发了王先生对作家创作过程中情感反映机制的探讨。在 20 世纪 80 年代,借鉴、运用皮亚杰的发生认识论来探讨文艺反映的心理机制问题,应该说是比较流行的理论研究方式。王先生也努力借鉴皮亚杰的观点,将之与作家创作的心理特点比较贴切地进行结合,从而深入、细致地揭示了作家以情感为主导的全心灵的反映活动机制。王先生指出,作家的审美趣味和审美理想内化形成了作家的审美心理结构,这类似于皮亚杰的"认知图式"概念,作家就是在审美心理结构所形成的心理定势作用下,展开了对创作对象的选择和调整的,这种选择和调整类似于皮亚杰所揭示的认知图式在认知过程中的顺应、同化作用。就这样,皮亚杰的发生认识论启发王先生深化了对审美反映的心理机制的探讨,对王先生审美反映论研究的深化产生了重要的正影响作用。

其次,王先生还吸收借鉴了贡布里希和西方"形式论"理论流派等的观点,深入地研究了审美反映中艺术语言和形式的重要作用。在探讨文艺活动的审美属性时,重视文艺活动中艺术语言、表达技巧和体裁等形式要素的重要性是必然的,王先生对文艺活动审美属性的探讨也不例外。在此过程中,他对中西文论和美学思想中重视艺术形式的相关思想也进行了综合借鉴吸收。其中贡布里希对艺术形式在创作中的重要意义的认识,对王先生启发很大。王先生说:"对我最具有直接启发意义的是贡布里希的《艺术与幻觉》一书,书里面谈到,在审美反映过程中,'决没有中立的自然主义。画家在他着手摹写现实之前需要有一个语汇表,这一点上同作家没有两样','没有一些起点,没有一些初始的预感图式,我们永远不能把握变动的经验,没有范型就不能整理我们的印象',所以,'摹仿是通过预成图式的修正的节律进行的'。"①正是在贡布里希的直接影响下,王先生意识到,文学作用中的语言、媒介在构思阶段就已经渗透在艺术家的想象活动中了,而不是直到传达阶段才发挥作用。另外,王先生强调艺术语言在艺术构思中的作用,与西方"形式论"思想的间接影响也是分不开的。王先生认为,是"形式论"启发人们注意到了文艺活动中艺术语言的重要性。他指出,文学研究中"语言这个长期被忽视的问题,直到'形式论'兴起,才被提到了文学本体的高度来加以研究,这不能不说是'形式论'的一大贡献"②。然而,王先生因为在文艺观念上重视文艺与社会现实的复杂联系,坚持审美反映论,所以他对"形式论"进行了辩证的客观评价。通过细致梳理"形式论"在西方从浪漫主义文艺理论、美学中发端直到俄国形式主义理论、结构主义和符号学理论的发展历史,王先生科学地总结了"形式论"的利弊得失,进而他吸收其有益的思想因素,探讨了艺术语言和形式在文艺创作中的重要性。王先生指出,"在作家、艺术家的创作过程中,构造意象与寻找语言和形式总是同步进行的"③,"作家、艺术家对于现实生活的审美反映总是以一定的艺术语言和艺术形式为'中介'的,正是由于这些艺术语言和艺术形式参与了审美感知,作家、艺术家才有可能对纷繁杂乱的感性材料作出选择、整理,并把它纳入到一定的艺术形式中去"④。王先生的审美反映论之所以能够比较科学地揭示文艺创作的特点、规律,他对艺术语言和形式的重视起到了非常关键的作用,这是其审美反映论能够深入地揭示文艺的审美特性,获得学界认同的重要原因之一;在这一方面,西方"形式论"等观点起到了重要的思想促进作用。

　　总之,王先生在早期因为立足于对传统文艺反映论的继承创新,所以他积极地向世界文艺理论、美学思想学习、借鉴,以推动审美反映论的发展、完善。其中苏联的文艺理论、美学思想因为与我国文艺理论、

---

① 王元骧:《文学理论与当今时代》,杭州:浙江大学出版社,2002年,第87页。
② 王元骧:《审美反映与艺术创造》,杭州:杭州大学出版社,1998年,第216页。
③ 同②,第80页。
④ 同②,第81页。

美学研究在思想基因上具有诸多相似性,所以它们的思想探索和相关理论对王先生的审美反映研究论产生了直接的促进作用。而西方的文艺理论、美学思想则对王先生的审美反映论研究有"正反影响"两方面的作用:一方面是其偏颇之处,促使王先生坚定了自己发展、完善审美反映论的理论立场;一方面是其合理的因素被王先生吸收接受,推动了审美反映论的完善。

三 综合中西"实践论"文艺理论和美学思想的理论创造

到 20 世纪 90 年代中期,随着市场经济的进一步繁荣发展,拜金主义盛行、人文精神滑坡、消费文艺畸形发展等社会问题开始凸显出来,这引起了王元骧先生的忧虑,他的审美反映论研究也因此发生了一定变化。此时他开始更多地强调文艺、审美所具有的能够帮助人确立人生目的、服务于人生实践的作用,而不是它源于审美反映属性的认识功能,所以,王先生的审美反映论开始向文艺的实践本性研究转变,这一变化是比较明显的,也造成了很多人对王先生的理论研究开始转向的印象。

认真分析王先生的理论"转向"可以发现,他对文艺的实践本性的思考也是从文艺的情感属性出发的。也即他的文艺实践论是在文艺的情感反映属性的前提下,进一步思考了文艺经由情感感染的中介作用于读者的实践理性的实践功能维度,而不是否定、放弃了文艺的反映性、认识性,所以这种研究重心的变化如果从审美反映论的角度来看可以看成是理论的丰富、发展和完善,而不能视为理论转向。准确地把握王先生理论研究的"转向",可以更为清楚地发现他理论研究的学理性、现实性和探索性特色,进而才能准确地把握王先生的理论研究在当代文艺理论和美学研究中的恰当地位——王先生与童庆炳、钱中文等虽同为新时期以来的审美派理论主将,但他的理论探讨其实与童庆炳、钱中文两位先生又有一定不同,他是传统文艺反映论在新时期以来的创新者、探索者。

在王先生理论研究的"转向"过程中，他仍然坚持了综合探索的研究方法。从中西诗学比较的角度来看，在王先生的文艺实践论研究中苏联认识论文艺学模式的影响开始淡化，西方的文艺理论和美学，比较突出的如浪漫主义和人本主义文艺理论、美学思想的影响开始彰显出来。关于苏联文艺理论、美学思想对自己的影响，王先生曾有专文《立足反映论，超越反映论》谈及自己对苏联文艺学模式在认识上的突破历程①。论文把苏联的文艺学模式看成是"纯认识论或者说是唯科学主义"的理论模式，认为它局限于文艺对现实的反映这一理论视野，把文艺看成是对现实的认识，没有意识到文艺所具有的实践性内涵。王先生把自己 80 年代中期和末期的审美反映论研究看成是超越苏联文艺学旧模式的第一步，进而指出自己在 80 年代末 90 年代初所认识到的艺术语言和形式在艺术构思中的作用，是对艺术创作的实践性特点的把握，是自己超越苏联文艺学旧模式的第二步；而直到 90 年代中期自己才最终认识到了实践的道德和政治内涵，从而去探讨文艺的实践本性，才开始了对苏联文艺学旧模式的彻底超越。

1. 西方文艺理论、美学的"正反影响"

在研究文艺的实践本性时，王元骧先生把文艺活动放到了人的认识和实践活动以目的为中介、两者双向逆反与动态统一这一理论视阈中来展开探讨。在此理论视野中，西方的纯认识论和纯实践论文艺观、美学思想因为割裂了认识与实践的辩证统一，必然只能被批判的扬弃，所以它们对王先生的文艺实践性研究只是起到了比较重要的"反影响"作用。其中，因为纯认识论文艺观、美学思想长期以来一直影响人们的思想认识，所以对之进行深刻的反思以帮助我们把握文艺的实践本性成为王先生此时的研究中比较重要的内容，比较有代表性的是他对黑格尔美学思想的批判。

王先生著有长篇论文《黑格尔纯认识论文艺观的得与失》，试图从

---

① 王元骧：《文学理论与当今时代》，杭州：浙江大学出版社，2002 年，第 81 页。

自己对文艺实践本性的认识出发对黑格尔美学进行全面的客观评价①。他认为,黑格尔的理念美学受西方文艺理论和美学自古希腊直至19世纪的纯认识论思想传统的深刻影响,除了唯心主义的错误外,还有纯认识论的不足——黑格尔的哲学是思辨的纯认识论哲学。在王先生看来,黑格尔把艺术看成是人自我认识的方式之一,只把艺术放在认识活动的系统中作认识论的考察,虽然对于认识艺术来说是必要的,但还是远远不够的。他认为,艺术活动从性质上看不仅仅是艺术家对生活(包括自我)的一种认识,它同时还承担着通过对人生意义的评价,为人的行为建立法则的任务。因此,艺术的性质不仅是科学的,而且是人文的;它的目的不仅是为了反映真实,而且是为了追求和创造美好。而黑格尔的美学在王先生看来,只关注了前者,没有认识到艺术的实践本性,是纯认识论的文艺观。总之,王先生认为,黑格尔虽然认识到了艺术的理性与感性相统一的特点,对艺术的理念内容与感性形式的关系做出了深刻透辟的阐述,揭示了艺术思维超越知性分析能力的独特性,但他的美学思想在本质上把艺术与科学等同起来,没有充分认识到情感在艺术想象中的地位和作用以及没有看到艺术在形成读者普遍而自由的行为原则上的意义和作用,有严重的理论失误。

王先生从对文艺的实践本性的认识出发,批评黑格尔的文艺观是纯认识论的,指出了黑格尔没有充分揭示出艺术与人生实践的紧密联系的理论局限,对我们全面地理解黑格尔的文艺观有重要的思想启发意义,是值得重视的。他也因此吸取了黑格尔文艺观的反影响,坚定了自己对文艺实践本性的探讨。自然,王先生对黑格尔文艺观的认识也不是没有值得商榷的地方。因为,黑格尔虽然把艺术活动看成是理性认识活动,但在黑格尔的哲学体系中理性认识是认识与实践的统一,而且这种统一具有本体论的内涵,所以他的艺术观念不是纯认识论的,其理性文艺观的实践性内涵也比较明显,值得发掘。准确说来,王元骧先生把黑格尔的文艺观看成纯认识论的,其实只是批评了其文艺观偏重理性的缺点。我们认为,在德国古典美学的发展中,除了"美学之父"鲍

---

① 王元骧:《探寻综合创造之路》,西安:陕西师范大学出版社,2000年,第165页。

姆加登把审美看成是低于逻辑认识的感性认识外，康德以及他之后的美学家们就已经超越了认识论视野来认识美、艺术。王先生对黑格尔文艺观的批评虽然有可以商榷的地方，但我们也只有从王先生对文艺的实践本性的认识这一前提出发才能更好地认识黑格尔文艺观中的实践性内涵。

在王先生的文艺实践性研究中，除西方的纯认识论文艺观起到了反影响作用外，西方纯实践论文艺观也有重要的影响作用，但西方的纯实践论哲学、美学毕竟与王先生的文艺实践性研究有更多的思想相似性，所以它们对王先生的正影响作用更为突出。

首先，据王先生介绍，他开始研究文艺的实践本性与西方的人生论哲学、美学的直接启发紧密相关。王先生指出，他开始意识到文艺实践本性的重要性，"直接原因则是在 1994 年暑假前后偶尔阅读了康德的道德哲学以及其他一些人生论的著作所得到的启示"。这些阅读使王先生认识到了实践的完整意义，即实践不但是物质的活动，一个生产与制作的问题，同时也是一个人的生存活动，一个按照自己的人生理想和人生目标去生活的问题。"这样，我似乎忽然领悟到了以往我所强调的文学的目的是通过作家的审美评价，去教会人们去正确地对待生活中的善恶美丑，帮助人们确立正确的价值观念和人生态度这一思想，实际上就是康德所说的一种实践的理性，一种有目的的意志，一种指导人们生活的行为法则。从而使我更明确地坚信文学的价值不能看做只向人们提供知识，服务于知识；而更主要的是帮助人们确立人生的目的，服务于人的实践。"因此，王先生对文学与科学的区别，对文学的性质和文学研究本身有了更深入的认识。"要对文学性质有全面的理解，我认为就不能像以前那样，只限于从认识的维度，而且还应从实践的维度；只限于从静态的、从不同认识层面之间，而且还应该从动态的、从活动结构方面去进行综合。所以，我们的研究也应该从这样一个纵横交错的立体的思维空间来进行运作。"①

其次，西方的浪漫主义、人本主义文艺理论、美学思想虽然割裂了

①　王元骧：《探寻综合创造之路》，西安：陕西师范大学出版社，2000 年，第 345 页。

认识与实践的统一,片面地强调文艺对人生的重要意义,但它们对文艺的实践本性的重视还是直接促进了王先生的类似思想的发展。比如在《我国现代文学理论研究的反思与浪漫主义理论价值的重估》[①]一文中,王先生就对西方浪漫主义理论的价值进行了反思。他在论文中批评了我国五四以来的现代文学理论对浪漫主义理论的不恰当的贬低,认为西方的浪漫主义理论虽然存在着政治上的保守主义和思想上的唯心主义的局限性,但其整体性思想对资本主义文化中的理性主义和经验主义进行了抵制,从理论上在艺术与人之间建立起了一种互相阐释的关系,把文学与人生真正联系起来,并由此确立了"文学即人学"这一命题,对文艺实践性研究有重要的思想启发意义。具体地说,浪漫主义理论在对艺术目的的理解上,突出了艺术在维护人自身的完整性方面的意义和价值,对人在物欲横流的社会维护自身的独立完整和自身的生存自由具有重要的思想启发意义。在对创作活动的理解上,浪漫主义理论从有机性的思想出发,强调艺术是一种自然天才的自由创造,在对艺术作品的理解上,要求把作品看做一个活的整体,强调读者必须通过自己的直觉和想象去进行把握,这对我们客观地认识艺术创作与欣赏的实践性都有重要的思想启发意义。

总之,王先生的文艺实践性研究在超越了苏联的传统文艺学模式后,对西方文艺理论、美学保持了高度的思想开放性,西方的纯认识论与纯实践论文艺理论、美学从"正反两方面"启发了他的相关思考。

2. 中国古代文论的现代转化

王元骧先生的文艺实践性研究,除了积极吸收西方文艺理论、美学思想的有益营养外,还对中国古代文论的理论价值进行了深入反思。他认为,在关注文学的人学意义,重视文学对人的现实人生所具有的实践意义时,我国古代文论所具有的重要理论价值,也是值得借鉴吸收的。

---

① 王元骧:《探寻综合创造之路》,西安:陕西师范大学出版社,2000 年,第 273 页。

　　比如他的《试论古代文论的"现代转换"》①一文，就对古代文论的人生论意义进行了发掘，并探讨了如何对其进行"现代转换"的问题。文章认为，当今时代经济发展所造成的物对人的挤压是非常重要的现实问题，这使"人"成为马克思主义哲学的中心问题，我们的马克思主义文论也应该对"文学是人学"命题进行深入研究；而中国哲学自古以来就是以"天人合一"为思想根基的人生哲学，我国古代文论的核心范畴"意境"就是中国哲学精神的集中体现，马克思主义文论在进行"人学"研究时应该吸取我国古代文论的人文价值，扬弃其思维上的原始性。具体地说，王先生认为，我们应运用辩证逻辑的方法去把握古代文论中的相关思想，从"感性的具体"开始，经过"知性抽象"，以上升到"理性的具体"。比如他指出，我国古代文论中的"天人合一"观念，把创作看成是作家全身心地整体投入到感悟和体察对象过程的活动，对我们把握创作主客体之间的关系有重要的思想启发意义——我们可以在创作主客体二元对立的西方传统文论立场上吸取我国古代文论强调创作主客体互相渗透、互为前提的思想，展开对创作主客体关系的科学认识。再如，我国传统的"意境论"以"天人合一"、"心物感应"为思想基础，可以启发我们从诗人的生存方式来理解创作活动，将之看成是诗人人生境界的一种投影和写照。最后，我国古代文论以"天人合一"为基础的整体思维方式，把人的精神活动看成是意识与无意识互相渗透的整体性精神活动，把文学作品看作作家整个人格的表现，对我们正确地理解作家创作活动的性质，认识作品与作家的同一关系都有重要的思想启发意义。总之，王先生认为，古代文论的人文意义对我们的文艺实践性研究是有思想启发意义的，我们应当把西方传统文论的科学精神和分析方法与我国古代文论进行结合，对我国古代文论进行现代转化，以提升文艺实践性研究的水平，推动文艺理论、美学研究的发展。总体来看，王先生认为我国古代文论在思维上有原始性，这说明他对我国古代文论的思想价值的认识是有保留的，但无论如何，我国古代文论由此进入了王先生综合创造的理论视野，推动了他的文艺实践性研究的发展。

---

　　①　王元骧：《探寻综合创造之路》，西安：陕西师范大学出版社，2000年，第187页。

四　融合中西的文艺本体论研究

在价值观多元化的当今世界,文艺究竟在何意义上对人的现实人生具有实践作用是文艺实践性研究不得不深入思考的理论问题。这与随着市场经济的进一步发展人所不得不面对的更为突出的人生问题一起,促使王元骧先生的文艺实践性研究走向了深入,即走向了文艺本体论研究。在谈到自己研究文艺本体论问题的初衷时,王先生说:"最近这三、五年自己的认识又有了新的发展和变化,主要是觉得价值观既然是一个理想的尺度,由于人们的社会地位和生存境遇的不同,人们之间也必然存在着不同的价值取向,而在今天这个既是贫富悬殊、价值多元,又是物欲横流、价值迷失的时代里,我们凭什么去判断哪种价值取向是正当的,值得我们提倡并应在文艺研究得以贯彻的,哪种价值取向是非正当的,是应该予以批判和否定的? 我想这只有通过'本体论'的研究才能得以解决。"①王先生的自我说明,一方面清楚地说明了他开始文艺本体论研究的时间是进入 21 世纪以后,准确地说应该是在2003 年前后;一方面也说明了自己的研究初衷是深化对文艺实践本性的研究,努力从理论上彻底回答文艺的实践性意义何在的问题。

在王先生看来,文艺的本体应该是人学本体。他说:"因为文艺的对象和目的都是'人',所以'文艺本体论'是以'人学本体论'为哲学基础的。"②而在"人学本体论"问题上,王先生认为经验与超验的辩证统一构成了人及其人生的基本内容。这主要是因为,在王先生看来,人是有意识的,所以在经验生活中寻求意义特别是追问人生的永恒意义,从而在经验的生活中引入超验的价值意义问题,就成了人及人生的基本活动内容,人及其人生的存在延续就源于当下追求与终极目的的互相作用。以这一"人学本体论"观念为思想前提,王先生进而认为,文艺在

---

① 王元骧:《审美超越与艺术精神》,杭州:浙江大学出版社,2006 年,第 341 页。
② 王元骧:《"审美超越"与"终极关怀"》,《文艺争鸣》,2009 年第 9 期,第 63 页。

人生意义的探索方面,特别是在人生终极意义的探索方面具有重要的作用,从而它对人及其人生来说具有重要的价值,这就是文艺的本体论意义。而具体到文艺本体论的内容来看,王先生首先强调联系着作家的人生实践来认识文艺表现对象,特别是应该重视作家主体人格在文艺活动中的重要意义。他说:"所以对于文艺,我们不仅需要从宏观上联系由于人的活动所形成的人与自己生存世界的关系,而且需要从微观上联系作家与他所反映对象的关系以及作家人格来认识;因为文艺是以作家审美情感为中介来反映生活的,这使得一切外部世界的东西都只有经过作家的情感体验,转化为作家内部世界的东西,进入到作家的人格无意识,才能在作品中获得真切而生动的表现。这样,我们也就把作家的人格引入到了文艺本体之中,表明作为一个真正的作家、一个作为人类智慧和良知的代表的作家,是不可能没有这种不断追求自我超越的人格精神的。正是凭着作家的这种人格精神,才能通过他的作品在现实的物质利害关系之中为人们营造一个供人'观照'的审美的世界,把人们不断地引向自我超越,从而为我们研究和评价文艺的价值属性找到了最终的现实根据和理论依据。"[①]其次,王先生特别强调文艺的审美超越性质。在王先生看来,真正的作家因为在生活中对人生终极意义的关注,使其表现出对当下生活现实有深度的认识和评价,即其人生实践的经验与超验很好地得到了统一,这使其创作表现出明显的审美超越性质,保证了文艺作品的本体论思想深度。

从王元骧先生对文艺本体论的哲学基础即"人学本体论"的认识来看,他对人及其人生的认识是从经验与超验、世俗与神圣的二元对立来看的,而这明显是接受了西方基督教文化基因上发展起来的哲学、美学,特别是西方近代哲学、美学的影响。在西方中世纪的基督教文化中,尘世与天国的绝对对立构成了人们思想观念的核心,在这一观念的影响下,人们认为人及其人生的主要活动内容就是在世俗尘世中积极地期待神恩,等待拯救。而到了现代文明兴起后,西方基督教文化在现代世俗文明的刺激下发生了明显变化,它不仅在现实生活中明显丧失

---

① 王元骧:《审美超越与艺术精神》,杭州:浙江大学出版社,2006年,第12页。

了对世俗人生的绝对控制能力,而且在精神领域也在一定程度上放弃了人神的绝对对立思想——近代哲学、美学把人及其人生以世俗为基础的,世俗与神圣的统一作为了思想主题,这就一定程度上走出了基督教文化中人神绝对二分的思想限制,具有了"渎神"的思想因素。王先生的"人学本体论"主要接受的就是西方基督教文化影响下的近代哲学、美学的思想影响,他把自我对永恒超越的追求看成是人及其人生的固有属性,由此展开了对文艺本体论问题的思考。因而,与西方基督教文化关系密切的相关文艺理论、美学思想对王先生的文艺本体论研究产生了重要的影响,正如王先生在谈到文艺本体论研究中的审美超越性问题时所说的,"在这方面,柏拉图、中世纪神学美学、19 世纪德国浪漫主义以及后来的存在主义文论都为我们提供了不少宝贵的理论资源"①。

另外,王先生对中国传统文化并不主张人及其人生的经验与超验的二元对立,而是重视人及其人生的现世超越,即在经验生活中探寻人生永恒价值的实现的特点非常熟悉,所以他的文艺本体论研究也高度重视中国传统文化中的"人学本体论"的思想意义,对其进行了深入的思考。也就是说,王先生的文艺本体论研究在积极面向现实,展开深入的学理性探讨时,所采用的仍是其一贯的综合创造的研究方法。从中西比较诗学的角度来看,王先生在文艺本体论研究中的综合创造是把西方基督教文化影响下的近代哲学、美学与中国传统文论中有价值的思想因素进行了综合创新,推进了文艺本体论研究的进展。其中,鉴于康德哲学、美学在西方本体论哲学、美学发展中的重要性,王先生给予了其相当多的关注。

1. 对康德美学的重新认识

在王元骧先生的文艺理论和美学研究中,来自西方的康德美学的影响就是非常引人注目的。正如上文所提到的,在王先生的文艺实践性研究中,康德美学就曾产生过积极的影响,即康德对人的实践理性的

---

① 王元骧:《审美超越与艺术精神》,杭州:浙江大学出版社,2006 年,第 13 页。

认识,促使王先生认识到了实践的道德和政治意义,从而深化了他对文艺的实践意义和作用机制的认识。而在文艺本体论研究中,王先生认为康德的批判形而上学与传统的独断形而上学不同,康德把人,特别是人的善良意志看成整个自然界最高的,也是最终的目的,这就在"本体论问题上,摒弃了自然的、外在目的论的观点,而转向人学的、内在目的论,即使得传统的'自然本体论'经过'道德本体论'而演变成为一种'人类本体论'",而这又通过对叔本华意志哲学的直接影响,对西方现代、后现代的人本主义哲学中的"生命本体论"或"生存本体论"产生了深远的影响①,而这为文艺本体论研究提供了重要的"人学本体论"思想基础。鉴于康德哲学、美学的这一重要性,王先生的文艺本体论研究对康德美学是高度重视的。仔细翻阅王元骧先生 2003 年以来的论著可以发现,康德美学成为他文艺本体论研究中非常重要的论题,其中他直接、间接以康德美学为主要研究内容的论文就有《"美是道德的象征"——康德美学思想辨正》(2003 年)、《何谓"审美"?——兼论对康德美学思想的理解和评价问题》(2004 年)、《美育并非只是"美"的教育》(2005 年)、《康德美学的宗教精神与道德精神》(2005 年)和《王阳明与康德美学思想的比较研究》(2006 年)等多篇。如果我们把王先生在这一时期对康德美学的深入研究与他的审美反映论、文艺实践论研究时期进行一下比较就会发现,康德美学对王先生的影响在这一时期是非常突出的。

　　具体地说,首先,康德美学对美与道德的关系的细致分析,强化了王元骧先生对审美、艺术的形而上性、超验性的认识,促进了他对艺术的本体论意义的把握。王先生在《康德美学的宗教精神与道德精神》②一文中,梳理了康德美学对西方宗教、道德思想的继承、创新,指出康德美学虽然继承前人在把宗教道德化、道德审美化时,又仔细厘定了审美与道德的界限,强调了审美的独立性,但又强调审美与宗教、道德的相通,因为康德通过对"德"与"福"的分析,把"福"归于与超验上帝的统

---

① 王元骧:《审美超越与艺术精神》,杭州:浙江大学出版社,2006 年,第 26 页。
② 同①,第 259 页。

一,这最终还是肯定了宗教的超验性意义,而这其实是把宗教审美化了,从而审美的形而上意义被肯定了。王先生认为,康德对美的形而上性、超验性的认识,对挽救当下物欲泛滥中人性的沉沦有重要的意义,我们也应该承认、肯定艺术、美的超验性、形而上性。

在《“美是道德的象征”——康德美学思想辨正》①一文中,王先生针对长久以来人们把康德的美学思想理解成形式主义观点的看法以及由此引发的对康德美学的不正确评价进行了辨正。他认为康德美学的核心思想和基本主题是“美是道德的象征”,它“所包含的对自欧洲资产阶级工业革命以来,由于科技理性和工业文明的片面发展所造成的人性的异化和社会风气的败坏的抵制和批评,以及为维护人性尊严所作的一种努力和尝试”是应该高度肯定的。但这在德国古典美学的发展,在席勒和黑格尔那里却没有得到正确的认识和评价。席勒在扬弃康德美学的“主观性”即康德不承认美是客观的存在时,把美局限于经验世界,取消了康德美学的精神性、超验性内涵;黑格尔则把美看成是绝对理念实现自我认识的感性形式,强调美的感性与理性统一的特点,但他把美看成是一种真理,看成是可以“认识”的,这也取消了康德美学的超验性。王先生认为,康德美学的形而上性、超验性追求即使在当今时代也有重要的思想价值,而我们长期以来对康德美学的审美无利害性思想的错误认识是应当纠正的。在《何谓“审美”? ——兼论对康德美学思想的理解和评价问题》②一文中,王先生指出,叔本华从生存论的角度把审美静观看成是对人生苦难的摆脱,以及戈蒂耶把审美无利害性理解成艺术的纯形式主义,都没有正确地理解康德美学的审美无利害性。在康德那里,审美的无利害性,意在强调审美能使人摆脱动物性的生存状态,真正实现作为人而存在的作用,即康德的审美无利害性是虽然无用,但却又有“无用之大用”,康德美学的重要意义和价值就在于此。王元骧先生认为,康德美学的主要局限在于它的思辨性,在内容上它没有认识到审美的形而上性、超验性应该是受社会现实关系制约的,

---

① 王元骧:《审美超越与艺术精神》,杭州:浙江大学出版社,2006 年,第 44 页。
② 同①,第 136 页。

同时还有社会性的、历史的内容;在方法上,它的纯粹思辨的研究方法没有充分揭示出其现实本体论意义。

其次,康德美学启发了王先生对美育的全面认识。按王先生的看法,既然康德美学的核心命题是"美是道德的象征",那么审美无利害就不是纯粹无功利的,而是对培养人的道德人格具有重要的作用;按康德的分析,美又可以划分为优美和崇高两种形态,因而崇高在培养人的道德人格方面有比优美更为重要的作用,所以完整的美育不应该仅指优美的教育,而应该至少是由优美和崇高两者共同构成的。长期以来,人们把美育等同于"美"(优美)的教育,与对康德美学的片面理解有重要的关系,受古希腊把美等同于"优美"和柏拉图强调要以"自然的优美方面"与"描写自然的优美方面的"优美作品来教育青少年的思想传统的影响,人们在研究康德的审美判断力的理论时,"往往只注意和看重他的'美的分析',而忽视甚至无视'崇高的分析'在构成对美与审美判断力的性质的完整的认识,以及在康德研究美学所要达到的目的中的重要地位和作用",这"直接影响了人们对于席勒根据康德美学思想所倡导的美育理论的全面而深入的理解"。[①] 王先生认为,康德从人学的和伦理学的角度对崇高所作的分析,"一方面说明了崇高感源于主体自身人格力量的崇高和自身所承担的道德使命的崇高,认为'若是没有道德诸观念的演进和发展,那么受过文化陶冶的人称为崇高的,对于粗陋的人只显得可怖';而另一方面,又说明它可以维护人的尊严,提升人的道德人格,因为它使人在一切艰难险阻中变得无所畏惧,'激起我们的力量去克服一切障碍'"。[②] 因而,崇高的教育就不仅可以补救单纯优美的教育所导致的社会风气和人格的平庸鄙琐方面,而且还能使审美教育突破美和美的艺术的教育的狭小天地,引导人们从宇宙天地和现实人生中,包括自己生存的逆境、挫折和磨难中去领悟美。总之,受康德美学的启发,王先生强调只有"美"与崇高联合起来才能使审美教育成为一个完整的整体,认为崇高的教育在当今时代对于挽救功利社会中

①　王元骧:《审美超越与艺术精神》,杭州:浙江大学出版社,2006年,第244页。
②　同①,第255页。

人性的沉沦具有特别重要的价值。王先生的这一看法切中时弊，观点新颖，引起了学界广泛的好评。

王元骧先生的文艺本体论研究从康德美学中汲取思想营养，对康德美学的形而上性、超验性的认识颇有新意，联系当下现实对其思想价值的阐发也引人深思。自然，王先生的解读也不是没有值得商榷的地方。如康德所说的美的道德内涵是不是能够理解成"超验性"的，值得认真探讨。在康德哲学中，"先验"与"超验"的区别是比较重要的问题，不能简单处理。简单地说，先验的指在经验之前存在，能够运用于经验之中，其有效性是可以期待的内容；而超验的则指无法在经验中证实其效用，只能被主观地运用的。康德的纯粹实践理性应该是"先验"的，不是"超验"的，因为康德的先天道德律令最终是要落实到经验现实中来的，所以康德美学中的"美是道德的象征"命题可以启发我们认识美、艺术对人生的实践性意义，但这能否理解成是康德对美、艺术的超验性内涵的把握值得讨论。需要特别指出的是，康德哲学的先验理性论对应的是经验实在论，即无论是先天概念还是先天的道德律令，当它们必然在经验现实中作为认识活动和道德活动实现出来后都是现实的，因此这里的经验与先验的二元对立应该是不存在的。而如果进一步谈到认识和道德活动中的超验理念，我们必须注意的是：超验理念对具体的认识和道德活动本身都不发生直接的作用，因为康德讲得非常清楚，它们在具体的认识和道德活动中都不是规范性，而是范导性的，即超验理念并无对应的客体，它们只起着使认识结论和道德目的系统化的理论作用。单就康德的道德理念来说，康德对"德""福"一致的分析，强调道德主体与超验上帝的统一以享"福"重新引入宗教，是不是就是把道德宗教化、宗教审美化了，是值得讨论的。因为"德""福"一致的道德至善并不构成康德所谓的道德活动的动机，它只是道德活动的完美形态，而并不是应当践履的道德理想，因而它能否被看成是引领经验生活中的道德活动走向永恒的超验理想是可以讨论的。而且宗教信仰虽然与审美有比较明显的相似之处，比如它们都要有形象的媒介物，都要借助于人的情感活动，但审美主体的情感是始终不脱离形象，更多地指向现实人生，而宗教信仰中的情感活动却形象虚化，更多地指向永恒解脱，两者的区别比较明显。

王先生对康德美学的理解虽然有以上值得商榷的地方，但我们认为康德区分现象与物自体，从而为人在经验生活中寻求生活的永恒意义奠定了经验与超验二分的思想框架是客观存在的，这就为讨论美、艺术的本体论意义留下了思想空间，这是文艺本体论研究得以展开的思想基础。王先生就是因此而高度重视康德美学的重要意义，从而对其进行深入反思，以推进文艺本体论研究的发展的。

2. 对中国古代文艺理论、美学思想意义的重新认识和评价

正如在文艺实践本性研究中，王元骧先生要对中国古代文论进行现代化转化，以吸取其思想价值一样，他在文艺本体论研究中，也同样给予了中国古代文艺理论、美学思想以高度关注。特别是在"人学本体论"方面，王先生非常清楚我国传统文化与西方带有浓厚宗教精神的文化不同——它并不重视人及其人生的经验与超验的二元对立，这使中国文化形成了自己的优缺点。他说："与把经验与超验看做是'二元对立'的西方文化不同，中国传统文化是'一元'的。这当然不是说中国传统文化没有超越精神，像《大学》中说的'修、齐、治、平'，《左传》中的'三不朽'，张载说'为天地立心、为生民立命、为往圣继绝学、为万世开太平'等都十分强调人生的超验价值。但由于我国传统文化的精神是'天人合一'，所以不是把经验和超验看做是对立的，强调通过'践仁'可以'成圣'，重视人生践履而不在抽象思辨。冯友兰先生认为若要说中国哲学对世界哲学有贡献，就在于它主张'在日常生活之内实现人生最高的价值'。这确实是我们中国传统哲学文化的优点，但我认为也导致过于重视实际，少有为自己的理想和信念而赴汤蹈火、坚毅不拔的奋斗精神；以至于如何巧妙地应付环境的处世哲学在我国大行其道。"针对中国文化的缺点，王先生认为"要使我们的文化能得以发展"，"很有必要吸取西方文化中的那种追求超验的、终极的精神来加以补充和改造"。①

---

① 王元骧：《"审美超越"与"终极关怀"》，《文艺争鸣》，2009 年第 9 期，第 67 页。

王先生所谈到的中国古代哲学在认识人、人生时持一元论的观点，并不把经验和超验看成是二元对立的，而是强调人在经验日常生活中实现对日常生活本身的超越，这是中国传统文化中非常核心的思想命题，在许多思想著作、文艺作品中都有反映。比如在人们非常熟悉的金庸先生的小说《射雕英雄传》第三十九回"是非善恶"中有这样一段情节：来华山论剑的众武林高手，面对杀死了瑛姑儿子的大恶人裘千仞，试图维护武林正义围歼裘千仞，而这时裘千仞提出了一个人们很熟悉的"善恶难题"。小说写到："裘千仞仰天打个哈哈，说道：'若论动武，你们恃众欺寡，我独个儿不是对手。可是说到是非善恶，嘿嘿，裘千仞在此，哪一位生平没有杀过人，没有犯过恶行的，我请上来动手。在下引领就死，皱一皱眉头的也不算好汉子。'"金庸笔下裘千仞给众武林高手提出的难题，应该是受到了《圣经》约翰福音第八章的影响。《圣经》中，面对应该受到惩罚的妓女，耶稣提出了只有完全无罪的人才有资格向其丢石头惩罚她的意见，而结果是众人因为没有一个人有资格行使处罚权，妓女因此逃过了处罚。而在金庸先生的笔下，裘千仞却遇到了大义凛然的丐帮帮主洪七公。小说是这样描写洪七公面对裘千仞的善恶之辩的："洪七公道：'不错。老叫化一生杀过二百三十一人，这二百三十一人个个都是恶徒，若非贪官污吏，土豪恶霸，就是大奸巨恶，负义薄幸之辈。老叫化贪饮贪食，可是生平从没杀过一个好人。裘千仞，你是第二百三十二人。'这番话大义凛然，裘千仞听了不禁气为之夺。"金庸先生对《圣经》故事的改写是很值得思考的。这段情节生动地反映了中国文化在人成圣成王问题上的自信，即人们认为任何人只要恪守原则，加强人格修养就有可能达到"中行"境界成圣成王，或者起码可以达到洪帮主一样的"狂狷"境界。中国传统文化与西方基督教文化传统在"人学本体论"方面的不同非常明显。

正是从对中国古代哲学"人学本体论"的全面、深刻认识出发，王元骧先生在文艺本体论研究中，继续采取了吸取中国古代文艺理论、美学思想的思想价值，同时积极借鉴西方相关思想进行综合创造的研究方法。总体来看，在文艺本体论研究时期，王先生的文艺理论和美学研究有了更强的民族意识。在《强化文艺理论研究中的独立自主的意识》一文中,王先生谈到了重视文艺理论的民族性问题。他说:"我国传统哲学的思维方式则是整体的,所以我国古代哲学美学都是立足于现实人生,通过在现实人生中去探寻有限与无限、现实的生存与生命的不朽的关系,来发现自我超越的途径。……这些思想对我国传统的'意境'理论产生了很大的影响,它要求文艺通过对意境的创造,把有限与无限、经验与超验、景物与心灵统一起来,克服了西方美学由于形而上学思维方式所造成的两者之间的无法解决的矛盾,这显然比西方到彼岸世界去寻求超越性的思想更具有辩证的精神和合理的内容。所以,当我们在肯定西方自柏拉图到康德的关于审美超越性的理论在人类美学和文艺理论史上的伟大贡献,在学习和研究他们的优秀成果为发展和建设我们的美学和文艺理论服务的时候,我觉得还应该通过吸取和发扬我国古代哲学美学中所本有的优秀传统来弥补他们的局限。"①王先生对文艺理论民族性问题的重视,非常清楚地说明了他对我国人生论美学、文论传统的重视。

自然,王先生对中国古代文艺理论、美学思想的不足也有清醒的把握,他的看法是辩证的,即他要求我们在把握并发扬民族文化的优越时,同时应吸取西方文化的长处来弥补中国文化的不足。如在《王阳明与康德美学思想的比较研究》一文中,王先生在全面、深入和准确地比较了王阳明与康德美学思想的异同后指出:"我们今天对王阳明与康德的美学思想进行比较,目的就是为了进一步明确各自的特点,以利于我们根据当今的现实需要来进行有批判地吸取,在弘扬我们民族文化的优越性的同时又能清醒地认识到它的局限性,以利于有目的地吸取西方文化的长处来弥补我们的不足,达到为建设我们自己今天的美学理论服务的目的。"②具体地说,王先生认为,王阳明的美学思想与康德的一致,都是从培养道德人格的目的出发而谈论审美的意义,并反过来又把审美视为建构道德人格的一条有效途径。而不同的民族文化使其美学思想也有明显的差异:首先,王阳明的性善论哲学思想与康德的性恶

---

① 王元骧:《"审美超越"与"终极关怀"》,《文艺争鸣》,2009年第9期,第180页。
② 王元骧:《王阳明与康德美学思想的比较研究》,《浙江学刊》,2006年第6期,第86页。

论哲学思想不同,这使其把审美看成在现实人生中唤醒"良知"的重要方法,从而只从静态的立场来认识审美;而康德因为重视审美使人超越动物性存在的作用,所以从动态的立场出发,把崇高感看得高于优美感。其次,王阳明的美学思想因为强调人在"挑水砍柴"中实现"成王成圣"的人格完善,所以他所说的道德人格必然是日常人伦的,以社会为本位的,而如此理解的道德人格因为没有意识到个体与社会冲突的激烈性,所以王阳明要通过审美来培养的道德主体是不具有真正自觉意识的个人主体,他对主体在实践中的主动性和创造性也没有清醒的自觉把握。

总之,王先生在文艺本体论研究中进行的综合创造,如果从中西比较诗学的角度来看,就是要求重视美学、文论研究的民族性,以我国的人生美学为基础,结合西方的"宗教性美学"进行综合创新。概括地说,与他的文艺实践本性研究时期相比,王先生此时对中国古代文论、美学明显更加重视了——他要努力回归我国的人生美学传统。具体地说,他在这一时期继续深化对审美、文艺的情感本性的认识,强调审美的超越性,肯定艺术家人格和审美教育的重要性等等具体观点都打下了我国人生美学的深刻烙印。

首先来看王先生对审美、文艺的情感本性的深入认识。王先生对审美、文艺的情感本性的认识,形成于他的审美反映论研究。王先生把情感看成是对事物的价值属性的反映,这是王先生审美反映论研究的理论核心,这一观点经由文艺实践本性研究,一直保持到了他的文艺本体论研究——王先生在强调审美对培养人的道德人格的本体论作用时,始终重视人在情感上对抽象道德原则的接受,即人是经由审美的情感感染,才把道德要求转化为人的自愿行为的。而此时,王先生对审美、艺术的情感本性的认识又明显与中国古代人生美学有了联系。因为王先生明显是受中国古代人生美学重视道德情感的价值的深刻影响才意识到审美、文艺对培养人的道德人格的本体论意义的。比如王先生在研究王阳明的美学思想时,认为王阳明所强调的"内在性原则",即人对道德要求的乐于接受,"不仅是一种道德的原则,同时也是一种审美的原则"①,就明显看出中国古代人生美学在道德情感问题上对王先生的深刻影响。

其次来看王先生对审美超越性问题的认识。在这一问题上,王先生着重思考的重要问题就是人及其人生的经验与超验、知识与信仰的统一问题。"现在我就遇到这样两大疑难:一是超验性与经验性关系的问题。……二是信仰与知识关系的问题。"②而这两个重要问题的提出,无疑与中国古代人生美学传统的启发有一定关系。正如上文提到的,中国古代美学强调人在日常生活中进行道德人格修养以超越日常生活,这一思想与马克思主义美学的历史唯物主义原理一起必然要求人们回答经验与超验、信仰与知识的关系问题,王先生也是因此提出了这两个问题。

在艺术家人格问题上,王先生的文艺本体论研究非常重视部分艺术家的超越人格对文艺创作的重要性,这无疑回到了我国人生美学传统中"文品即人品"的传统命题。王先生说:"理论上的'文艺本体论'落实到批评上实际上是一个'作家人格论'的问题。唯有作家不仅在思想上正确地认识到,而且在情感上深切体验到'人是什么'和'人如何',并内化为自己的人格无意识之后,他的作品才会对我们正确认识社会人生,认识做人应该做什么样的人的积极而有益的启示。所以,作为追问人的存在本性的人学本体论,实际上也就是建立在对人生存价值的科学认识基础上的价值论和伦理学,唯有从根本上解决这个问题,我们才能找到评价文艺作品的客观真理性的标准。但是在文艺作品中,它的内容不像人生论和伦理学那样是抽象的,它只有通过作家的人格才体现在作品中,这样'文艺主体论'与作家的人格论也就归于统一。"③王先生对艺术家人格的重视与中国古代文论、美学的联系是最明显的,因为艺术品格与艺术家人格的关系问题是中国古代文论、美学的传统论题之一。自然,王先生强调的艺术家人格不再是传统的道德人格,而是

---

① 王元骧:《王阳明与康德美学思想的比较研究》,《浙江学刊》,2006 年第 6 期,第 79 页。
② 王元骧:《审美超越与艺术精神》,杭州:浙江大学出版社,2006 年,第 341－342 页。
③ 王元骧:《从"审美反映论"和"审美意识形态论"说开去》,《文艺争鸣》,2009 年第 1 期,第 30 页。

艺术家在人生的经验与超验的对立中努力实现"时空"两方面努力超越经验现实的超越人格——在空间上,超越自我,实现个体与他人的统一;在时间上,超越当下追求永恒。

在美育和艺术教育问题上,王先生对我国古代美育思想的接受更是明显。在我国古典美学思想发展中,以孔子为代表的儒家美学认为美育是君子人格培养的途径,这与王先生强调审美、文艺对道德人格的培养,有非常明显的思想联系。自然,王先生积极接受康德美学的影响,在肯定优美的美育功能之外,联系现实,高度肯定,深入揭示崇高的美育价值,使对美育的认识真正走向了深入,这与中国古代美育思想已经有了很大不同,但这种思想上的内在联系是不能否定的。

总之,王先生正是在对我国古代人生美学传统的继承、发展中,借鉴西方的类似思想进行综合创造,深化了其文艺本体论研究,同时也回答了社会现实向理论提出的问题。王先生是非常严肃执著的学者,他面对社会现实问题,勇于探索,勇于担当,在文艺理论、美学研究中充分展现了知识分子应有的"铁肩担道义,妙手著文章"的学者风采,我们期待他的学术研究能有更大的理论收获。

对王先生的文艺本体论研究,提出严肃的不同意见,应该是对其理论思考的最大尊重。这里我们不揣浅陋,提出一些不成熟的想法,以期能够推进相关的研究进展。首先,在审美、艺术的情感本性问题上,是否可以考虑从"认识"的角度来把握价值、情感这一问题值得深入讨论。人们大多认为价值是评价的对象,但它能否被"特定的认识活动"把握到? 这在哲学层面上关系到如何对待休谟提出的"认识与价值"二分的理论难题。其实,在价值哲学研究中,对从生活实践出发的"应如何"的价值评价问题,研究者们也已经在理论上指出了事实与价值的理性统一的可能性:"主体、人以其实践,使事实世界和价值世界有机统一起来了。而实践中事实与价值关系问题的解决,又为思维与逻辑上的解决提供了前提与可能。……按照旧的狭隘的逻辑所不能理解和解决的休谟问题,按照某种新型的、立足于主客体关系,特别是从主体角度思考与反映实践的'主体性实践逻辑'，是完全可以得到理解与解决的。"①
与此相反，"情感主义价值论"在价值认识问题上持非认识主义立场，则
受到了人们广泛的非议和批评，这是众所周知的事实。而且更为重要
的是，如果我们局限于"情感主义价值论"，就无法清楚地解释审美中形
式的作用，这就会使文艺理论、美学研究无法真正地理解审美情感，无
法真正地把握艺术、美的形式本性。

　　在西方美学中，康德美学最先充分认识到了审美活动不同于认识、
意志活动的独特性，从而使审美获得了独立，但康德是如何认识审美情
感的呢？康德认为，它形成于对客观对象的形式的想象把握过程。康
德在分析鉴赏判断的量的契机时，反复强调在审美活动中，判断先于快
感，而所谓判断指的是人用想象力去把握对象的形式时"无目的"的与
对象的概念目的契合了，这种无目的的契合引发了人的愉快，这就是超
功利的审美快感。审美情感之所以是超功利的，这是因为它的产生无
关于对象的客体目的，因而是超越了对象的实存的。康德反复强调"判
断先于快感"，是为了保证审美快感的普遍性。康德的看法才充分认识
到了事物形式在审美和艺术中的作用。

　　而"情感主义价值论"在谈到审美情感的产生时，总是强调它形成
于事物能否满足人的审美价值需要，或者认为它形成于人对事物从生
活"应如何"出发进行的价值评价。这里，事物的形式仅仅是价值评价
的结果，而不是原因，这使形式的作用没有被充分重视。其中，前一种
观点把审美情感看成是审美价值评价的结果，是循环解释，不能说明问
题，不需要进一步分析；后一种观点，在我们看来，也没有真正揭示出审
美情感的产生机制。我们认为，从生活"应如何"出发的价值评价所引
发的情感一般是生活情感。如人们因生活贫穷，希望能赚到更多的钱；
因身体不健康，希望有健康的体魄等等，这些价值评价所产生的一般都
是生活情感。更进一步的，由生活情感到审美情感的过渡，研究者们通
常只能通过外在的性质描述来区分开两者，而不能清楚地指出其过渡
机制。比如说，人们总是强调由生活"应如何"出发的价值评价应当是

---

①　孙伟平：《事实与价值》，北京：中国社会科学出版社，2000年，第260页。

超越了个体功利的,这使它具有了审美性质,就像杜甫因为自己的茅屋被秋风吹破,他的迫切愿望是天下寒士都有自己的广厦高堂以安居,而不是仅仅希望自己的茅屋没有被秋风吹坏一样。在这一通常的看法中,由生活情感到审美情感的过渡只能是来自于艺术创作主体个人的意志调整——他努力和现实功利世界保持"心理距离",以实现非功利地对事物进行情感评价。但明显的,这里的审美情感、艺术情感因为艺术创作主体的利益诉求不同,因而其通过意志调整所实现的非功利观念仍是有本质的区别的,如资产阶级艺术家希望穷小子们永远安分守己,而无产阶级艺术家希望穷小子们打破旧世界,解放全人类。也即,通过审美、艺术主体的个人意志努力所形成的审美情感的理性内涵仍有本质的区别,审美情感的普遍性无法得到保证,从而审美形式也没有被正确地认识。

其次,在艺术本体论的哲学基础"人学本体论"中,人及其人生的经验与超验的二元对立问题能否通过"特定的认识"实现统一,值得讨论。我们注意到,在康德之后,黑格尔试图通过对世界辩证发展的历史规律的掌握而形成的"理性直觉"来扬弃经验与超验的二元对立,以及马克思试图通过对社会历史辩证发展的客观规律的掌握而形成的"实践理性'直觉'",即自由实践,来实现在尘世创建"天国"目的,这些思想都越出了西方基督教文化的界限,"渎神"因素非常突出。这些"渎神"思想有无值得借鉴的思想价值?特别是马克思的自由实践思想能否与中国古代哲学在日常生活中实现对日常生活的超越的思想结合起来进行思想创新?具体到艺术本体论研究中的审美超越问题来看,我们认为,与其依赖于艺术、审美主体通过主观上的意志努力来摆脱功利考虑进行审美静观,不如更多地探讨一下黑格尔和马克思的"理性直觉"思想。如果美、艺术是以"理性直觉"的方式对人及其人生的经验与超验的二元对立进行的扬弃,那么美、艺术对人及其人生的意义就更容易把握了。

最后,艺术本体论研究中的"天才"问题,即艺术家人格问题能否进一步思考?我们认为,对艺术天才的重视应该是近现代美学、文艺理论的问题。当今时代,特别是在后现代思想因素的影响下,人们的民主独立意识显著增强，所以人们更喜欢的可能是"艺术沙龙"中的"自由对话"，而不是"艺术会议"上的"天才讲话"。因此，我们的艺术本体论研究在重新引入艺术家人格问题时，能否适当地调整研究立场上的精英意识，保持一种更有节制的精英意识？具体地说，如果美、艺术是以"理性直觉"的方式实现的人生自由，那么艺术主体就是精神性的人生自由主体，而其自由性因为是由对经验人生历史规律的理性洞察而形成的，所以它本质上不依赖于天赋才能，具有了更多的后天性。

　　自然，当我们把文艺、审美的本质看成是"理性直觉"后，"理性直觉"的性质需要进一步的深入认识。从西方美学思想的历史发展来看，"理性直觉"概念可能只是走到了西方现代美学思想的开端处。具体地说，"人学本体论"所理解的人及其人生的经验与超验的统一中，何以向超验的提升却是向经验的回归？这需要我们借鉴西方现代、后现代人本主义美学、文艺理论的思想认真分析。

　　以上是我们在学习王先生的文艺本体论研究时，想到的几点不成熟的意见。对这些问题，王先生并不是没有意识到。他在《文学理论建设刍议》一文中曾高瞻远瞩地提出，根据文学具有知识和价值的双重属性这一特点，应该综合地运用科学和人文两种研究方法来探讨文学的相关问题。他的理论研究总体来看主要是针对新时期以前的纯认识论文艺理论和美学模式所造成的理论不足，而更多地关注了文艺的人文价值属性。这里我们提出这几点意见，是想证明他的研究是能够真正引发人的思考，推动认识的深入的，我们是想借此向这位当今时代真正的文艺理论、美学研究者致敬！衷心祝愿王先生这位浙东大地上成长起来的当代著名学者，在其严肃而有重要时代意义的理论研究中取得更大成就！

参考文献

1. 奥勒留:《马上沉思录》,何怀宏译,西安:陕西师范大学出版社,2003年。

2. 乔纳森·卡勒:《当代学术入门·文学理论》,沈阳:辽宁教育出版社,1998年。

3. 康德:《判断力批判》,邓晓芒译,北京:人民出版社,2002年。

4. 欧文·白璧德:《卢梭与浪漫主义》,石家庄:河北教育出版社,2003年。

5. 普列汉诺夫:《普列汉诺夫美学论文集》,北京:人民出版社,1983年。

6. 荣格:《心理学与文学》,北京:三联书店,1987年。

7. 亚米契斯:《爱的教育·序言》,夏丏尊译,南京:译林出版社,1996年。

8. 艾晓明:《左翼文艺思潮探源》,长沙:湖南文艺出版社,1991年。

9. 巴人:《遵命集》,北京:北京出版社,1967年。

10. 巴人:《点滴集》,杭州:浙江人民出版社,1982年。

11. 蔡清富:《冯雪峰文艺思想论稿》,北京:文津出版社,1991年。

12. 陈桥驿:《吴越文化论丛》,北京:中华书局,1999年。

13. 陈伟:《中国现代美学思想史纲》,上海:上海人民出版社,1993年。

14. 戴光中:《巴人之路》,上海:华东师范大学出版社,1996年。

15. 段怀清:《白璧德与中国文化》,北京:首都师范大学出版社,2006年。

16. 佛雏:《王国维诗学研究》,北京:北京大学出版社,1999年。

17. 冯雪峰:《雪峰文集(第2卷)》,北京:人民文学出版社,1983年。

18. 冯雪峰:《冯雪峰论文集(上)》,北京:人民文学出版社,1981年。

19. 冯雪峰:《冯雪峰论文集(中)》,北京:人民文学出版社,1981年。

20. 冯雪峰:《冯雪峰论文集(下)》,北京:人民文学出版社,1981年。

21. 黄健:《"两浙"作家与中国新文学》,杭州:浙江大学出版社,2008年。

22. 金惠敏：《意志与超越》，北京：中国社会科学出版社，1999年。

23. 金雅：《梁启超美学思想研究》，北京：商务印书馆，2005年。

24. 李长之：《李长之书评》（第4卷），石家庄：河北教育出版社，2007年。

25. 梁启超：《梁启超经典文存》，上海：上海大学出版社，2003年。

26. 梁启超：《梁启超全集》（第7册），北京：北京出版社，1999年。

27. 梁启超：《饮冰室合集》（第1册），北京：中华书局，1989年。

28. 梁启超：《饮冰室合集》（第5册），北京：中华书局，1989年。

29. 梁启超：《饮冰室合集》（第7册），北京：中华书局，1989年。

30. 梁实秋：《梁实秋文集》（第1卷），厦门：鹭江出版社，2002年。

31. 梁实秋：《梁实秋文集》（第2卷），厦门：鹭江出版社，2002年。

32. 梁实秋：《梁实秋文集》（第3卷），厦门：鹭江出版社，2002年。

33. 梁实秋：《梁实秋文集》（第4卷），厦门：鹭江出版社，2002年。

34. 梁实秋：《梁实秋文集》（第5卷），厦门：鹭江出版社，2002年。

35. 梁实秋：《梁实秋自选集》，台湾：台湾黎明文化事业股份有限公司，1981年。

36. 梁实秋：《雅舍谈书》，济南：山东画报出版社，2006年。

37. 梁实秋：《梁实秋批评文集》，珠海：珠海出版社，1998年。

38. 梁实秋：《偏见集》，上海：上海书店出版社，1988年。

39. 梁实秋：《浪漫的与古典的》，北京：人民文学出版社，1988年。

40. 梁实秋：《鲁迅梁实秋论战实录》，北京：华龄出版社，1997年。

41. 梁文蔷：《我的父亲母亲——梁实秋与程季淑》，天津：百花文艺出版社，2005年。

42. 聂振斌：《中国现代美学名家文丛·王国维卷》，杭州：浙江大学出版社，2009年。

43. 彭锋：《引进与变异——西方美学在中国》，北京：首都师范大学出版社，2006年。

44. 全国巴人学术讨论会：《巴人研究》，上海：上海书店出版社，1992年。

45. 上海鲁迅纪念馆：《纪念与研究（8辑）》，上海：上海鲁迅纪念馆，1986年。

46. 孙伟平：《事实与价值》，北京：中国社会科学出版社，2000年。

47. 王国维：《王国维文学美学论著集》，太原：北岳文艺出版社，1987年。

48. 汪介之:《回望与深思——俄苏文论在 20 世纪中国文坛》,北京:北京大学出版社,2005 年。

49. 王任叔:《巴人文艺短论选》,广州:花城出版社,1988 年。

50. 王任叔:《王任叔杂文集》,北京:三联书店出版社,1997 年。

51. 王元骧:《审美反映与艺术创造》,杭州:杭州大学出版社,1998 年。

52. 王元骧:《探寻综合创造之路》,西安:陕西师范大学出版社,2000 年。

53. 王元骧:《文学理论与当今时代》,杭州:浙江大学出版社,2002 年。

54. 王元骧:《审美超越与艺术精神》,杭州:浙江大学出版社,2006 年。

55. 夏丏尊、叶圣陶:《文心》,北京:三联书店出版社,2005 年。

56. 徐中玉:《中国近代文学大系·文学理论集(1)》,上海:上海书店出版社,1994 年。

57. 赵澧、徐京安:《唯美主义》,北京:中国人民大学出版社,1988 年。

58. 赵冷(王任叔):《革命文学论文集》,上海:生路社,1928 年。

59. 朱立元:《法兰克福学派美学思想论稿》,上海:复旦大学出版社,1997 年。

60. 朱寿桐:《新人文主义的中国影迹》,北京:中国社会科学出版社,2009 年。

61. 朱自清:《朱自清全集》(第 4 卷),南京:江苏教育出版社,1990 年。

62. 陈梦熊:《"左联"十年时期的王任叔》,《西北师大学报》,1987 年第 3 期。

63. 戴光中:《巴人传略》,《新文学史料》,2001 年第 3 期。

64. 柳传堆:《论冯雪峰与托洛茨基"同路人"文艺观之关联》,《鲁迅研究月刊》,2006 年第 9 期。

65. 罗钢:《著一闹字而境界全出——王国维"境界说"探源之三》,《文艺研究》,2006 年第 3 期。

66. 罗钢:《本与末——王国维境界说与中国古代诗学传统关系的再思考》,《文史哲》,2009 年第 1 期。

67. 梁实秋:《文学的纪律》,《新月》,1928 年第 1 期。

68. 梁实秋:《文学的严重性》,《新月》,1930 年第 4 期。

69. 梁实秋:《论思想统一》,《新月》,1929 年第 2 期。

70. 南志刚:《论巴人五十年代的文艺批评》,《宁波大学学报》,2001 年第 3 期。

71. 商金林:《绚烂与平淡的统一——夏丏尊和他的散文》,《江苏行政学院学报》,

2009 年第 2 期。

72. 童庆炳：《反本质主义与当代文学理论建设》，《文艺争鸣》，2009 年第 7 期。

73. 童庆炳：《新时期文学审美特征论及其意义》，《文学评论》，2006 年第 1 期。

74. 王嘉良：《地域人文传统与浙江新文学作家群的建构》，《中国社会科学》，2009 年第 4 期。

75. 吴文祺：《文学革命的先驱者——王静安先生》，《小说月报》，1927 年第 17 期。

76. 王元骧：《从"审美反映论"和"审美意识形态论"说开去》，《文艺争鸣》，2009 年第 1 期。

77. 王元骧：《"审美超越"与"终极关怀"》，《文艺争鸣》，2009 年第 9 期。

78. 王元骧：《王阳明与康德美学思想的比较研究》，《浙江学刊》，2006 年第 6 期。

79. 吴中杰：《论巴人的文艺思想》，《宁波师院学报》，1986 年第 3 期。

80. 徐季子：《巴人文艺评论的风格》，《宁波师院学报》，1986 年第 3 期。

81. 肖鹰：《自然与理想：叔本华还是席勒？——王国维"境界"说思想探源》，《学术月刊》，2008 年第 4 期。

82. 杨幼生：《〈文学读本〉——巴人的一部文艺理论力作》，《社会科学》，1980 年第 4 期。

83. 郑玉明：《审美与人生自由的统一——论梁启超的趣味主义美学体系》，《学术月刊》，2008 年第 7 期。

84. 朱文斌：《生活的艺术化——评夏丏尊的〈白马湖之冬〉》，《名作欣赏》，2007 年第 4 期。

后　记

　　《世界文学与 20 世纪浙江文学批评》是《世界文学与 20 世纪浙江文学》的子项目。后者是比较文学研究专家王福和教授主持的浙江省哲学社会科学重点项目。我有幸参加王教授的这一课题，非常感谢王教授的提携帮助！

　　与王教授合作，在他的指导下做科研项目，事实上这应该算第三次。王教授的治学方向是比较文学研究，我本来是学习美学和文学理论的，参加他的科研课题有些偶然。2003 年来浙江工业大学工作后，因为多年以来一直读抽象的美学和文学理论，感觉自己的文学感触钝化，学术视野狭窄，论文写作抽象晦涩，有必要加以改进。这时，王教授实际主持的浙江省哲社项目《世界文学与 20 世纪浙江作家》课题邀请我加入写作穆时英一章，我感觉很荣幸，也很珍惜这次机会，认真地完成了写作任务。课题完成后，王教授谬赏我对穆时英的粗浅研究，又邀请我参加他主持的浙江省哲社项目《比较文学原理的实践阐释》，我感觉这也是一次拓展自己学术视域的很好机会，也非常感激地加入了。在做这个课题的过程中，我在王教授的指导下，对比较文学这门学科有了一定的了解，感觉收获很大。2007 年课题结束后，王教授提出来继续合作他主持的浙江省哲社重点项目《世界文学与 20 世纪浙江文学》，由我来写作世界文学与 20 世纪浙江文学批评，我也很痛快地答应了。但这第三次合作，因为我的原因进展得不是很顺利，借后记特别向王教授致歉！

　　或许是因为前两次课题做得比较顺利，让我有些轻狂放肆；或许因为才疏学浅，无知者无畏；总之，完全没有意识到这个课题的难度。说句实在话，20世纪浙江文艺理论史上的每位批评家、理论家都不是那么容易研究的，每一位"家"都值得当作一个大题目去花时间认真探讨。特别是像王国维、梁实秋等等，哪一位的文学批评思想是"好啃的骨头"？再说浙江文学批评的地域性特点，又是那么容易能够认识清楚的吗？文学创作可以从原型批评的角度来相对容易地揭示其地域性特点，文学理论和文学批评呢？这些问题都让人头疼不已。后来，做课题的过程中，我有些担心过于轻率地参加了这个项目。前人关于做科研，有四十岁以前不写文章的说法，这一方面说明了前人对于学问之事的严谨，另一方面也是学问之事本身的难度所致。关于做科研的困难，我是真切地体会到了。或许是自己的资禀驽钝，或许是自己生性懒惰所致，总之自己深切地体会到了做科研的难度。过去，申请科研项目、报课题、写项目论证书，总是很自信，这次与王教授合作的项目让我真正意识到了自己的轻率和无知。

另外，面对难度如此之大的科研项目，自己也没有很好地分配时间，这也是导致项目进展不顺利的重要原因。2007年我就接受了王教授的科研任务，但是甚至在课题后来获批后自己都没有全身心地投入。在科研方面，这几年来，对有些师友提携我参加学术会议、合作做课题的机会，总是觉得应该及时抓住，结果搞得事情很多，好像总是很忙，结果有些该全身心投入、认真去做的课题，没有投入应有的精力。王教授的这个课题最后到了快要结题的时候，我才意识到要抓紧，结果时间却根本来不及了。匆忙之中，项目任务完成得非常草率，这也是应该向王教授、读者以及相关专家道歉的！

最后，需要说明的是，王教授在项目进展中向来组织有方，督导甚严，但因为自己学养欠佳，接受王教授的指导不力，故可能导致书中有粗疏不到之处，这应该由我自负文责。恳请各界专家学者、读者朋友不吝赐教！

鲁 杭
2009年12月

图书在版编目(CIP)数据

世界文学与浙江文学批评 / 鲁杭著. —杭州：浙江大学出版社，2012.12
ISBN 978-7-308-10141-7

Ⅰ.①世… Ⅱ.①鲁… Ⅲ.①文学研究－浙江省－20世纪 Ⅳ.①I206.6.

中国版本图书馆 CIP 数据核字(2012)第 137133 号

世界文学与浙江文学批评

鲁 杭 著

责任编辑	张作梅	
文字编辑	殷 尧	
封面设计	张作梅	
出版发行	浙江大学出版社	

（杭州市天目山路 148 号 邮政编码 310007）

（网址：http://www.zjupress.com）

排 版	浙江时代出版服务有限公司	
印 刷	杭州杭新印务有限公司	
开 本	710mm×1000mm 1/16	
印 张	12.75	
字 数	189 千	
版印次	2012 年 12 月第 1 版 2012 年 12 月第 1 次印刷	
书 号	ISBN 978-7-308-10141-7	
定 价	38.00 元	